지은이 **조르조 바사니**

1916년 3월 4일 이탈리아 볼로냐에서 태어난다. 부유한 유대인 집안 출신으로, 유년기와 청년기를 페라라에서 보낸다. 1934년 볼로냐 대학 문학부에 입학해 미술사가 로베르토 롱기에게서 수학한다. 대표적인 반파시즘 지식인 베네데토 크로체의 글에 심취해 있던 대학 시절, 페라라의 일간지 『코리에레 파다노』를 통해 작품을 발표하기 시작한다. 1938년 반유대주의적 인종법이 선포될 무렵부터 반파시즘 활동에 참여하다 1943년 체포되어 구금된다. 무솔리니가 실각하면서 풀려난 뒤 로마에 정착한다. 이차대전 후에는 본격적으로 작품 활동을 해나가는 동시에, 당대를 풍미한 문예지 『보테게 오스쿠레』 『파라고네』, 그리고 펠트리넬리 출판사의 편집장으로서 뛰어난 역량을 발휘한다.

바사니 문학의 원천은 '페라라'와 '유대인'이다. 작품 대부분이 무솔리니의 파시스트당 집권기를 전후한 페라라가 무대다. 혹독한 시대 상황을 배경으로 부르주아 의식의 혼란상을 [illegible] 적·회화적 장면 구성, 증언담에 [illegible] 모욕당한 개인의 의식을 포착 [illegible] 을 정치하게 그려내어, 페라라 [illegible] 며 20세기 이탈리아 문학의 대 [illegible]

바사니 [illegible] 리는 작품들의 모음집인 『페라라 [illegible]』(1980)이다. 이전에 따로 출판했던 여섯 권의 책—『성벽 안에서』(1956, 스트레가 상), 『금테 안경』(1958), 『핀치콘티니가의 정원』(1962, 비아레조 상), 『문 뒤에서』(1964), 『왜가리』(1968, 캄피엘로 상), 『건초 냄새』(1972)—을 한데 모아 펴낸 것으로, 무대는 같으나 스포트라이트가 여러 인물에게 돌아가며 비춰지는 각각의 이야기들은 파시즘 치하의 페라라가 지닌 역사적 면면을 거울놀이하듯 눈부시게 비춘다. 이 가운데 단편 「1943년 어느 날 밤」과 『금테 안경』 『핀치콘티니가의 정원』은 모두 영화로도 만들어진다. 소설 외에도 다수의 시집을 출간한 바사니는 1982년 『운율 있는 시와 없는 시』로 바구타 상을 수상한다. 2000년 4월 로마에서 생을 마치고 페라라의 유대인 묘지에 안장된다.

성벽 안에서

CINQUE STORIE FERRARESI
by Giorgio Bassani

이 도서의 국립중앙도서관 출판예정도서목록(CIP)은 서지정보유통지원시스템 홈페이지
(http://seoji.nl.go.kr)와 국가자료공동목록시스템(http://www.nl.go.kr/kolisnet)에서
이용하실 수 있습니다. (CIP제어번호: CIP2016013324)

성벽 안에서

조르조 바사니 선집 1

김운찬 옮김

Dentro le mura. Cinque storie ferraresi

Giorgio Bassani

페라라의 다섯 이야기

문학동네

일러두기

1. 이 책은 다음의 원서를 옮겼다.
   Giorgio Bassani, *Cinque storie ferraresi*, Milano: Feltrinelli, 2012.
2. 원문에서 이탤릭체로 강조한 곳은 여기서 고딕체로 표시했다.
3. 단행본이나 신문은 『 』로, 시 한 편이나 글을 가리킬 때는 「 」로, 그림이나 노래 등은 〈 〉로 표시했다.

차 례

리다 만토바니

1

살아가면서 아득히 먼 젊은 시절을 회상하노라면, 만토바니는 언제나 아이를 낳던 때의 일이, 특히 출산 직전 며칠 동안의 일이 떠올라 가슴이 먹먹해지곤 했다. 그때 일을 생각할 때마다 울컥하는 기분이 들었다.

한 달 넘게 복도 끝 침대에 줄곧 누워서, 맞은편의 열린 창문으로 저 아래 정원 한복판에 솟아오른 백 살 수령의 커다란 목련나무 잎들만 골똘히 바라보면서 지냈다. 그러다가 마침내 진통이 찾아오기 사나흘 전쯤에는 기름칠한 것처럼 반짝반짝 빛나는 짙은 나뭇잎에도 갑자기 관심을 잃고 말았다. 심지어 먹는 것도 그만두었다. 그녀는 사물이 되었다. 그러니까 상태가 변해버려서 병원 복도 맨 끝에 내던져진, 온통 붓고 감각이 무뎌진(겨우 사월인데도 후텁지근한 더위를 느끼는) 사물이 된 것만 같았다.

거의 아무것도 입에 대지 못했다. 하지만 당시 산부인과의 수석 책임자였던 바르젤레시 교수는 그편이 훨씬 낫다고 몇 번이나 되풀이해 말했다.

교수는 침대 맡에서 그녀를 내려다보았다.

그는 섬세하고 불그스레한 손가락으로 담배에 찌들어 얼룩덜룩한 입가의 흰 수염을 쓰다듬으며 말했다. "참 덥군요. 제대로 숨을 쉬려면 가벼운 몸을 유지하는 것이 더 낫습니다. 게다가 당신은," 웃으며 덧붙였다. "살도 좀 찐 것 같고요……"

2

출산 후 시간은 다시 흐르기 시작했다.

처음에는 다비드를 생각하면서(지루해하고 불만족해한 그는 거의 말을 하지 않고 온종일 침대에 누워 책으로 얼굴을 가리고 있거나 잠을 잤다), 리다 만토바니는 지난 여섯 달 동안 그와 함께 지내던 모르타라 거리의 다세대 건물, 가구 딸린 방에서 혼자 살아보려고 노력했다. 하지만 몇 주일 뒤 다비드가 더이상 소식을 전하지 않으리란 확신이 들었고, 그가 건네준 몇 백 리라마저 곧 바닥이 나고 말리란 사실을 깨닫게 되었다. 우유도 다 떨어질 기미가 보였기 때문에 어머니 집으로 들어가 살기로 했다. 그렇게 해서 그해 여름 리다는 살린궤라 거리에 다시 나타났고, 먼지투성이 마룻바닥에 철제 침대 두 개가 나란히 놓인 비좁은 그 방, 유년기와 사춘기, 젊은 시절 초반을 보낸 방에서 다시 살게 되었다.

한때 나무창고로 쓰였다는 그 지하방은 드나들기가 쉽지 않았다.

건초창고처럼 넓고 컴컴한 입구로 들어서면 왼쪽 벽에 비탈진 계단으로 올라야 한다. 계단은 중간 높이에서 작은 문으로 이어지고, 문지방을 넘으면 서까래 천장에 머리가 스치고, 갑자기 웅덩이 같은 것 위에 서게 된다. 집에 오던 날 저녁 리다는 그 위에 잠시 멈춰 서 있다가 아래를 내려다보며 중얼거렸다. 맙소사, 이렇게 어두컴컴했네! 그러나 한편으로는 평온하고 보호받는 느낌도 들었다…… 그녀는 아기를 안고 천천히 안쪽 계단으로 내려갔고, 바느질감에서 고개를 든 어머니 쪽으로 간 다음, 몸을 숙여 뺨에 입을 맞추었다. 둘 사이에 서로 인사나 설명의 말 한마디 없이 어머니도 조용히 입을 맞추었다.

곧바로 세례 문제가 제기되었다.

상황을 깨닫자마자 어머니는 성호를 그었다.

"너 미쳤니?" 어머니는 소리쳤다.

흥분한 어머니가 내뱉은, 일 분도 지체할 수 없다는 선언을 들으며, 리다는 저항하려는 힘이 내면에서 모조리 다 빠져나가는 느낌이 들었다. 산부인과에서 사람들이 침대로 와, 아이를 안아보며 즐겁게 어떤 이름을 지어줄 거냐고 물었을 때 그녀는 다비드에 반하는 것은 일절 하지 않아야겠다는 생각이 퍼뜩 들었다. 그래서 아니라고, 그냥 내버려두라고, 좀더 생각해봐야겠다고 대꾸했다. 하지만 이제 와서 계속 망설여야 할 까닭이 있을까? 더 기다려 무얼 어쩌자고? 그날 저녁 아기를 곧장 산타마리아인바도 교회로 데려갔다. 어머니가 모든 것을 처리했다. 리다가 그 존재조차 몰랐던 죽은 오빠를 기리며 이레네오라고 부르자고 주장한 것도 어머니였다…… 교회로 가면서 어머니와 딸은 마치 쫓기듯이 서둘러 걸었다. 하지만 시청 가스등 관리인이 가로등을 하나하나 켜고 있던 보르고디소토 거리를 따라 에둘러 갈 적에는 갑자기 기력이 다 빠져나간 듯 천천히 걸어갔다.

이튿날 아침 둘은 다시 일을 시작했다.

예전과 같이 언제나 그렇게, 저 위쪽 길과 같은 높이로 난 직사각형 창문 아래 앉아 바느질감에 몰두했고, 어쩌다 이야기를 나눌 때면, 자신들이 방금 지나온 시절, 두 사람 모두에게 너무 힘들었던 시절이 아니라, 아무 상관도 없는 것들로 이야기를 채웠다. 예전보다 더 친밀해졌고 훨씬 더 가까운 사이가 된 느낌이었다. 하지만 그런 조화는 오직 그렇게, 그러니까 밑바닥에 있는 유일한 주제에 관한 그 어떤 암시도 피한다는 조건에서만 지속될 수 있음을 둘 다 잘 알고 있었다.

그래도 더러 버티지 못하고 마리아 만토바니는 농담을 건네거나 슬쩍 암시를 던지곤 했다.

한숨을 내쉬며 이렇게 말하기도 했다.

"그래, 남자는 다 똑같아!"

심지어 이런 말도 했다.

"남자는 사냥꾼이야, 당연히."

그리고 이때 고개를 들더니 하던 일을 멈추고 딸을 보았고, 그러면서 한꺼번에 기억을 해냈다. 이십 년 전 처녀성을 앗아간 마사피스칼리아의 직공을, 그때 이삼 킬로미터 떨어진 들판에 흩어진 농가를, 자신이 태어나고 자랐던 그곳을, 자신도 길러야 할 딸과 함께 남겨졌을 때 영원히 떠나야 했던 그곳을. 그러자 자신의 인생에서 오직 하나뿐이었던 남자의 기름 바른 곱슬곱슬한 머리칼, 육감적이고 두툼한 입술, 게으름이 가득한 몸짓은 곧 다비드의 것이 되었다. 다비드는 페라라의 귀공자로, 유대인이지만 시내에서 가장 유명한 부자 가문들 중 하나에 속했다(그 카마이올리 가문 사람들은 조베카 대로*에서 당연히 자신들 소유의 대저택에서 살았다……). 그토록 오래 리다와 사랑을 나누었는데도 어머니는 그를 까맣게 몰랐고, 멀리서나마 단 한 번 본 적도 없었다. 어머니는 딸을 주의 깊게 바라보았다. 야위고 가녀린, 근심과 괴로움에 시달린 리다에게서 처녀 때의 자신을 보는 것 같았다. 모든 것이 반복되고 있었다, 모든 것이. 처음부터 끝까지.

어느 날 저녁에는 갑자기 웃음이 나왔다. 리다의 손을 잡고 옷장 거울 앞으로 끌고 갔다.

"자, 봐라. 우리가 얼마나 똑같아졌는지." 잠긴 목소리로 말했다.

방 안에서는 카바이드 등불이 쉭쉭거리는 소리만 들렸고, 둘은 희미한 거울을 통해 간신히 구별되는 두 얼굴을 가까이 맞댄 채 오래도록 서로를 응시했다.

물론 그들 사이가 늘 매끄러운 건 아니었다. 리다가 대꾸

* 페라라 시내를 관통하는 대로.

없이 듣기만 하진 않았다.

이를테면 어느 날 저녁 마리아 만토바니는 신세타령을 하기 시작했는데(예전 같으면 있을 수도 없는 일이었겠지만), 마지막에 리다가 벌떡 일어날 만한 말이 튀어나왔다.

"만약 그 부모가 원했다면, 그인 나랑 결혼했을 거야."

리다는 침대에 누운 채 손으로 얼굴을 가렸고 마음속으로 그 말을 거푸 되뇌었다. 잠시 뒤 그에 뒤따르는 회한에 찬 탄식 소리가 다시 들려왔다. 아니, 울음을 터뜨린 건 아니었다. 뒤쫓아 달려와 그녀 쪽으로 몸을 숙인 어머니에게 다시 일어나면서 리다는 눈물에 젖지 않은 두 뺨, 경멸과 지겨움에 찬 시선을 보여줬을 따름이다.

리다가 참지 못하는 경우는 드물었으나, 폭발할 적에는 평온한 날에 휘몰아치는 폭풍우처럼 아무런 예고도 없이 폭발했다.

한번은 악의적인 웃음을 터뜨리며 큰 목소리로 소리쳤다. "리다!"(어머니는 그녀를 이름으로 불렀다.) "내가 학교에 다닐 때 공책에 그리스어 입실론으로 쓰라고 얼마나 강요했는지! 도대체 내가 나중에 커서 무엇이 되기를 꿈꿨던 건가요? 배우가 되는 것?"

마리아 만토바니는 답하지 않았다. 미소를 지었을 뿐이다. 딸의 분노는 오래전 일들을 회상하게 했다. 그녀 혼자만이 그 중요성을 평가할 수 있는 일이었다. "뤼다!"* 여러 차례 속으

* Lyda. 이탈리아어로 Lida. 실제 이탈리아어 y, 즉 입실론은 i와 발음이 같다.

로 되뇌었다. 자신의 젊은 시절을 생각했다. 안드레아, 타르도치 안드레아, 자신의 연인이자 애인이었고, 남편이 됐을 수도 있었던 마사피스칼리아의 직공을 생각했다. 그녀는 딸과 함께 페라라로 왔고, 그는 일요일마다 자전거로 육십 킬로미터를 달렸다. 오는 데 삼십 킬로미터, 돌아가는 데 삼십 킬로미터였다. 그 자리에, 지금 리다가 앉아 있는 그곳에 앉곤 했다. 가죽 재킷에 코듀로이 바지, 곱슬곱슬한 머리칼의 그가 지금도 보이는 듯했다. 그러다 어느 날 밤, 그는 마을로 돌아가는 도중 비를 만났고 늑막염에 걸렸다. 그후로는 그를 더이상 볼 수 없었다. 그는 베네토 지방의 펠트레로 가서 살았다. 거기 산중턱의 작은 도시에서 아내와 자식을 얻었다. 그 사람 부모가 원했다면, 또 그 사람이 병에 걸리지 않았다면, 그는 아마 그녀랑 결혼했을 것이다. 분명히 그랬다. 리다가 무엇을 알겠는가? 무엇을 이해할 수 있겠는가? 그녀 혼자만이 이해할 수 있었다. 두 사람 각자가 서로에게 그랬다.

저녁식사 후 먼저 잠자리에 드는 건 으레 리다였다. 그러나 리다와 아기가 일찌감치 잠든 침대 바로 옆 침대는 종종 밤새도록 손대지 않은 채(아직 치워야 할 식탁 정중앙 카바이드 등불이 그 둘레로 푸르스름한 빛을 퍼뜨리는 가운데) 그대로 있곤 했다.

3

매우 불규칙적으로 나 있고 복판이 잡풀로 뒤덮인 자갈 포장의 살린궤라 거리는 좁다란 이차 도로로, 오래전 붕괴의 산물인 널찍하고 비스듬한 광장에서 시작되어 산조르조 성문*에서 비교적 가까운 성채 아래서 끝이 난다. 그러니까 이곳은 시내이며 중세의 중심지에서 그리 멀지도 않다. 길가 양쪽에 늘어선 집들의 모습이 그것을 확인해주기에 충분할 것이다. 대부분이 매우 가난하고 소박한 크기로 일부는 낡고 노후했으며, 분명히 페라라에서 가장 오래된 집들이다. 하지만 오늘날에도 살린궤라 거리를 지나면 그곳을 둘러싼 특이한 정적(이곳에서 들으면 시골 교회들의 종소리는 외진 곳처럼 색다른 음조를 띤다), 특히 거름 냄새, 쟁기질한 땅, 마구간 냄새 들이

* 페라라 성벽의 동남쪽 끝에 있다.

감춰진 커다란 밭들이 가까이 있다는 것을 드러내면서, 이 모든 것이 도시의 성벽 바깥에, 널찍한 들판의 가장자리에 있는 듯한 인상을 준다.

가축들, 닭과 개, 심지어 소의 평온한 소리, 아득한 종소리, 시골 냄새, 그런 소리들과 냄새들이 그 아래까지, 마리아와 리다 만토바니가 어느 남성 양복점을 위해 일하는 지하실 구석까지 이르렀다. 둘은 창문 밑에 앉아 마치 뒤쪽의 살림살이들처럼—다시 말해, 식탁과 짚으로 엮은 의자들, 나란히 놓인 좁다랗고 긴 두 침대, 그 옆에 놓인 요람, 옷장, 서랍장, 세 발이 달린 물항아리 대야, 그리고 그 뒤에 있는 작은 부엌과 화장실이 감춰진 계단 밑 자투리 벽에 가까스로 보이는 쪽문처럼—꼼짝하지 않고 가만히 앉아서 이따금 옷감에서 고개를 들고 고작 몇 마디 말을 나누거나, 아기에게 필요한 것이 없는지 확인하거나, 그 아래서 위로 고개를 들어 가끔씩 지나가는 행인을 바라보거나, 아니면 입구 문의 좁다란 수직 사각형 위 층계참 꼭대기에 매달린 초인종이 갑자기 울리는 걸 바라보거나, 재빠르게 눈길을 교환하면서 둘 중 누가 먼저 가서 문을 열지 서로 결정하곤 했다……

삼 년이 흘렀다.

새로운 것도 없고 주목할 만한 변화도 없이 그렇게 또 여러 해가 흐르리라 생각해야 했고, 삶이 그녀들의 존재를 잊은 듯 보였을 때, 갑자기 이웃 하나가 그녀들을 기억해냈다. 그는 베네티, 오레스테 베네티로, 살린궤라 거리에 있는 책 제본소의 주인이었다. 이상한 집요함으로 그 이웃은 저녁식사 후에 그들을 찾아오기 시작했고, 그것은 거의 그 즉시 마리아 만토바니에게만큼은 명확한 의미를 띠게 되었다. 그래, 그녀는 감격에 차서 생각했다. 베네티는 바로 리다 때문에 찾아오는 거야…… 쉽게 말해, 리다는 아직 젊어. 아주 젊다고…… 그녀는 갑자기 생기와 활력에 넘쳤고 심지어 즐거워하기까지 했다. 마리아는 딸과 손님의 대화에 일절 끼어들지 않고 방을 맴돌기만 했고, 분명 그 자리에 함께 있으면서도 홀로인 것에, 한쪽에서 경이로운 사건이 만들어지길 기다리는 것에 만족해 했다……

그동안 말하는 것은 거의 언제나 제본업자였다. 몇 해가 흘렀다. 그에게는 다른 관심이 없는 것처럼 보였다.

리다가 어릴 적에는 "키가 요만했지요" 그가 말했다. 리다는 종종 그의 가게에 나타났고, 가게에 들어와 앞으로 와서 눈이 계산대 높이에 닿게 까치발을 하곤 했다.

"베네티 씨, 저 기름종이 좀 주시겠어요?" 리다는 상냥한 목소리로 물었다.

"기꺼이 주지, 얘야. 그런데 어디다 쓸지 알 수 있을까?" 그가 되물었다.

"별것 아니에요. 물건 싸는 데 쓰려고요."

그는 이야기하며 웃었다. 두 여인 중 누구를 특정하지는 않았지만 그의 눈길은 리다의 눈만 찾았다. 그녀에게 원한 것은 관심과 동의였다. 그리고 리다는 앞에 있는 남자를 관찰하면서(그의 머리는 분명히 키보다 우람한 몸에 비례해 아주 컸는데), 특히 식탁 위에 올려놓은 손을, 힘차게 깍지를 낀 튼튼하고 큼직한 그 손을 바라보면서 최소한 그것만큼은 그를 만족시켜주지 않을 수 없다는 걸 느꼈다. 친절하고 상냥하게 그를 마주 바라보며 침착하고 평온하게 대화를 나누었고, 동시에 어떤 면에서는 (그 대화가 예전에는 느껴본 적 없는, 묘한 즐거움을 주고 있어서) 어느새 고분고분해졌다.

제본업자는 자신의 중요성을 전혀 의식하지 않는 것처럼 보였다. 그런데도 계속해서 위신을 찾으려고 노력했다.

한번은 이례적으로 어머니에게, 게다가 세례명으로 부르면서, 그녀가 페라라에 정착하러 왔던 해를 회상하게 했다. 그는 이렇게 말했다. 그해가 얼마나 추웠는지 기억하세요? 자신은 잘 기억한다고 했다. 더러운 잔설 더미가 사월 중순까지 시내 거리 곳곳의 길섶에 아주 많이 남아 있었다. 기온이 너무 낮아 포 강마저 꽁꽁 얼어붙을 정도였다.

"포 강까지 말이에요!" 눈을 휘둥그레 뜨고 강조하듯 반복했다.

영하 이십도 추위에 사로잡힌 포 강의 장엄한 풍경이 지금도 눈에 선합니다. 그는 이렇게 말을 이었다. 눈 덮인 제방의 강물은 흐름을 멈추었지요. 완전히. 심지어 (대다수가 산타마리아마달레나의 제재소 부속건물에 나무 땔감을 가져가는 인부들로 한창 페라라로 가는 길이던) 몇몇 마부들은 저녁때 강을 건널 때 폰텔라고스쿠로 철교로 가지 않고 빈 마차를 몰고 그 거대한 얼음판을 가로지르는 모험을 즐길 정도였거든요. 정말 미친 사람들이지! 그들은 뒷짐을 진 손으로 고삐를 말아 쥐고 다른 손으로는 톱밥을 뿌리면서 천천히 말보다 몇 미터 앞서서 나아갔습니다. 그러면서 휘파람을 불고 미친 듯 고함을 질러댔지요. 왜 휘파람을 불고 고함을 질렀을까? 누가 알 수 있겠어요? 아마도 말들에게 용기를 주려 했거나, 자기 자신에게 용기를 북돋우려고 했거나, 아니면 그냥 몸을 덥히려고 그랬던 거겠지요.

"제 기억으로 그 악명 높은 겨울," 그는 어느 날 저녁에 종교 관련 사람이나 물건 이야기를 하게 되면 으레 취하는 존경 어린 어조로 이렇게 말했다(어릴 적에 부모 없이 신학교에서 교육을 받고 자랐기에 그는 사제나 사제 집단에게 일종의 경외심을 품었다). "그 악명 높은 겨울, 자비로운 돈 카스텔리 신부님은 토요일 오후가 되면 포 강을 보려고 우리를 폰텔라고스쿠로로 데려갔지요. 산베네데토 성문*을 나가자마자 우리 행렬은 흩어졌습니다. 가는 데 오 킬로미터, 오는 데 오 킬로미터니 그냥 채소밭 한 바퀴 도는 정도가 아니었거든요! 하지만 돈 카스텔리 신부님 앞에서 전차라는 말만 꺼내도 큰일이 났지요. 고령에 숨 쉬기도 힘들었을 텐데 이를 악물고 늘 앞장을 섰고 멋진 사제복 자락을 휘날리면서 보잘것없는 저를 데리고 무리를 이끄셨어요…… 진짜 성인이고, 보잘것없는 제겐 진짜 아버지였지요!"

"내가 막 아기를 낳았을 때로군요." 마리아 만토바니가 제본업자가 숨을 고를 때 나직한 사투리로 끼어들었다. "페라라 시내에서 나는 길을 잃은 느낌이 들었지요." 이어 이탈리아어

* 페라라 성벽의 서쪽 성문. 포 강으로 가는 길목에 있다.

로 말했다. "지금도 거의 모른다고 할 수 있지만, 그렇다고 어떻게 집으로 되돌아가겠어요? 잘 알잖아요, 오레스테. 시골에선 특히 사고방식이 완전히 다르잖아요."

오레스테 베네티는 그 말을 듣지도 않은 것 같았다.

"그런 추위는 그후로 1917년 말고는 없었어요." 그는 생각에 잠겨 말했다.

그러고는 눈을 반짝이더니 목소리를 높이고 머리를 흔들며 덧붙였다.

"아니, 천만에요, 내가 무슨 소릴 한 거야! 비교도 할 수 없지요. 1917년 겨울은 오히려 더웠지요, 크라스*에서는! 어떤 소식은 군대를 다녀온 사람들에게 묻는 게, 우리가 잘 아는 매복 병사한테 묻는 게 훨씬 더 낫습니다." 냉소적인 어조로 그는 끝말을 강조했다. "전선을 그림엽서에서도 본 적 없는 사람들보다 낫다는 겁니다."

안드레아 타르도치, 즉 마사피스칼리아의 직공을 넌지시 비꼬는 잔인한 말임을 눈치 챈 마리아 만토바니는 모욕감에 몸이 굳어졌다. 그는 늑막염으로 병역을 면제받고 전쟁에 참가하지 않았다(1910년에 이미 펠트레로 이주했고, 그래서 알프스 산자락에서 가족을 이루고 살고 있었다). 그날 저녁 그녀는 혼자 깊은 생각에 잠겼다. 가능성은 있었지만 실제론 현실되지 않았던 삶의 수많은 일을 혼자 상상하면서 아무 말도 하지 않았다.

* 일차대전 격전지 중 하나. 슬로베니아-이탈리아 국경 석회암 고원지대.

제본업자로서는 설정할 필요가 있었던 거리감을 일단 확보한 다음, 곧바로 자신의 성향대로 다시 아주 살갑고 또 아주 깍듯하게 행동했다. 일반적으로는 자기 자신과 자신의 과거를 주로 이야기했다. 스물, 스물다섯 살 때까지 모든 면에서 그는 매우 힘들었다. 한숨을 내쉬며 말했다. 하지만 일자리와 자신의 직업을 찾은 뒤부터는 만사가 그럭저럭 달라졌다. "우리 수공업자들은……" 하고 은근히 자긍심을 내비치며 리다의 눈을 똑바로 쳐다보며 말했다. 리다는 어떤 흐트러짐도 없이 평온하게 시선을 유지했다. 그는 그녀가 언제나 그 자리에, 식탁 맞은편에 차분하고 주의 깊게, 행동거지도 비밀스러운 자신의 이상적인 여성상에 부합하게, 조용히 앉아 있는 것에 감사해했고, 그것은 분명 눈에 띄었다.

이런저런 이야기를 하면서 제본업자는 자정까지 머물다 가곤 했다. 사적인 이야기가 다 끝나면 곧장 종교, 역사, 경제 이야기로 넘어갔고, 때로는 파시스트의 반가톨릭 정책을 거론하며 쓰라린 고찰에 이르기도 했다. 물론 나직한 목소리로 조곤조곤 말했다. 리다는 처음에는 이야기를 들으면서 이레네오가 네 살 때까지 잠을 자던 요람을 발끝으로 흔들었다. 나중에 아이가 좀더 커서 자그마한 침대를 갖게 되었을 때는 이따금씩 의자에서 일어나서 잠든 아이 옆으로 다가가 몸을 숙여 이마에 손을 짚어보곤 했다(그 아이는 약하게 컸다. 다섯 살 무렵 길게 전염병을 앓았고, 그래서 영구적으로 건강이 약해졌다. 게다가 이것이 매우 허약하고 불확실한 아이의 성격에도 뚜렷한 영향을 주었다).

4

1928년 여름, 리다는 스물다섯 살이 되었다.

어느 날 저녁, 그녀와 오레스테 베네티가 식탁과 등잔을 사이에 두고, 언제나 그랬던 것처럼 자리에 앉아 있을 때, 그 제본업자는 그녀에게 갑작스럽게, 아주 건성으로 자신과 결혼해 줄 수 있겠느냐고 물었다.

싸늘하게, 어떤 놀라움도 표하지 않고, 리다는 그를 가만히 응시했다.

마치 처음 보는 사람처럼 그렇게 쳐다봤다. 세심하게 주의를 기울여 그의 얼굴을 구석구석 뜯어보았다. 아주 까맣고 물기 어린 눈, 군인이나 일부 성직자가 하듯 솔처럼 짧게 친 검붉은 머리칼로 뒤덮인 둥글고 하얀 이마를 보았고, 이 모두를 이제야 이렇게 늦게 눈여겨보게 된 것에 놀랐다. 분명 오십은 된 듯했다. 적어도.

그녀는 별안간 불안감에 사로잡혔다. 뭐라고 할지 말문이 막혀, 도와달라는 듯 어머니 쪽을 보았다. 이내 벌떡 일어선 어머니가 다가와 두 손으로 식탁을 짚었다. 그러나 울음을 터트릴 듯 구겨진 얼굴이 미리부터 입술을 떨게 해 그녀의 혼란을 가중시킬 뿐이었다.

"뭐지요?" 격노한 어머니가 사투리로 외쳤다. "뭐냐고요?"

리다는 자리를 박차고 나가 계단으로 향했고, 계단을 뛰어올라가 쾅, 하고 문을 닫고 나갔다. 그러고는 맞은편 계단에서 현관으로 내려갔다.

마침내 도로에 이르자 그녀는 활짝 열린 대문의 어두운 틈새 옆 벽에 몸을 기댄 채로 하늘을 바라보았다.

별이 빛나는 찬란한 하늘이었다. 멀리서 악단의 연주 소리가 들려왔다. 어디서 나는 소리일까? 그녀는 여느 아가씨들처럼 아이스크림을 손에 들고 셔츠 차림으로 즐거운 저 사람들 속에 섞이고 싶다는 갑작스럽고 돌발적인 충동으로 자문해보았다. 산조르조 교회 옆 광장일까? 아니면 레노 성문 쪽 트라발리오 광장일까?*

하지만 이제 그녀는 숨이 가쁘지 않았다. 완전히 등을 기댄 낡은 벽돌 벽 뒤쪽에서 오레스테 베네티의 웅얼거리는 소리가 들려왔다. 어머니에게 아무 일도 아니라는 듯 나직하게 말을 건넸다. 무슨 말일까? 누가 알겠는가? 어쨌든 평온하고 나지막한 그 목소리의 웅웅거림이 그녀를 차분히 설득하고 다

* 트라발리오 광장은 레노 성문에서 가까운 살린궤라 거리 북서쪽에 있다.

시 들어가도록 하기에 충분했다.

층계참 꼭대기에 다시 나타났을 때, 그녀는 완전히 자기 자신의 주인으로 자기 생각과 행동을 통제할 수 있었다.

문을 닫고 급하거나 더디지 않게 계단을 내려오면서 제본업자나 어머니의 눈과 마주치지 않으려 조심했다(그녀가 자리를 비운 사이에 그 두 사람은 그 자리에 그대로 있었다. 제본업자는 식탁에 앉아 있었고, 어머니는 선 채로 묵묵히 물어볼 것이 있다는 듯한 태도로 그녀의 얼굴을 살폈다). 그녀는 식탁 옆을 지나 다시 제자리에 돌아가 앉고서는 어깨를 살짝 움츠릴 뿐이었다. 손님이 남아 있던 두 시간 가까이 결혼이란 주제는—이후 수많은 저녁시간이 흐르는 동안에도 그러했듯이—일체 입 밖에 나오지 않았다.

그러나 오레스테 베네티가 리다를 못 미더워 한 것은 아니었다. 오히려 그는 그녀의 인생을 책임지겠다는 식으로 혼자서 행동했다. 그런 의도를 내보였다.

그에 따르면, 리다는 성격상 큰 결점을 갖고 있었다. 그는 노골적으로 그렇게 선언할 수 있었고, 그럴 때면 주저 없이 눈짓으로 마리아 만토바니를 증인으로 내세웠다. 요컨대, 그는 리다가 항상 얼굴을 뒤로 돌린 채 다 지나간 일들을 곱씹고 있다고 지적했다. 도대체 무엇 때문에 잠시라도 미래가 있는 그 반대쪽으로 고개를 돌리지 않는 건가요? 오만함은 나쁜 짐승입니다. 그것은 마치 뱀이 의심이 들지 않는 곳만 찾아 숨는 것과 같지요.

"합리성이 필요해요." 한숨으로 말을 맺었다. "평정심을 유지하고 전진해야지요."

그런데 종종 모순적이게도, 바로 그가 규칙도 깨면서 젊은 날의 격정적 소망을 그녀에게 다시 늘어놓았고, 더 나은 성숙함, 위엄 있고 평온한 실존을 위해서는 그 상태에서 꼭 벗어나야 한다고 강조했다(비록 신중하고 간접적인 암시와 지적, 비유를 썼지만 유능하고 집요한 그의 말솜씨에 리다는 최면에 걸린 듯 아무 저항도 못했다).

그런 관점에서 그는 그녀를 긍정한다고, 왜냐하면 그녀를 사랑하기 때문에, 전부 다 이해하고 정당화하고 용서할 수 있다고 했다. 그러나 자신이 품은 감정은 아주 명확하지만 자신이 커다란 죄를 지었다는 것, 오로지 그녀와 결혼하는 날에만 벗어날 수 있는 치명적인 죄를 지었다는 것을 스스로 기억하고(새겨두고) 있고, 그녀의 추억을 억제할 만큼 맹목적이진 않다고 했다. 대체 그녀는 무슨 상상을 하고 있었을까? 혹시 그런 종류의 남자, 그가 잘 아는 다른 이들과 같이, 거의 서른 살이나 많은 남자가 결혼 이외의 사랑, 가톨릭 결혼 이외의 사랑을 생각할 수 있을 거라고 상상했을까? 참된 가톨릭신자라면 생명을 잉태할 수 없고, 그 결과 남자와 여자 사이의 관계가 다른 식으로 전개될 수밖에 없는……

어쨌든 셋 다 신경이 너무 곤두서고 줄곧 예민해했기에, 조금만 잘못해도 불안한 그들의 관계는 균형을 잃고 위태로워졌다. 나중에는 당황스러워했고 부루퉁해졌다.

예를 들어 한번은 이레네오를 언급하며 제본업자가 아이를 정말 사랑한다고 했다. 자기가 아버지인 것처럼 사랑한다고.

도가 지나치다 싶은 아차 하는 순간이었다.

"잠깐만요, 오레스테 아저씨는 삼촌 아닌가요?" 어느덧 일곱 살이 된 이레네오, 저녁마다 잠들기 전에 그에게 숙제검사를 받곤 하는 그 아이가 소리쳤다.

"물론이지…… 이건…… 말이 그렇다는 이야기야. 너는 무슨 생각을 한 거니!"

어쩔 줄 몰라하는 제본업자의 모습은 리다에게 그녀 자신이 존중받고 있다는 확실한 느낌을 심어주었다. 착한 남자가 아이와 말을 이어가던 그 잠깐 사이에, 그녀와 어머니는 서로 눈빛을 나누면서, 지긋이 웃음을 지어보였다.

전체적으로 서먹함과 적대감은 거의 없었다. 그런 순간을 예방하고 극복하게 하는 데 선물이 제몫을 톡톡히 했다.

처음부터 오레스테 베네티는 선물을 아끼지 않았다. 결혼하고 나면 지금 건축회사와 한창 매매 협상중인 산베네데토 성문 밖 작은 빌라로 가서 같이 살자고 했으면서도, 전기설비를 해주고, 회벽을 칠해주고, 가구들을 구해주었고, 또 경제적인 주철 난로나 그림, 갖가지 부엌용품과 꽃화분 두 개를 사다 날랐다. 분명 한시도 잊고 지낸 적 없어 보이는 결혼일 텐데, 굳이 서두를 까닭이 없다는 듯이 굴었다. 불필요하고 불합리기도 한 선물을 건네면서, 그는 정말 사랑에 빠진 것처럼 이렇게 말했다. 당신과 결혼한다면 사랑해서 하는 겁니다. 그는 평생 약혼조차 해본 적이 없는 사람이었다. 청년 때나 장년이 되어서도 약혼녀에게 선물을 하는 매혹적인 즐거움을 전혀 맛보지 못했다. 이제 그런 즐거움이 허용됐으니 규칙을 엄격히

존중하면서 서서히 단계적으로 만사가 진행되도록 요구할 권리가 있었다.

매일 저녁 같은 시간에 왔다. 정확히 아홉시 반에.

리다는 멀리서 심지어 도로에서 나는 인기척까지 들을 수 있었다. 이윽고 그가 도착했음을 알리는 요란한 초인종 소리가 들리고, 다음으로 현관에서 계단으로 오르는 차분한 발자국 소리가 들리고, 마침내 위쪽 층계참에서 쾌활하게 인사하는 소리가 들려왔다.

“좋은 저녁이네요, 여사님들!”

그러곤 그는 마침내 계단을 내려오며 〈세비야의 이발사〉의 아리아를 흥얼거리다가 잠시 멈추고 정중히 헛기침을 했다. 그러면 방 안은 순식간에 군인 같기도 하고 신부 같기도 한, 검붉은 머리칼의 작은 남자가 지닌 온화함, 생생함, 당당함으로 가득했다.

그가 도착하는 장면은 늘 똑같았고 몇 해가 지나도 바뀌지 않았다. 모든 면이 예상 가능했음에도 매번 리다는 모종의 망연자실함에 짓눌렸다.

그녀는 일어서려는 낌새도 보이지 않으면서 그가 다가오게 내버려두었다.

하지만 그 이전, 그때 그 시절에는?

오, 그때 그 시절에 지금과 똑같이 요란했던 초인종 소리는, 모피 깃 달린 푸른색 커다란 외투로 몸을 여민 다비드가 초조하게 자갈 포장길에 발을 구르고 추위에 떨며 약속한 대로 길가 대문 앞에서 기다리고 있다는 것을 의미했다(그는 자신을 소개해야 할 어떤 의무도 없다는 듯이 한사코 집에 들어오려 하지 않았다). 그 시절에는 거꾸로 시간이 없었다. 그래서 그녀는 서둘러 옷장에서 겉옷을 꺼내 입고 재빨리 옷장을 다시 닫은 뒤, 화장대 거울 앞에서 급하게 얼굴에 파우더를 바르고 머리를 매만졌다. 분초를 다툴 만큼 짬이 없었다. 그러나 겨를이 없는 그 짧은 찰나에도, 그녀는 여전히 화장대 거울에서, 목뒤로 쪽진 머리칼의 작고 빛나는(쏟아지는 역광을 받아서 꼭 대머리처럼 보이는) 어머니의 잿빛 머리가 어깨 너머로 슬그머니 나타났다가 사라지는 모습을 목격하곤 했다……

"뭐 그리 못마땅하게 쳐다보세요?" 몸을 틀면서 그녀가 소리쳤다. "제가 무슨 말 하려는지 잘 아시지요? 지긋지긋해, 엄마도 이 생활도."

그녀는 문을 급히 닫고 나갔다. 다비드는 기다리는 걸 좋아하지 않았다.

5

여전히 떨며 그녀는 팔짱을 끼고 매달리다시피 따라갔다.

곧장 오른쪽으로 돌아 시내 중심지로 가지 않고 대부분 성채에 다다를 때까지 살린궤라 거리를 따라 내려갔고, 거기서 성벽 위로 난 좁은 길을 따라 재게 걷다가, 이십여 분 후 레노 성문에 이르렀다. 그러길 원한 것은 다비드였다. 그는 가족들과 화해한 상태여서(나중에 상황이 나아지면 집에서 독립할 거라 말했고, 그동안에 먼저 학교를 다니고 정말 대학을 마쳐야 했다!), 당시는 최소한 둘이 함께 다니는 광경이 눈에 띄지 않게 다소 조심해야 했다. 그는 연신 이렇게 말했다. 지금으로선 어쩔 수 없어! 그런 처지였기에, 그녀는 그의 '거들거림'(이건 둘이 만난 초창기에, 그러니까 그가 저녁에 여봐란듯이 그녀를 '살비니'에 데려갔을 때나, 환한 대낮에 둘이서 델라보르사 카페 같은 대처의 카페에 앉아 있을 때, 그리고 그가 지금껏 지겨운 위선의 삶을 살았다며 대학, 친구, 가족 모두 도가 넘친다는 걸 모른다고 큰소리치던 때나 어울릴 법한 말이지만……), 그의 어떤 '건들거림'을 수용해야 한다고 자신을 이해시켰다. 그래도 이 길이 더 좋지 않아? 이렇게 덧붙이며 그는 씩 웃었다. 가장 유효한 사랑의 촉진제는 갈등과 기만 아니던가? 아무튼 한 가지 사실은 확고했다. 성벽 오솔길 쪽으로 접어드는 순간, 그들은 얼마 후 트라발리오 광장의 작은 영화관에 닿게 되고, 그곳에서라면 집안이나 '주변'의 누구와도 마주칠 가능성이 전혀 없었다는 것 말이다.

몸과 맘이 꽁꽁 얼었지만 그녀는 말없이 옆에 붙어 있었다.

그러나 얼마 있다가, 발 디딜 틈도 없고 담배 연기로 자욱한 디아나 영화관 안으로 들어가, 겨우 다비드 옆에 앉아 스크린에 눈을 두게 되면 이내 긴장이 스르르 녹아내렸다. 사랑 이야기가 아닌 경우가 없던 그 영화들, 거기서 온갖 난관에도 꿈을 이어가는 주인공이 그녀에겐 자신을 빼박은 것처럼 느껴졌고, 그래서 결정적인 순간이 오면, 그녀는 고개를 돌려 (뒤에 있는 영사기에서 퍼지는 길고 푸르스름한 빛줄기가 허공을 가로지르는 가운데 그림자에 삼긴 넥타이 매듭, 커다란 목젖, 그 위로 튀어나온 턱, 야위고 기다란 목, 관자놀이 위 머릿기름을 바른 곱슬곱슬한 머리칼을 한) 다비드를 쳐다봤을 뿐 아니라, 그의 손을 더듬어 아플 만큼 꽉 쥐었다. 그러면 다비드는? 그녀의 눈길에 응해 바로 손을 맞잡을 준비가 돼 있던 그는 평온한 모습이었고, 기분이 좋아 보이기까지 했다. 하지만 그것을 결코 다 믿을 수는 없었다. 실제로 얼마간 그녀가 손을 잡게 내버려두다가 이때다 싶으면 그는 별안간 손을 빼냈고, 그게 아니면 아예 몸뚱이를 멀리 떨어뜨려놓거나, 외투를 벗지 않은 채일 때는 벌떡 일어나 "정말 덥다!" 옷을 벗으며 불평을 늘어놓았다. "에잇, 숨 막혀."

소심해진 그녀는 강요하지 않았다. 서둘러 눈을 스크린으로 옮겼고, 그때부터 저 아래, 영화관 한쪽을 차지하는 커다란 회색의 빛나는 사각형 스크린 속에서 장갑 낀 손으로 불을 붙여 담배를 피우며 춤을 추는, 놀라우리만큼 아름다운 여인의 눈을 뚫어지게 쳐다보는 다비드와, 그의 가슴을 누르면서 입술에 오랫동안 입맞춤을 했다…… 간단히 말해서 그녀는 영화에 완전히 사로잡혀 있었고, 그래서 나중에 영화 상영이 끝나 바깥으로 나왔을 때, 다비드가 그녀와 팔짱을 끼며 갑자기 다정한 목소리로, 아까 왔던 길로 똑같이 집까지 바래다주겠다고 제안할 때면, 꿈을 꾸다가 화들짝 깬 것처럼 매번 격하게 몸을 떨었다.

"길이 좀 멀다 뿐이니까!" 다비드는 다그쳤다.

"늦었어. 엄마가 자정까지 기다려." 그녀가 대꾸했다. "추울 거야, 다 젖어서……"

중심지를 가로질러 집에 간다면 얼마나 좋을까! 그녀는 생각했다. 천지사방에 핀(두어 시간 만에 노란 가로등 불빛이 보이지 않을 정도로 아주 짙어진) 안개에 파묻혀 간다면, 장담하건대, 누구도 그들을 알아보지 못할 텐데. 리스토네*를 지

* 베네토 사투리로 대리석 지대, 즉 트렌토에트리에스테 광장.

나 조베카 대로로 가더라도. 물기 축축한 인도로 천천히 걸어 입술과 눈썹이 미지근한 작은 물방울들에 물큰 젖는 걸 느끼고, 진짜 여느 약혼자들처럼 서로 껴안고 갈 수도 있으련만. 하느님께서 허락하신다면, 다비드만 원한다면. 그러면 다비드는 무슨 얘길 하려나? 영화 얘길 하겠지(주인공 배우가 엉터리야, 여주인공도 엉망인 건 똑같아! 하고 말하겠지). 아니면 자신의 속내를 털어놓을 거야, 자기 공부 이야기나 미래 계획 같은 것을 얘기하겠지…… 마지막으로 헤어지기 전에, 사라체노 거리나 보르고디소토 거리에 있는 카페에 가자고 할 수도 있을 거야. 카페 한구석에 앉아 다비드는 아니스 주를 두 잔 주문하겠지. 그러고서 아니스 주를 홀짝거리고, 가까이 온 졸음과 침대를 그리면서, 자기 자신을 둘러쌀 따스함 속에서 진정한 행복은 아닐지라도 최소한 한번은 자기 자신과 삶이 충만하게 일치됨을 맛볼 수 있을 텐데.

하지만 그녀는 굴복했다.

그리고 바로 성벽 쪽으로 가려고 할 때, 활짝 열린 영화관 유리문 앞에 모여 있던 그 동네 청년들이 휘파람을 불고 고성을 지르며 경멸로 씩씩대는 원숭이 소리와 상스런 말을 쏟아냈다. 어떤 이는 담배를 피우며 스포츠나 그 외의 것들을 큰 소리로 떠드는가 하면, 또 어떤 이는 검은색 숄을 두르고 손가락 드러난 양모장갑에 잿빛 치마를 입은 구부정한 할머니의 화덕에서 산 군밤 몇 푼어치를 까먹으면서 껄렁거렸다. 발걸음을 서둘러도 소용없었다. 거리가 멀어질수록 고성은 점점 더 날카로워지고 예리해지는 것 같았다. 가까이 뒤따르는 것처럼, 낚아채서 그녀를 만지려 옷 속으로 파고드는 차갑고 음습한 손처럼 말이다.

첫번째 어둠, 첫번째 풀밭에서 그녀는 풀 위로 쓰러졌다. 그의 어깨 위로 턱을 기댄 채 눈썹을 내리깔지도 않고 그대로 내버려두었다.

그러고 나서 먼저 몸을 일으킨 것은 그녀였다. 그리고 순간 그의 육체 아래서 몸부림치고, 깨물고, 아프게 하고 싶은 충동적인 욕망에 사로잡혔을 때(다비드는 그런 욕망을 절대로 거부하지 않았고 곧장 긴 등을 늘어뜨리며 온몸으로 그녀를 덮쳤다), 그 광기, 그 어떤 분노는 갑자기 그녀에게 엄청난 고뇌와 공포의 느낌을 주었고, 결국에는 그를 밀쳐내게 만들었던 것이다. 벌써 얼마나 멀리 있는가? 그녀는 그를 일으켜 세우고 옷차림을 정돈해주려고 애쓰면서 생각했다. 이제 그에게 중요한 건 아무것도 없어 보였다! 그런데 왜 그가 잘못했다고 탓해야 하나? 혹시 그녀는 그날 저녁이 어떻게 끝날지 전혀 예상하지 못했단 말인가? 도롯가의 대문 앞에서 만나고 그런 다음 거의 인사도 나누지 않고 성벽을 향해 서둘러 걸어가기 시작할 때부터, 모든 것은 매번 지나치리만큼 충분히 예상할 수 있는 일 아니었던가?

그들은 출발했다.

그것은 짐작하고도 남을 만한 일이었다. 추위에 떨고 산만해진 그가 지금 자신에게 무슨 짓을 하든 상처가 될 수밖에 없으리란 것 말이다. 그런데도 그를 자극했다.

예를 들어, 다음과 같은 질문으로.

"너희 엄마 이름은 어떻게 돼?"

그리고 다비드가 침묵하면 그녀가 대신 대답했다.

"테레사." 그녀는 또박또박 발음했다.

그렇게 전혀 쓸모없는 질문을 하고, 그러고 나서 질문에 대답해야 하는 어린 학생처럼 또박또박 발음하면서 자문자답을 하다니, 우스꽝스럽지 않은가?

"그럼, 누나 이름은? 마리나야." 그녀는 계속했다.

웃음을 터뜨리면서 반복해서 말했다.

"마-리-나."

얼어서 단단해진 지면을 디뎌 걸음을 재촉하면서 다비드는 하품을 했다. 하지만 그는 결국에는 작정한 듯이 말을 꺼냈다.

그가 꺼낸 낯설고 어려운 이야기에는 정말 사실인 것도 일부 있었지만—귀 기울여, 목소리의 그 어조에 들어보면 잘 알 수 있었듯이—대다수가 꾸며낸 것이었다. 거의 제 이야기, 특히 상류사회의 어느 아가씨, 이름을 밝히지 않으면서 미모 외에 속된 습관, 섬세한 귀족 취향을 끝없이 자랑하는 그 아가씨와의 '연애사' 이야기가 주였다. 그 만남과 갈등의 관계(그 때문에 자주 다툰 것으로 보이는 관계)는 항상 이례적인 환경에서 일어났다. 예를 들면 연합클럽* 같은, 즉 귀족들의 자선 무도회나 시립 극장의 화려한 공연, 들판으로의 승마 나들이 이후 대미를 장식하는 대정원의 멋진 대저택 연회 같은 데서 말이다. 간단히 말해 '쉽지 않은 관계'였고, 물론 각자의 가족들

* Circolo dell'Unione. 이탈리아 여러 도시에 결성되어 있는 상류층 사교 모임.

한테 방해를 받긴 했지만 종교가 다른 것이 '유일한' 이유였다고 했다. 어쨌든 좀전에 두 사람이 풀밭에서 한 '그것'에 대해서는 실수로도 입 밖에 내지 않는 사건이라고…… 그사이에 그들은 성벽에서 내려와 살린궤라 거리로 접어들었다. 그때껏 숨죽인 채 가만히 이야기를 듣던 그녀는 집과 가로등의 모습에서 이제 곧 헤어져야 한다는 걸 깨닫고 엄습하는 강렬한 불안감과 언뜻언뜻 억제하지 못할 것 같은 두려움을 느꼈다. 아, 낡고 볼품없는 외투, 젖어 관자놀이에 들러붙은 헝클어진 머리칼, 노동과 동상으로 뒤틀린 거친 손. 그녀는 스스로 얼마나 증오했던가! 하지만 이 순간 진정시키는 것 외에 무슨 방도가 있을까? 자그마한 키에 육체적으로나 성격적으로 매력이라곤 없는 운명을 타고났으니 어쩌랴, 이제라도 받아들여야지(차라리 좀더 창녀 같았다면 좋았으련만!). 누가 알겠는가? 그때부터 평정심을 가졌다면 다비드가 그 태도를 고맙게 생각해주었을지. 그렇다면 훗날 그녀를 오래된 친구로, 어떤 질문도 충고도 허용되는 친구로, 미묘한 충고까지 해줄 수 있는 그런 친구로 대하게 되었을지. 그게 부족한가? 물론 부족하지. 하지만 아예 없느니보다 언제나 그게 낫다.

어느덧 집 앞문을 지나 현관에 이르렀다. 나직한 속삭임으로 바뀐 목소리였지만 다비드는 이야기를 이어갔다. 그는 무슨 말을 했던가?

예를 들어가면서 그는 이렇게 말했다. 대학교를 마치고 나면 즉시 페라라만이 아니라 이탈리아를 뜰 거야. 시골에서 변변찮게 살고 이 형편없는 도시에서 썩는 게 지겹거든. 십중팔

구 미국에 가겠지, 그렇게 되면 눌러 앉겠지, 결국에는.

그럼 누구랑 가, 미국은? 그녀가 기회를 엿보다 용기를 내어 물었다. 혼자인 거야, 아니면 엄청나게 좋아한다는 아가씨랑인 거야?

"혼자야." 건조하게 답했다.

그는 자신은 결혼할 유형이 아니라면서 이렇게 덧붙였다. 아무랑도. 지금 당장은 기분전환을 하고 싶을 뿐이야, 전에도 말했었잖아. 그게 다였다.

그녀는 아무 대꾸도 하지 않았다. 어둠에 잠겨 고개만 끄덕였을 뿐이다.

그렇지만 한 번 더 그 말을 다시 듣게 된다면—침대 머리맡 탁자에 놓인 자명종 시계의 똑딱똑딱 소리, 자꾸 잠을 훼방 놓는 어머니의 코고는 소리를 들으면서 천천히 돌이켜볼 수 있는 시간을 갖게 된다면—그녀는 어이없어하며 웃어주고 말았으리라.

그녀는 물었다.

"만일 내가 임신했으면?"

이런 유의 질문이 다비드를 오 분 더 붙잡아둘 수 있다는 걸 잘 알고 있었다. 그 오 분간 무슨 말을 할 수 있는가는 중요하지 않았다. 중요한 것은 그가 떠나기 전에 그녀에게 입맞춤을 해야 할 필요성을 느낄 수 있는가였다.

6

1929년 겨울은 추위가 정말 이례적으로 혹독했다. 그와 비교할 수 있는 다른 해를 찾으려면—오레스테 베네티가 주장하는 대로—포 강까지 꽁꽁 얼어붙었던 그 유명한 1903년이나 1917년쯤으로 되돌아가야 할 것이다.

크리스마스 무렵 첫눈이 오더니 주현절*까지 내내 눈이 내렸다. 어찌 됐든 나중에 이례적이었다고 기록하게 될 낮은 온도까지 내려가려면, 추위는 아직 멀었다. 오히려 주현절 직후 짧은 기간 동안은 심지어 햇볕이 쏟아져 봄처럼 따스하고 일찍 눈이 녹기까지 했다.

'믿어도 될까?' 마리아 만토바니는 스스로 물었다.

12월 초부터 심한 기침과 고열의 독감을 앓던 그녀는 침대

* 주현절主顯節 또는 공현절公現節. 양력 1월 6일경.

에서 살린궤라 거리로 지나가는 차량의 철벅거리는 소리를 듣고 있었다. 아니, 믿을 게 못 돼. 이불 밑에서 인상을 쓰고 입을 비쭉거리면서 혼자서 뭐라고 중얼거리고 있었다. 그 온기, 아니, 그 온기보다 안개, 오후 이른 시간부터 피어올라 들판에서 부슬부슬 마치 비처럼 공기를 적시는 안개가, 그럴 욕망이 있더라도 그 어떤 환상도 갖지 못하게 했다.

오레스테 베네티는 들어오자마자 맨 먼저 축축한 외투를 벗어 입구 문 위에 튀어나온 못에 걸었다(얼마 전부터 리다가 열쇠를 주었기에 이제 초인종을 울리지도 않고 들어왔다). 그러고 나서 아주 즐거운 표정으로 계단을 내려왔다. 끝으로 언제나처럼 식탁 끝에 앉은 뒤 이야기를 시작했다.

두어 달 전부터, 그러니까 이레네오가 신학교에 기숙 학생으로 입학한 뒤부터는 이야기의 주요 화제가 자연스럽게 아이로 옮겨갔다. 그는 이렇게 말했다. 물론 결정을 내리기 전에 시간이 필요할 겁니다. 그렇지만 제 소견에 따르자면 이레네오가 커서 무엇을 할 수 있을지 지금부터 고려해볼 필요가 있어요. 중학교 3년 과정은 어떠한 경우든 끝내는 것이 좋을 겁니다. 하지만 그후에는요? 학교에서 데려와 곧장 어디서든 일하게 하는 데는 물론 동의해요. 하지만 중학교 졸업장을 받고 나면, 일단 다양한 공부 교과들 중에서 선택을 해야 합니다(오! 페라라에는 그냥 고등학교만 있는 게 아니라, 사범학교도 있고, 회계사나 측량사를 배출하는 기술학교도 있고, 로베르셀라 거리 길 끝에는 산업학교도 있잖습니까!). 이쪽이든 저쪽이든 최종적으로 선택을 해야 할 테지요.

어느 날 저녁에는 도착하더니 엄숙한 표정으로 그날 오후 신학교에 들렀다고 말했다. 자비로운 돈 카스텔리 신부의 후임으로 이십 년 전부터 교장직을 맡아온 돈 보노라 신부를 만나서 이레네오 이야기를 주고받았다는 것이다.

"무슨 말을 해주길 바라나요?" 돈 보노라 신부는 애당초 그렇게 말했을 뿐이다. "이제 겨우 두 발로 선 겁니다. 논리와 문장을 분석하는 단계지요. 진정하고 고유한 라틴어는 아직 걸음마를 떼지도 않았답니다……"

그래서 이레네오 성격은 어떻게 생각하느냐고 물어보았다고 했다. 성격에 있어선 신부는 여전히 신중하고 세심하게 표현하면서도 그렇다고, 실제 아이 성격은 좀 생각해볼 필요가 있다고 했다. 물론 최종 판단을 내리긴 아직 이르다고 덧붙였다. 어쨌든 약간 취약하고 의욕이 없는 성격이라고, 그 점은 불행히도 의심할 여지가 없어 보인다고 했다.

오레스테는 입술을 깨물었다. 그러고는 갑자기 추위로 화제를 돌렸다.

"내가 보기에 아직 끝나지 않았어요." 천장 쪽으로 눈을 들고 불신하듯이 대기의 냄새를 맡으면서 말했다. "최악의 추위가 머잖아 곧 닥칠 거예요."

방 한구석 침대에 누운 마리아 만토바니는 서둘러 고개를 끄덕였고(으레 그렇듯 제본업자와 리다가 마주보고 앉아 있는 식탁에서 창백하게 튀어나온 코와 콧구멍 두 개의 어두운 수직 틈새를 보았고), 혼자 말없이 미소를 지었다.

오레스테 베네티가 옳았다. 겨울의 가장 강력한 고통은 아직 오지 않았다. 실제로 정월 하순에 하늘은 도로 닫혔고 온도는 내려갔다. 시시로 험하게 몰아치는 돌풍에 뒤집힌 대기 속으로 눈이 광폭하게 다시 쏟아지기 시작했다. 마치 높은 산에 와 있는 것 같았다. 시청에서 임시 제설 작업반이 제때에 와 눈을 치운 덕분에 소로와 좁은 보행로로 줄어든 도로에는, 특히 이차 도로에는 그나마 사람이 다닐 수 있었다. 폭설 초기부터 도시 성벽의 모든 구간은 즉흥적으로 무리지어 모인 대학생 스키 애호가의 명소가 되었고, 그리하여 파시스트당은 성벽 위에서, 정확히는 산조르조 성문에서 레노 성문까지의 구간에서 스키 시합을 열기로 결정했다. 그 결과 아주 황량하고 고즈넉하던 살린궤라 거리가 하루아침에 사람들이 종일 북적이고 시끄러운 주요 도로로 바뀌었다.

마리아 만토바니의 상태는 갑자기 악화되었다. 열이 다시 오르기 시작했고 호흡이 가빠졌다. 의사를 불러왔고, 그는 재빠르게 검사한 뒤에 폐렴 진단을 내렸다. 위험이 있냐고요? 물론 있습니다! 의사는 나이를 지긋하게 먹은 자그마한 남자의 정곡을 찌르는 질문에 대답했다. 자신을 부르러 왔던 그가 친척일 거라고 생각했던 듯하다. 외관상 상당히 불안정한 환자의 일반적인 상태는 결코 낙관할 수 없다고 했다.

닷새째 날이 고비가 될 테니 잘 대비하라고 통고했다.

마리아 만토바니는 창문에서 눈을 떼지 않았다. 그 너머 유리창을 가로질러 한낮의 빛줄기가 힘겹게 들어왔고 함박눈이 펑펑 소용돌이치며 내리는 것이 보였다. 청각을 곤두세워 보았다. 살린궤라 거리가 즐거운 합성과 서두르는 발걸음 소리로 희미하게 울렸다. 바깥에 무슨 일일까? 그녀는 혼자 궁금해했다. 도시에서 축제가 열린 것 같았다. 그런데 왜 모든 음성, 모든 음향이 이다지도 아득하게 들리는 걸까?

"잘 들리지 않아." 그녀는 불평했다. "안 들려. 귀에 덮개를 씌운 것 같아."

"눈이 내려서." 침대가에 앉은 리다가 대답했다. "그래서 그래요."

어머니는 조그맣게 웃었다.

"절대로 그래서가 아니야." 힘겹게 눈을 깔며 웅얼거렸다.

두어 시간 뒤 숨이 가빠지기 시작했다. 신부를 부를 필요가 있었다. 실제로 제본업자는 재빨리 사라지더니 잠시 후 산타 마리아인바도 교회 본당 신부와 함께 나타났다.

그사이 방 안은 사람들로 가득했다.

대부분 이웃에 사는 여인들로 누구의 통보도 없이 자발적으로 왔다. 그런데 어떻게 들어왔을까? 리다는 궁금하지 않을 수 없었다. 그래, 맞아, 오레스테였어!(이렇게 그 이름만으로 충분했는데, 그전까지는 그 이름을 부를 생각이 전혀 떠오르지 않았다……) 어찌 됐든 반시간 후 신부가 떠난 뒤에도 이웃 여인들은 방을 떠나지 않았다. 모두 남아 있었다. 머리에 숄을 두른 채 창문가에 모여 짤막한 기도를 올렸다.

방 한가운데 우두커니 선 오레스테 베네티는 두 손을 모으고 있었다. 가쁜 숨이 멎자마자 재빨리 나아가 머리맡으로 몸을 숙였다. 가볍고 정확한 그의 손은 마리아 만토바니의 치켜뜬 눈을 감겼고 경직된 두 팔을 가슴에 십자로 교차시켰고, 마지막으로 흩어진 시트와 바닥에 흘러내린 담요를 몇 번의 노련한 손놀림으로 정돈했다.

그 시간 내내, 일을 끝낸 제본업자가 말없이 처음에 온 곳으로 돌아갈 때까지, 리다는 단 한 번 몸짓도 단 한 번 움직임도 하지 않았다. 그 뒤에도 한참, 이제 분명히 알고 있듯 곧 남편이 될 사람의 크고 근면한 손이 눈앞에서 사라지고 나서도, 침대가에 그대로 앉아서 밀랍 같은 어머니의 옆모습을 응시했다. 감긴 눈썹, 불현듯 더 크고 강해 보이는 코, 모호하고 불합리하게 행복하게 웃는 것 같은 입술, 너무나 친숙하던 그 모습이 갑자기 달라 보였고, 이제야 세세한 것 전부를 포착할 수 있을 것만 같았다. 그러는 사이 무언가 오래된 것, 날카로운 것, 강한 것이 안에서 서서히 풀려나오는 것을 느꼈다.

그녀는 얼굴을 감싸고 숨죽여 울기 시작했다.

마침내 고개를 들고 제본업자에게 그렁그렁한 눈으로 나직이 말했다.

"저를 내버려두세요. 가세요, 오레스테. 당신도." 고개를 떨구고 덧붙였다.

"좋아요, 좋아……" 오레스테는 풀죽어 중얼거렸다.

여인들이 하나둘 자리를 떴다. 계단 중간에서 여인들을 뒤따르더니, 오레스테는 마지막으로 층계참에 이르러 문을 닫고 맨 끝으로 사라졌다.

담요에 팔꿈치를 기대고 손으로 얼굴을 감싼 채 혼자 남은 리다는 어머니와 자신, 그 둘의 이야기를 생각했다. 하지만 특히 다비드, 다비드를 생각했고, 아주 오래전 어느 초봄 무렵 그와 함께 살러 간 모르타라 거리의 다세대 주택 방을 생각했다.

일은 그렇게 되었다.

겨울이 끝나가던 어느 날 저녁(그해 겨울, 다비드의 모든 말과 행동에서 드러나는 권태와 지겨움으로 인해 그녀는 언제부턴가 그가 '이제 됐어, 리다. 이제 우리 더이상 만나지 않는 게 좋겠어'라고 말할 것을 기다리게 됐고, 그 기다림에 지쳐가고 있었다), 다른 수많은 저녁과 똑같은 어느 날 저녁, 다비드는 난데없이 모르타라 거리의 다세대 주택에서 "평범한 노동자 부부처럼 함께 가정을 꾸리자"고 제안했다. 결론적으로 자기네 집안과 헤어지기로 결심했다고 하면서, 그리고 그것은 '새로운 존재'가 되고 싶어서라고 말했다. '고미다락방'에서, '맨 위층의 아름답고 시적인 고미다락방'에서 도시 전체의 전망뿐 아니라 '볼로냐의 산들까지 이어진 들판'의 전망과 더불어 살고 싶어서라고 말이다. 자신은 '가족을 부양해야 하니까 설탕공장에 입사할 거야'라고 하면서…… 그러면 그녀는? 그녀는 여느 때처럼, 맨 처음 만났을 때처럼 이내 알겠다고 답하는 것 말고 무엇을 할 수 있었겠는가? 산조르조 구역의 야외업소에서 우연히 처음 만났을 때(그때 그녀는 열여섯 살을 갓 넘긴, 요컨대 모든 면에서 한갓 소녀에 지나지 않았다), 둘은 저녁시간 내내 커플이 되어 있었고, 자정께 성벽 풀밭으로 갔다. 그녀는 아무것도 되묻지 않았고 한순간도 망설이지 않았다. 며칠 후 그녀는 작은 보따리를 팔에 끼고 집을 나왔고 어머니는 언제나처럼 말 한마디 없이 바라보았으며,

그것으로 안녕이었다. 물론 얼마나 미친 짓이었던가! 하지만 훗날, 많은 세월이 흘러, 아이를 낳고 나서 다세대 주택 방으로 혼자 돌아와 매일 젖이 점점 부족해지는 걸 느끼고 몇 리라밖에 남지 않았을 때가 돼서야 그제야 당시까지 자신의 삶을 이루던 오랜 백일몽에서 깨어났던 것이다.

하지만 다비드, 그는 누구였는가? 오랜 세월이 지난 이제야 그녀는 자문했다. 도대체 무엇을 찾고 있었고, 진정으로 무엇을 원했던가?

다세대 주택 아래층 방에는 산탄나 종합병원* 간호사 가족이 살았다. 간호사 마스텔라리 씨와 아내, 네 아이를 포함해 모두 여섯 식구였다.

아침에 마당으로 물 길으러 갈 때 드물지 않게 마스텔라리 부인을 만나곤 했다.

"남편은 뭐 하세요? 노동자?" 한번은 맨 끝에 리다에게 물었다.

"네. 지금은 실업자이지만 곧 설탕공장에 다닐 거예요." 그녀는 다급하게 대답했다. 다비드가 혹시 학위를 밟는 대학생이 아닌지, 집안과 갈등하는 귀족 자제는 아닌지, 성탕공장에 가본 적도 없는 사람은 아닌지, 애당초 의구심을 아예 품지 못하게 막으려는 듯이.

세상에 노동자라니! 그렇지만 '평범한 노동자'가 되는 것 말고 다비드가 하고 싶어한 게 있던가? 반복해서 정말로 그렇

* 페라라와 인근 지역에서 가장 큰 병원으로 시내 외곽 쪽에 있다.

게 말하지 않았던가?

사실 그는, 말이면 그걸로 다 됐다. 그러면 모든 것이 단순해지고 그만큼 편리해졌다. 결혼하는 일? 그는 결혼을 항상 우스운 짓으로 여겨왔다면서 이렇게 말을 꺼냈다. 나는 결혼이 제일 전형적이고 역겨운 '부르주아 광대짓'이라 생각해왔어. 그런데 기본적으로 그녀가 '결혼에 대해' 생각해왔으니까. 그 대목에서 씩 웃으며 말했다. 일 년 안에 취직하면 그때는 분명 '시청에서 거주 신청'이 가능하리라 확신한다, 확실해. 자신은 그녀랑 결혼할 거라고 편리하게 약속했다. 아내가 되고 싶다는, '법 앞에서도 부인'이 되고 싶다는 '좀더 합법적이고 납득할 만한 포부' 앞에서 그는 전혀 서두르지 않았고, 그러면서 거꾸로 말로만 '전체 진행시일'이 최대한 앞당겨지도록 애쓰는 중이라고 했다……

그는 무더운 여름날 오후를 노상 누운 채 자면서 보냈다. 그의 숨결은 아주 느렸고, 며칠 깎지 않은 수염이 텁수룩한 얼굴은 핏기가 없었기에, 바로 지금 어머니 침대 곁에 있는 것과 똑같이, 그녀는 침대가에 앉아 팔을 흔들어 깨우고 싶은 유혹을 이기지 못했다. "뭐야?" 그는 도저히 떠지지 않는 눈을 하고 불평했다. 그러고는 벽 쪽으로 돌아누워(파자마 윗도리가 흥건히 땀에 밴 등을 보이며), 다시 잠을 청했다.

저녁을 먹고 나면 으레 나들이를 갔다. 약간 시원한 곳을 찾아 습관적으로 늦게 마레 성문*으로 갔다. 다세대 주택에서

* '바다 성문'이란 뜻. 아드리아해로 향해 있다. 일명 산조반니 성문.

마레 성문까지는 꽤 멀었지만 걸어갈 만한 가치가 있었다. 세관 방벽 조금 너머에 있는 아이스크림 가게 앞에는 테이블 여남은 개가 있었다. 다비드도 아는 바대로 그녀는 어렸을 때부터 아이스크림을 무척 좋아했다.

포사토디모르타라 거리로 가면 금방 성벽에 이르렀다. 그 성벽 위에서 어느 저녁 그녀는 걷다가 딱 멈추었다.

"들어봐. 정말 아기가 생길 것 같아." 다비드 팔을 붙잡으며 침착하게 말했다.

그때 그는 아무 놀라움을 표현하지 않았다. 어떤 몸짓도 말도 없었다.

잠시 후, 그 아이스크림 가게에서 그녀는 계산대 가장자리에 가슴을 기대고 카바이드 불빛에 눈부셔할 때, 그가 갑자기 친절한 어조로 물었다.

"어떤 걸 원해? 레몬, 초콜릿?"

앉을 생각도 않고 그는 벌써 자기 아이스크림(언제나처럼 크림과 생크림을 섞은 아이스크림)을 핥아댔다. 하지만 슬퍼 보였고 낙담한 듯했다. 아이스크림을 핥으면서 머리에서 발끝까지 그녀를 쭉 훑어보았다.

"오늘 저녁은 진짜 참을 수 없이 덥다." 어느 순간 식식거리며 소리쳤다. "산악지대에서는 말이야, 밤이 되자마자 곧장 스웨터를 껴입어야 하는데."

7월 초부터 코르티나담페초로 이사한 가족을 두고 하는 말이 분명했다.

"자기네 가족은 어디서 머물게 돼?" 리다는 용기를 내서 물었다(이번에도 초콜릿으로 결정한 뒤 이제 그녀도 아이스크림을 핥았다). "집?"

"아니, '미라몬티' 호텔.* 일종의 성을 보면 돼." 그는 곧이어 덧붙여 설명했다. "근처에 있는 숲은 핀치콘티니가의 정원, 그러니까 안젤리 성벽 바로 아래 피오포니 끝에 있는 정원보다 대략 예닐곱 배 더 크고, 몬타뇨네 공원보다 최소한 열두 배는 클 거야……"†

다비드, 너는 대체 누구야? 찾는 게 뭔데? 원하는 건? 왜 이러고 있어?

이러한 질문에 대답은 없었고, 앞으로도 영영 없을 것이다. 그리고 너무 늦었다. 누군가가, 아마도 오레스테가 유리창을 두드리고 있는 것 같았다. 이제 일어나 도로 쪽 대문까지 가서 들어와도 좋다는 말을 건네야 할 것이다.

* 알프스 자락 베네토 지방의 휴양도시인 코르티나담페초에 있는 호화 호텔.

† 바사니가 『핀치콘티니가의 정원』에서 묘사하는 정원은 에르콜레프리모데스테대로가 끝나는 북쪽에서 산베네데토 성문까지 성벽을 따라 길게 펼쳐지지만 실제로 그렇게 넓은 개인 정원은 없었다.

7

실제로 오레스테였다.

현관까지 이웃 여인들과 함께 간 다음, 그는 거의 반시간 동안 머물면서 일어난 일에 대해 이야기했고, 특히 그네들이 하는 말을 귀담아 들었다. 하지만 도로로 나가 헤어진 뒤 혼자 남게 되자 대문 앞에서 이리저리 서성이기 시작했다.

마음속에서 두 가지 상반된 감정, 대립되는 욕구를 느꼈다.

한편으로는 빨리 가게 문을 닫아야 했다. 마리아 만토바니의 죽음으로 필요한 것을 곧바로 부지런히 준비할 수 있도록. 하지만 리다 생각은 그를 붙잡기에 충분했다. 그는 여러 번 몸을 굽혀 창문 뿌연 유리에 얼굴을 갖다대고 방 안을 살폈다. 저 아래 침대가 오른쪽에 구부정하게 움직이지 않는 조그마한 잿빛 형상을 구별할 수 있었다.

"뭘 하는 거지?" 자기가 마치 남편이라도 되는 양 애틋한 조

바심으로 투덜거렸다.

저녁의 첫 그림자들이 내려왔고, 눈은 그쳤지만 추위가 날카로웠다. 이웃집 창문으로 불 켜진 부엌과 식당이 보였다. 어서 무언가 결정해야 했다. 무수히 몸을 굽혀 방 안을 살펴보고(아주 어두컴컴했고, 확실히 이젠 아무것도 보이지 않게 되어……), 손가락으로 유리를 두드려보았다. 그러고 나서 귀를 기울이자 가슴께가 심장 뛰는 소리로 쿵쾅거렸다. 마침내 안쪽 계단을 오르는 리다의 발소리가 들리는 듯했다. 그때 그는 재빨리 대문 안으로 들어갔다. 그녀가 문 손잡이를 돌리고 열기 직전에 이미 층계참 꼭대기에 있었다.

곧바로 첫 시선에서 자신이 다시 우위에 있음을 깨달았다. 리다는 문설주에 등을 기대고 그의 눈을 말없이 응시했다. 그녀의 눈에서는 그가 자신을 보호해주었으면 좋겠다는 것 외에 어떤 다른 요구도 읽을 수 없었다.

"맙소사, 밤새 이러려는 건 아니죠!" 사투리로 거의 퉁명스럽게 말했다.

그러고 문지방 너머에 서서 자기가 할 일을 늘어놓았다.

빨리 가게 문을 닫아야 하는데, 잔일을 몇 가지 처리하고 돌아오려면 적어도 두어 시간은 걸릴 거라고 했다. 하지만 가게로 가기 전에 이웃에 사는 베디니 부인 집에 잠시 들러, 도와주실 만한 분이니, 이리 와달라고 청하려 한다고 했다.

"왜 그래야 하느냐?" 그는 리다가 불복하지 못하게 가로채며 외쳤다. "그야, 당신한테 말벗도 되고…… 저녁밥도 좀 차려주고…… 하다못해 기도라도 할 수 있으니까!"

'저녁밥'이란 말에, 리다는 싫은 표를 내며 고개를 저었다. 하지만 그녀는 다른 언쟁에서는 어떤 저항도 못했다. 그는 시선을 떨구었다가 웃으며 그녀를 쳐다보았다.

그러더니 손을 흔들며 계단 아래로 사라졌다.

밤새 기온이 곤두박질쳤다. 이튿날 아침, 분홍빛 햇살이 유리창에 아로새겨진 성에꽃 무늬들을 은은히 비추었다(리다는 침대에 누워 자고, 베디니 부인은 의자에서 꾸벅꾸벅 졸고, 한숨도 못 자고 밤새 기도한 오레스테는 날씨를 살피며 창가에서 있었다). 흐릿하고 뿌연 안개에 잃어버렸던 푸른 하늘 저 멀리서 내려온 빛, 온기를 되살리는 햇빛이었다. 이 순간 오레스테는 짧게 친 은발머리의 목뒤로 외투 깃을 세우며 강추위로 곱은 손가락에 입김을 불어넣으면서 예측했다. 온도계는 한참 영하를 떨어졌겠구나. 영하 십도, 십오도, 이십도, 누가 알겠는가? 하여간 그것이 날씨를 정하게 되겠지. 정월 한 달, 어쩌면 2월 중순까지 더 낮은 눈금의 온도가 찍히게 되리라. 그리하여 겨우내 들판을 지나는 수로水路들과 레노 강,* 포 강마저 얼어붙고, 상수도관이 터지고, 이런저런 갖가지 일이 터져 1903년 겨울과 맞먹게 되겠지. 농사가 타격 받을까? 아닐거야. 어쨌거나 그는 상당히 만족해했다. 일말의 당혹감도 없이 추위를 받아들였다. 정확히 모든 것을 예측했다는 사실로 인해 만족해했다.

마리아 만토바니의 장례식은 그날 늦은 오후에 치러졌다.

* 에밀리아로마냐 지방에서 포 강 다음으로 중요한 강.

삼등급 마차는 잘 다져진 눈길을 미끄러지듯 나아갔고, 신부와 키 작은 성직자 뒤에서 오레스테 혼자 따라 걸어갔다. 그가 건넨 충고에 따라 리다는 순순히 집에 남았다. 한때 돈 카스텔리 신부의 총애를 받았던 신학교 기숙학생이자 크라스의 병사였던 그에게, 그 혹독한 추위는 힘을 불어넣어, 전날 밤의 잃어버린 수면시간을 마법처럼 되돌려주었다. 그는 눈을 내리깔고 걸었다. 본능적으로 신부의 걸음에 보조를 맞추어 걸으면서 마차의 높다랗고 섬세한 바퀴가 눈에 새겨넣는 자국을 계속 응시했고, 바퀴에서 서서히 떨어지는 작은 눈덩이들이 검은 니스칠로 반짝이는 바큇살과 스프링을 슬쩍 덮는 것을 응시했다.

그가 돌아왔을 때는 어느새 밤이었다. 얼마 전처럼 도로에서 유리창을 두드리는 대신, 그만이 가능한 초인종 소리를 힘차게 울리며 들어가고 싶었다.

리다는 계단 끝에서 기다렸다. 잠을 잔 것이 분명했다. 실제로 얼굴이, 피곤한 흔적이 역력하던 이전의 기색과 달리, 완전히 생생하고 안정적이었다.

그는 예전의 그 자리에 앉아서 식탁에 팔짱을 끼고 기댄 채 소박한 난롯가에서 분주히 움직이는 리다를 보았다. 동작 하나도 놓치지 않았다. 비밀스러운 환희와 감사가 섞인 아주 특별한 표정으로 지켜보았다, 그녀의 말 한마디, 몸짓 하나, 그저 그런 눈길에서 그를 기쁘게 해주려는 욕망과 노력 같은 것이 그의 눈에 얼비쳐 지나갔다.

"오늘밤 다시 베디니 부인을 부르는 게 좋겠어요." 짚고 가자는 듯이 그가 말했다. "나중에 내가 들러야겠어요. 내일 돈 보노라 신부님께 가볼 생각입니다. 아이가 다음 두어 주간은 집에서 자야 할 거라 생각해요. 그다음은 두고 봅시다."

이제는 그가 결정했고 앞일을 대비했다.

저녁을 먹고, 치워야 할 식탁 앞에 두고, 그들은 대화를 나누었다. 마리아 만토바니와 그녀의 생을 오레스테는 오랫동안 나직하게 이야기했다. 가엾은 그분은 사는 동안 사랑이 너무 많고 마음이 너무 너그러워서 너무 크게 고통을 받았다고 했다. 그러면서 마지막으로, 내일 아침 그녀가 안장될 시립 공동묘지 묘소를 설명했다.

정말로 멋진 장소입니다. 그는 장담했다. 귀족적인 장소예요. 그런 데는 생전 본 적도 없다면서 그녀에게 질문을 던졌다. 혹시 알고 있나요? 보르소 거리 근처의 아치 주랑柱廊하고 완전히 똑같이 커다란 반원을 그리면서 체르토사* 수도원 입구 쪽에서 안젤리 성벽 방면으로도 완벽히 이어져 있는, 산크리스토포로 교회 우측 방면에서 시작되는 최근에 지어진 주랑 건물 말입니다. 그녀 어머니가 묻힐 장소가 바로 거기, 그 새로운 주랑 아래라고 했다. 아, 아니다. 그는 거듭 말했다. 남쪽을 향하고 있고, 온실처럼 이른 아침부터 저물녘까지 종일 햇살이 비쳐드는 엄청나게 훌륭한 장소지요.

"당연히 그쪽에 있는 묘지들은," 잠시 뜸을 들이다가 입을 달싹이며 말을 이었다. "아주 비싼 편이지요."

* Certosa. 카르투시오회 수도원을 일컫는 이탈리아어.

하지만 곧, 명백히 오해할까 두려워하는 모습으로, 제발, 그녀, 리다는 어떤 식으로든 장례비 따위는 염려하지 않았으면 한다고 덧붙였다.

"오래 일했고, 신께서 복을 주셔서 웬만큼 모으기도 했고!" 그는 말했다.

입술의 여린 떨림을 가누지 못하고 이어 말했다. 당신이 제게는 희망이고…… 믿음이고…… 다른 한편으로는 이게 가엾은 그분도 기뻐하실 일이란 확신도 들고……

"쉽게 말해, 그러니까 지금부터 내 재산은 당신 것이기도 하다는 거예요." 그는 말문을 닫고(무엇보다 처음으로 친근한 어법의 '당신'이라는 말을 썼다!), 몸을 숙여 그녀를 뚫어지게 쳐다보았다. 끝으로 그는 서둘러 일어나며 작별 인사를 하고 내일 아침에 다시 오겠노라고 약속했다.

그들은 나누어야 할 말이 너무 많았다!

8

"우리는 나누어야 할 말이 너무 많아요." 오레스테는 헤어질 때마다 그렇게 주장하곤 했다. 아니면 최소한 그의 진지하고 부드러운 눈이 말없이 그렇게 약속했다.

실제로 말하는 것은 언제나 그였다.

일상적인 기억들, 가령 신학교에서 보낸 어린 시절이나 훗날 크라스의 참호 안에서 싸운 전쟁에 관한 기억들, 그런 것에 휩쓸리지 않을 때는 주로 긴 독백의 종교 이야기를 늘어놓곤 했고, 최근에는 특히 종교와 긴밀히 연관된 최종적인 정치전개 과정을 이야기하는 일이 잦았다.

바로 그해 2월 라테라노협정* 서명 이후 그의 애국심은 자

* 1929년 무솔리니 내각과 교황청이 맺은 협정. 1870년 이탈리아 왕국의 로마 합병 이후 빚어진 교회와의 갈등을 풀고 바티칸에 독립국 지위를 주었다.

유롭고 열광적으로 퍼져나왔다. 교회는 훌륭했다고 말했다. 왜냐하면 이탈리아와 세계의 선을 고려해 모든 고집과 보복의 문제를 잊기로 했기 때문이다. 물론 이탈리아 정부 또한 훌륭했다. 앞장서서 화해의 길로 들어선 커다란 장점을 인정해야 한다고 했다. 분명 교회와 국가는 남자와 여자의 모습으로 자기 앞에 있는 것 같은데, 그들은 때로는 격렬한 위기로 혼란스러웠던 긴 세월의 힘든 관계를 뒤로하고 마침내 결혼하기로 결정한 것 같다고 표현했다.

이제부터 멋진 일이 얼마나 많이 벌어질까! 그는 열광적인 눈으로 말을 이어갔다. 어느새 다가온 봄은 영원한 행복과 평화의 시대, 신화의 황금시대가 새로 펼쳐지리란 것을 보여줄 거야. 성경과 복음서의 규정대로, 단테 알리기에리의 꿈과 예언대로, 교회와 국가는 실질적으로 일치한다는 것이 인정될 테지. 신부는 더는 박해받거나 의심받지 않을 거야. 사회가 더는 신부를 배격하지 않을 거고, 귀를 기울이고 존경해야 하는 아버지처럼 받아들일 거야. 그리고 만일 오늘날 같은 이탈리아민중당 유형의 진정하고 고유한 가톨릭정당의 재탄생을 희망한다면, 이는 경솔할 수도 있지만 중요하지 않고 현재까지의 성과만으로 충분할 수 있지. 사실 그대로 말하자면, 이탈리아가톨릭행동과 이탈리아가톨릭대학생연맹의 젊은이들이 화해한 건 적잖은 성과인 거야! 사보이아 문장紋章이 새겨진 삼색기*에서

* 사보이아 왕가는 사르데냐와 피에몬테를 통치하던 프랑스 가문으로 1861년 통일이탈리아왕국 탄생에 큰 역할을 했다. 한동안 녹색, 백색, 적색의 이탈리아 국기 정중앙에는 사보이아 문장이 있었는데, 1946년 공화국 수립 이후 빠졌다.

조국의 깃발을 축복할 수 있게 된 것은 적잖은 게 아니라, 아주 커다란 성과인 거야!

이런 이야기로 유발된 격정의 감정을 자제하면서 마지막으로, 나지막하게 그들, 자기 자신과 리다의 이야기를, 특별히 산베네데토 성문 밖에 마련해놓은 작은 빌라, 5월 결혼식 다음날 그들이 가서 살게 될 집 이야기를 꺼냈다.

그는 불만을 늘어놓았다. 새로 회칠한 한쪽 벽에 습기가 배어나와 여기저기 얼룩이 졌다며 미장이를 불평했고, 셔터가 제대로 작동하지 않는다고 목수에게 불평했으며, 태도가 퉁명스럽고 불친절하다고 측량사에게 불평했다. 하지만 뒤이어 빌라가 세워질 장소의 설명으로 넘어가면서 얼굴은 완전히 평온해지고 밝아졌다. 산베네데토 대로 끝에 가면 집이 있어. 그는 수차례 반복해서, 멀리 떨어진 도시, 페라라보다 엄청 더 아름답고, 아늑하고, 살기 좋은 도시를 아주 자세히 비밀스럽기까지 한 부분까지 묘사하려 애를 썼다. 빌라가 있어. 말하자면, 대략 세관 방벽과 철로 위쪽 고가도로 사이가 집터인데, 최근 크고 작은 집들이 많이 지어지는 성벽 너머 구역이 바로 그곳이지. 크든 작든 집집마다 채소밭이나 꽃밭으로 가꿀 만한 텃밭이 있고. 우리 둘이서 거기서 아, 신선한 시골의 공기를 마시며 살게 될 거야…… 그러면서 순간 압도된 듯 침묵했다(그토록 기다리던 행복, 눈에 보이고 손에 잡힐 듯한 행복, 분명 그것은 차라리 묘사하고 싶지 않은 듯했다).

5월이 되었다.

지난 며칠 동안 오레스테는 안절부절못하고 있었다. 걱정과 번민이 가득한 것처럼 보였다. 지금껏 결혼에 대해서는 항상 간접적으로 언급할 뿐이었고, 넌지시 암시하고 약속받는 것으로 끝이었다. 그런데 수년간 말로 표현하지 않은 약속에도 만족해하고 이러저러 미뤄지더라도 다 수긍했던 사람이 이제는 서두르려 했고, 단 하루도 놓치지 않으려 했다. 결혼식 날짜는 이미 오래전에 잡혀 있었다. 5월 셋째 주 초가 결혼 예정일이었다. 그런데도 왜 결혼 날짜를 앞당기지 않느냐, 대체 뭘 하려고 기다리느냐고 다그쳤다.

어리둥절한 리다는 쏘아보았다. 이해할 수 없었다.

왜 갑자기 그렇게 서둘러요? 그녀는 물었다. 왜 그렇게 변했어요?

그는 머뭇거렸다. 절망의 눈, 잦아드는 목소리로 말했다.

"난 결승점 앞에서 꼬꾸라져버리는 경주마 같아."

그러고는 결혼이 어떤 의미인지를 밝혔다. 그는 인생의 궁극을 결혼이라 여겨왔는데, 그건 결혼하고 나야 되는 거지, 그 이전은 아닌 거라고! 신의 가호 아래 이렇게 용기를 낼 수 있게 된 것이 섭리 같다고 했다. 확신한다고. 신중하게 머리를 끄덕이며 인정했다. 그러면서 반문했다. 지금껏 자신은 그녀에게 전혀 서두르지 않았지만, 한편으로 이제는 자신의 힘을 믿을 수 없다고 느끼는데 도대체 어쩌겠느냐?

리다는 듣고 있었다. 계속 이해가 안 됐다. 째려보기만 했다. 그러다 문득 깨달았다. 오레스테는 여전히 그녀를 잃을까 두려워했던 것이다! 그녀는 식탁 위로 손을 뻗어 그의 손을 어느 때보다 세게 열정적으로 잡았다. 잠시 후 그녀는 처음으로 그의 품에 안겼다.

그후 몇 년 동안, 근면하고, 평온하고, 실질적으로 행복하게 살았다. 몇 년 동안 별다른 일은 일어나지 않았구나. 그렇게 안도하던 오레스테는 1938년 봄 너무 이른 나이에 죽었다. 심지어 겨울까지도 영원히 회심을 한 것만 같았다.

실제로 매년 가을이 끝날 무렵 그는 여전히 날씨를 탐색하는 태도로 창문 유리 앞에 머무는 것을 좋아했다. 하지만 그렇게 하는 것은 분명히 이제 자신의 멋진 집에서 거의 확고한 자기 예측의 정확함을 의심하기 때문이 아니라, 새 집을 소유한 데에서 나오는 내밀한 즐거움을 더 잘 음미하기 위해서였다. 현대적인 집에는 최고의 중앙난방 시설까지 포함하여 평범하면서도 편안하고 아늑하게 살기에 필요한 모든 것을 갖추고 있었다.

간단히 말해, 분명히 어떤 면에서도 더는 미래를 걱정하지 않았다. 결혼 후 리다는 곧 그의 경건한 습관에 순응해 성벽 안에서 멀지 않은 산베네데토 교회에 규칙적으로 나가기 시작했다. 게다가 살도 쪘다. 그가 산린궤라 거리의 방에 모습을 드러내기 시작한 몇 년 동안 근심에 젖어 야위었던 아가씨에서 이제는 침착하고 평온하며 약간 통통하고 아름다운 부인으로 바뀌었다. 이제 그에게 더 바랄 것이 무엇이 있겠는가? 더 나은 게 무엇이겠는가?

때로는 리다의 아름다움에 대해 함께 농담도 했다.

보이고 싶은 모습을 믿지 못하겠다는 듯이 그녀는 말했다.

"내가 아름다워요?"

“물론이지!” 웃으며 답했고, 자랑스러운 듯 골똘히 그녀를 보았다.

하지만 놀랄 것이 없었다, 전혀. 그렇게 말하며 그는 진지한 표정을 되찾았다. 이런 새로운 아름다움, 그렇게 아내로 아주 올바르고 적절한, 그중 일부를 자기 덕으로 돌리는 게 오만해 보이지 않는 그런 아름다움으로 가득한 지금 이 순간은, 신께서 그들의 결합을 인정했을 뿐만 아니라 기뻐했다는 것을 증명하는 것 아니던가.

9

'행복했어.' 리다는 이따금 생각했다.

하지만 마음속으로 그런 말을 생각하자마자 일종의 내면적인 반향이 곧 그 말을 비틀고 왜곡했다. 의혹과 고통스러운 질투에 젖은 그 말은 질문으로 바뀌었고, 그 질문에는 맨 먼저 그녀를 포함해 누구도 아니라고 대답했을 것이다.

불쌍한 오레스테. 그도 행복한 건 아니었던 것이다. 정말로 그랬다. 그는 늘 무언가를 부족해했다. 여러 해 동안, 그들이 결혼한 이후 줄곧, 이레네오에게 보여준 아버지 이상으로 부드러운 배려가 그것을 증명하기에 충분했다.

이레네오가 중학교 졸업장과 함께 신학교에서 나왔을 때 오레스테는 곧장 자신의 가게로 데려갔고, 제본기계와 유리문 사이에 아이를 위해 작은 책상을 마련해주었다. 자기 직종의 일을 가르치려고 했다. 어떤 날에는 오후 해질 무렵, 그녀는 도시 절반을 가로질러 살린궤라 거리의 제본소로 갔고(나중에 세 사람이 함께 조베카 대로나 마치니 거리*를 거슬러올라가면서 매번 시내 한복판에 있는 델라보르사 카페 앞을 지나 집으로 돌아갔는데), 그때마다 커다란 작업대 뒤에서 그가 애정 어린 열망의 눈길로 그 슬프고 조용한 도제를 바라보면서 바깥에 있는 옆 광장에서 일어나는 작은 일에도 바로 주의를 기울이는 모습이 눈에 선했다. 지금도 그 모습을 보는 것 같고 그 목소리를 듣는 것 같다. 다리 크기에 비해 어울리지 않게 튼튼한 그의 몸통은 작업대 너머 의자에 앉아 있었고, 크고 단단한 손은 혼인의 신뢰감으로 묘하게 빛났다(그는 절대 결혼반지를 빼려 하지 않았다, 1935년 경제제재† 시절에도!). 아들을 갖고 싶어한다는 욕망을 리다가 눈치채지 못하게, 오, 얼마나 부단히 노력했을까! 자신의 욕망을 처벌하려는 것처럼, 자신의 내부에서 질식시키면서 얼마나 비밀리에 괴로워했을까! 그래서 심지어 이레네오가 자신의 성을 쓰라고 강제하지 않았던가!

그럼에도 오레스테는 절대 희망을 버리지 않았다. 리다는 생각했다. 가게에 들어갈 때마다 그녀를 향해 갈망하던, 무언가 물어보려는 듯하다 잔잔해지던 눈길, 변함없는 신뢰에 찬 그 눈길만으로도 잘 알 수 있었다.

그의 재빠른 눈길은 말하고 있었던 거다. 이제야 그녀가 중

* 시내 중심지에서 동남쪽으로 난 거리.

† 에티오피아를 침공한 파시즘 정부에 국제연맹이 가한 경제제재.

요한 소식을 가지고 왔을 거라고, 아들을 낳아줄 거라고, 진지하게 '자신의' 피가 확실한 아들, 그래서 그녀가 결혼하기 전에 얻은 아들, 자신의 성을 물려주고, 할 수 있는 한 온갖 열정으로 자신의 직업을 전수해주고 있는데도, 자신을 언제나 그저 삼촌으로, '오레스테 삼촌'으로만 부르려 했던 아들과 신체나 성격이 전혀 다른 아들을 낳아줄 거라고.

진짜 자신의 아들이, 그것이 그에게 부족한 거였다. 리다는 또 생각했다. 그 유일한 그림자가 그들 결혼 생활의 안정을 뒤흔들었던 것이라고 말이다.

1929년 2월, 그가 되돌아올 거라고 약속했던 그 황금의 시절로 돌아가자면, 그는 분명히 그녀가 이렇게 말할 것을 기다렸을 것이다.

"나 임신했어요."

하지만 마찬가지로, 명백하게 죽음은 불시에 그에게 엄습함으로써 그 어떤 절망이 나타나는 것을 사전에 막아주었다.

저녁 먹기 전의 산책

1

오늘날에도 페라라의 일부 작은 가게들을 뒤지면 거의 백 년 전의 낡은 그림엽서를 손에 넣을 수 있다. 대부분 노랗게 바래고 얼룩이 지고 실제로는 거의 식별이 불가능한 풍경들이다…… 그런 숱한 엽서 중에 19세기 후반 그 시절 도시의 주요 동맥인 조베카 대로를 보여주는 것이 있다. 엽서 오른쪽 그늘진 곳에는 무대의 배경처럼 시립 극장의 버팀벽이 두드러져 있고, 봄날 에밀리아 지방*의 전형적인 금빛 햇살이 왼쪽에 온통 집중되어 있다. 이쪽의 집들은 나직하다. 대다수가 단층으로 지붕은 커다란 갈색 기와로 덮여 있고 그 아래로 작은 피자집, 숯 파는 가게, 말고기 정육점 같은 것이 있다. 그 모든

* 에밀리아로마냐 지방의 약칭. 페라라, 볼로냐 등이 이에 속한다.

것은 1930년, 파시스트력 8년*에 시립 극장과 거의 마주보고 제네랄리 보험사가 로마산 하얀 트래버틴 대리석 대형 건물을 세우기로 결정하면서 무자비하게 바닥으로 무너져내렸다.

그 엽서는 사진을 가지고 만든 것이다. 그래서인지 19세기 말의 조베카 대로(전차선로의 희미한 평행선으로 중앙이 분할된 지방 도시라기보다 남부의 큰 마을에 더 잘 어울리게, 전반적으로 종잡을 수 없는 형태의 거친 자갈돌로 포장된, 너른 마차통행로 같은 거리)를 웬만큼 효과적으로 재현해주면서, 사진사가 포착한 거리 풍경을 끝에서 끝까지 다 보여줄 뿐만이 아니라 그 순간 걸어가던 대상의 삶까지 보여준다. 시립 극장 모퉁이와 그 아래 그란 카페 참포리에서 오른쪽으로 몇 미터 떨어진 곳에 삼각대가 놓인 자리로부터 저 멀리, 거리 끝에서 있는 햇살에 붉게 물든 프로스페티바 문† 정면까지.

사진의 전경에는 세세한 것들이 가득하다. 어느 이발소 도제가 가게 문턱에서 이를 쑤시는 것이 보이고, 개 한 마리가 말고기 정육점 입구 앞 인도에서 냄새를 맡고 있고, 어린 학생이 왼쪽에서 오른쪽으로 냅다 도로를 가로지르다가 하마터면 이륜마차의 바퀴에 칠 뻔한 것을 피하고, 프록코트에 중산모자를 쓴 중년신사가 팔을 뻗어 카페 참포리 실내로 마구 쏟아지는 햇볕을 차단하려고 천막을 옮기고, 코앞까지 다가온 멋진 사두마차가 데스테 성 오르막길을 빠른 속보로 막 올라가려

* 파시스트 로마진군이 있던 1922년 10월 22일이 0년.

† '전망'이란 뜻. 조베카 대로 동남쪽 끝 세 아치 통로의 개선문.

하고 있다. 하지만 실눈을 뜨고 자세히 살펴보려 한다 해도 저 멀리 조베카 대로의 끝을 이루는 엽서 중앙부 좁은 공간은 모든 것이 혼란에 빠져 있어(전혀 알아볼 수 없을 만큼 사람들과 사물들이 빛나는 먼지 속에서 부서지고 있어), 무슨 이유로 그 순간에 스무 살가량의 아가씨가 왼쪽 인도를 따라 프로스페티바 문에서 백여 미터 떨어진 지점으로 활기차게 걸어갔는지, 왜 지금 그것을 지켜보는 우리가 그녀의 존재, 그녀의 실존에 대해 어떤 시각적 증언도 전달받지 못하고 있는지를 너무나 잘 설명해준다.

사실대로 말하자면 그 아가씨는 예쁘지 않다. 그녀의 얼굴은 예쁘지도 추하지도 않은 매우 흔한 얼굴이다. 당시 서민층 젊은 여성에겐 일반적으로 입술, 볼, 피부를 꾸미는 화장이 허용되지 않았다는 사실로 보건대, 극히 평범하고 무난해 보인다. 감춘 듯 언뜻언뜻 비칠 뿐인 젊음의 광채를 띤 검은 눈, 온화함과 인내심 가득한 가축과 다를 바 없이 슬프고 주눅든 표정, 목뒤로 빗어 시골 여자같이 튀어나온 너른 이마를 도드라지게 한 밤색 머리칼, 풍만한 가슴의 작은 몸뚱이에 솟은, 검정 벨벳 띠를 두른 가는 목, 대단치 않은…… 그런 아가씨가 조베카처럼 번화한 거리, 그것도 페라라에서, 어제 못지않게 오늘도 늘 은밀한 저녁식사 자리로 가기 전이면 특히 활기를 띠고 고무되는 그 시간에 도망치듯 지나가는 모습이 사진기 렌즈는 물론 누군가의 눈에도 예사롭게 보였을 리 없다고 가정해야 할 것이다.

이제 육십여 년 전 5월의 어느 날 저녁, 그 아가씨, 페라라 시립 병원 수습 간호사가 된 지 석 달이 안 되는 아가씨가 무엇을 생각했을지 정하는 일만 남았다.

다시 조베카 대로 전체를 관찰할 수 있게 엽서로 되돌아가, 조금이나마 그날, 그 역사의 순간에 진짜로 그 일부가 됐다는 마음을 갖고서 찬찬히 살펴보자. 그러면 환희와 희망의 효과를 자아내는 시립 극장 맨 앞 전경의 거무스름한 버팀벽이 대담하게 미래와 자유로 전진하는 뱃머리 같다는 생각이 들면서, 장시간 적성에 맞지 않는 중노동을 끝내고 집으로 향하는 어느 아가씨, 어느 누구가 아닌 바로 '그' 아가씨가 지닌 모종의 소박한 환상이 우리 앞에 놓인 사진 속에 기록으로 남아 있다는 인상을 지우기 어려울 것이다.

옛날에는 수도원이었다가 1860년 이후 부적절하게 산탄나 병원이 임시로 자리하게 된 슬픈 병실들에서 하루종일 시간을 보내고 나온 뒤, 우리가 유추할 수 있는 것처럼, 젬마 브론디는 관능적인 갈망에 휩싸여 자신의 꿈, 사춘기의 공상에 빠져 있었다. 아무 곁눈질도 없이 그야말로 앞만 보고 걸어갔다. 사실 프로스페티바 문 근처에 이르러, 저녁마다 했던 대로 세 개의 통로로 버티고 선 그 건축물을 쳐다보며 기계적으로 눈길을 던질 즈음, 난데없이 속삭이는 듯한 말("안녕하세요, 아가씨"나 그와 비슷한 말)이 귓전에 들려왔고, 얼결에 속수무책 듣게 된 말에, 순간 그녀는 얼굴이 화끈 달아올랐다가 창백해져서 도망칠 구멍을 찾는 듯 겁에 질린 표정으로 주변을 두리번거렸다.

"안녕하세요, 아가씨." 그 목소리는 나직하게 속삭였다. "함께 가도 될까요?"

그런 말이었거나 그와 비슷한 빤한 말이었다. 그렇게 말을 건네면서 젬마 브론디를 붙잡고, 그녀로 하여금 대화를 하게 하고 그 날카롭고 검은 눈길을 피하게 만든 것은, 검은색 옷을 입고 두 손으로 무거운 트라이엄프*의 손잡이를 움켜잡고 선 서른 살가량의 젊은이였다. 갸름한 얼굴에는 은테로 둘러싸인 안경이 있고, 그 속에 검은 눈동자, 그와 마찬가지로 입가에 굽이진 검은 콧수염이 도드라져 있었다.

하지만 여기서 두 젊은이가 발걸음을 뗀 길을 쭉 따라가 조망해, 조베카 대로 프로스페티바 문에서 멀지 않은 곳으로 이동해 까마득히 오래전부터 도시에서 농사를 짓고 살아온 시골집 같은, 브론디씨 일가의 집 안으로 가보자. 집은 성벽 가까이에 있었고 성벽 구간과 나란히 뻗은 먼지투성이 오솔길 하나로 성벽과 분리되어 있었다. 어느새 밤이 다가왔다. 탁 트인 뒤란 채소밭이 보이는 창문이 달린 집, 일층 방 안에서 막 불을 켜지고 있었다.

* 1833년 설립된 독일 자전거제조회사.

2

집 안에서 애초부터 코르코스 박사, 엘리아 코르코스 박사가 나타났다는 사실을 알아차린 것은 큰딸 아우실리아 단 한 사람뿐이었다.

저녁마다 그런 일이 되풀이되었다.

그녀는 식당의 둥근 식탁에서 밥 먹을 채비를 했고, 부엌으로 가 냄비 밑에 불을 지폈고, 날이 어둑해질 때까지 채소밭에서 일을 했다. 그러다가 멀리서 집으로 돌아오는 아버지와 형제들의 목소리가 들려올 무렵, 아우실리아는 어디론가 사라졌고, 한참 이따가 사람들이 식사를 다 끝마칠 때가 되어서야 다시 나타났다.

아우실리아가 정확히 어디에 가 있는지 어머니는 거의 즉시 그려냈다. 하지만 무엇 때문에 그걸 말해야 하나? 집안의 수호신*처럼 부엌 문간에 등을 기대고 앉아, 큰딸이 제 동생 젬마와 함께 쓰는 위층 방 창가에서 팔짱을 끼고 바깥을 내다보며, 깊은 한숨을 내쉬고 있는 모습을 상상하면서 속으로만 웃음 지을 뿐이었다. 연로한 브론디 씨와 세 아들은 접시에 코를 박다시피 하고 평소의 식욕대로 밥을 먹느라 정신이 없었다. 끼니때가 되면, 그때에 딱 맞추어 자리를 비우곤 하는 아우실리아의 새로운 행동에도 별 관심이 없어 보였다. 관심을 가져봐야 아무 소용이 없다고 말하는 듯했다. 곧 있으면 변덕스러운 노처녀가 될 나이에 접어드는 아우실리아가 제풀에 지쳐 제발로 다시 나타날 거니까, 보라고.

실내 계단을 따라 아무 소리도 내지 않고 내려온 아우실리아가 이윽고 식당 문간에 유령처럼 슬그머니 나타났다. 고개를 든 것은 어머니 혼자뿐이었다. 일이 아직도 진행중이니? 어머니는 아우실리아가 앉으려 하면서 멈칫하는 어둑한 데로 급히 시선을 던지며 조용히 물었다. 아우실리아는 한동안 아무 답도 하지 않았다. 하지만 곧이어 숨을 할딱이며 어수선하게 들어올 젬마보다 먼저, 돌로레스 브론디는 자신이 찾고 있고 또 알고 싶어하는 정보를 그 자리에서 얻어냈다. 예, 당연히요. 아우실리아는 부지불식간에 낯을 찡그리며 긍정의 답을 했다. 일은 아직 그저 그냥 그래 보이고 끝에도 끝날 기미가 안 보여요.

어머니와 딸이 몇 마디를 주고받은 것은 그로부터 대략 한 달 뒤, 해질녘 평소같이 저녁 기도를 하러 가까운 산탄드레아

* Arzdora. 로마냐 전설의 인물로 가정의 신, 부엌의 신. '가정주부'란 뜻도 된다.

교회로 가는 길에서였다.

교회가 있는 캄포사비오나리오 거리에 빨리 도착하기 위해, 뒤란 채소밭을 직선으로 가로질러 저 울타리 끝 담장 가운데의 녹색 쪽문으로 빠져나가, 그 둘이 맨 처음으로 신뢰와 관찰과 견해를 나눌 수 있게 해준 좁은 오솔길을 택했다…… 실제 그렇게 마음의 장벽이 허물어지자 얼굴을 볼 겨를도 없이 재게 걸으며 나눈 첫 대화는 놀랍게도 젬마가 사귀는 미지의 연인, 그 남자의 생김새에 관한 거였다. 아주 창백한 얼굴, 꼼꼼히 면도한 턱 언저리의 검은 콧수염으로 봐서 귀공자가 아닐 수 없었다. 그때부터 아우실리아는 마지막 '아멘' 소리보다 최소한 이십 분 먼저 집으로 가는 게 허용되었다. 제단을 응시하는 돌로레스 브론디는 딸이 일어날 때, 옆자리의 짚으로 엮은 의자가 살짝 움직이는 걸 느꼈다. 그래, 벌써. 혼자 남아 비밀스런 질투에 마음을 졸이면서 생각하곤 했다. 그 새로운 발견에 대해, 둘은 다음날 저녁이 될 때까지 터놓고 편히 이야기 나눌 수 없었다. 어찌 됐든 잠시 후 창문 전망대에 있을 아우실리아 생각에 사로잡혔고, 채소밭 방향의 녹색 쪽문 앞에서 필요 이상으로 길게 이웃집 여자들과 담소를 나누는 데 빠져들었다. 멀리 등뒤에서 웬 사내가 "근데, 저녁은 먹는 거야?" (지금까지로 봐선 그런 일은 전혀 없었지만 그런 일이 생길 수도 있다!) 고함을 치더라도, 그녀는 절대 허둥대지 않고 집으로 들어갈 것이고, 심지어 그 권리에 대가를 치르기로 작정한 사람처럼 성난 얼굴, 굳은 얼굴로 맞서줄 것이다. 하지만 어떻게. 그녀와 아우실리아는 바깥출입을 아예 안 했다. 거룩한 날과 일과 후가 아니라면 말이다. 거기에 대해 누가 불평하겠는가? 그런다면 정말 멋진 용기일 테니까! 그럴 경우 무덤 같은 침묵 속에 저녁을 보내게 될 테고, 젬마가 귀가하고 나면 식사를 파하고 다 잠자리에 가버릴 테니까.

여름이 다가왔다. 박쥐들이 산탄드레아 교회 아프시스*의 거대한 갈색 구조물 주위에서 역광을 받으며 점점 더 날카로운 소음과 함께 소용돌이쳤다. 그리고 시간이 지남에 따라 젬마 연인의 모습은 새로운 세부로 풍요로워졌다. 푸른색 화려한 연미복, 눈부신 은테 안경, 언젠가 그가 헤어지려는 순간 작은 조끼 호주머니에서 꺼낸 커다란 황금 회중시계, 그다음 서서히 나타난 하얀 실크넥타이, 상아 손잡이 지팡이, 그리고 분위기, 특별한 분위기…… 어느 날 저녁 아우실리아가 재빨리 물러나게 하면서 그 둘은 저 아래 거리가 아닌 저 위쪽 거의 창문 높이인 성벽 위 나무들 사이에서 나타났다. 젬마와 그가 초원의 무성한 풀 속에 누워 그때껏 껴안고 입맞춤을 (더 나쁘게 말하지 않는다면!) 했을 거라고 추정할 만했다. 어떤 날 저녁에는 늘 하던 대로 인사를 하고 자리를 뜨면서, 그는 모자를 벗어들었을 뿐 아니라 정중히 몸을 숙였으며, 어쩌면 그녀 손에 입맞춤까지 했던 것 같다. 그 남자 의도는 너무 노골적이야! 아우실리아는 격분하고 동시에 넋이 나간 것처럼 그 마지막 사건을 전하며 이렇게 결론지었다. 하지만 어떻게, 젬마는 다가올 위험을 깨닫지 못할 수가 있지? 그런 남자

* 성당에서 가장 안쪽 반원형 공간. 후진後陣.

가 어떻다는 것을 모를 수가 있느냐고? 그런데 그 신사는 누구지? 이름은 뭐고?

엘리아 코르코스 박사의 서른 살 무렵 초상은 남아 있지 않다. 젬마 코르코스 부인이 자연스럽게 살아가는 동안 조그마한 머리맡 탁자, 그녀가 죽고 오랜 세월이 흐른 뒤 그녀에게 속했던 다른 물건들과 함께 마치니 거리의 한 골동품상에게 팔린 탁자 안에 보관돼 있던 유일한 초상은 아마 단체사진에서 조그마한 머리를 잘라내면 얻을 수 있을 것이다. 아직 아가씨로 여러 사람들 틈에서 초점이 흐린 아주 작은 얼굴로 나온 그 사진은, 그녀가 병원에서 집으로 가져와 자기 속옷을 보관하는 서랍 안에 숨겨둔 거였다. 그러니까 순수한 가설로, 만약 어느 창고 구석에서 찾아낸 좀이 슬고 먼지 가득한 가구의 깊은 곳을 뒤져 그 사진(흰 가운을 입은 십여 명의 의사가 앞줄에 반원형으로 앉고 그뒤로 잿빛 가운을 입은 삼십 명 남짓의 간호사가 왕관 모양으로 배경을 이루고 서 있는 고전적인 기념사진)을 지금도 찾아낼 수 있다면, 서른 살 무렵 엘리아 코르코스의 야위고 강렬하며 극도로 창백한 얼굴을 주의 깊게 관찰하면서 먼저 아우실리아 브론디, 이어 어머니의 놀라움, 그러니까 수많은 상상을 통해 서서히 형성하고 있던 현실과 너무나도 다른 현실이 마침내 동그랗게 뜬 그녀들의 눈앞에 나타났을 때의 놀라움에 대한 상당히 정확한 느낌을 얻을 수 있을 것이다. 맙소사, 한쪽은 병원 의사 중에서도 젊은 의사인데, 다른 한쪽은 굶어죽는 자라니! 그들 모녀는 낙담하고 화가 나서 동시에 그렇게 외쳤다. 아, 아니다. 젬마가 결정을 내리지 못했으니, 모녀는 가족에게 알릴지 말지를 생각했으리라. 아버지와 형제들이 이제부터 젬마가 집에서 나가는 것을 허락하지 않을 것인가? 기다리자! 일을 그렇게 끝내려면 그녀가 산탄나 병원에서 가져오는 얼마 안 되는 돈을 그들 모두가 기꺼이 포기해야만 할 테니까.

말과 행동, 상상과 실행에는 어쨌든 일정한 차이가 있었다. 사실 아우실리아는 집으로 돌아오자마자(항상 두 공모자 여인은 그들을 진정시키는 효과가 있는 녹색 문과 마당 사이 채소밭 쪽의 좁은 오솔길로 돌아오곤 했는데……) 습관처럼 서둘러 위층 방에 올라가 사진을 젬마의 서랍에 다시 넣고 여느 때처럼 창가에서 바라보았다.

하지만 염탐하고 보고하는 즐거움, 추측하고 추론하는 즐거움, 이제 막 공식화된 비타협적이고 굳건한 의도를 뒤엎고 가없이 불투명한 미래로 미루는 공상의 은밀한 즐거움은 그날 끝 무렵에 생긴 사건의 실체 앞으로 돌연 중단돼야 할 운명이었다.

두 연인은 페르시아 반란자 같은 아우실리아가 멀리 뒤에서 덧창문으로 훔쳐보는 가운데 그쯤에서 헤어질 때가 됐다는 것을 깨닫지 못한 것처럼 좁은 길을 따라 더 걷고 있었다. 젬마는 의사에게 떨어지려는 듯 거리를 두고 걷고 있고 그 옆에서 보조를 맞추어 자전거가 뒤따랐다. 아무 말도 나누지 않았다. 그 행동의 경직성에는 무언가가 있었고, 둘이 함께 뚫어져라 바닥만 보는 모습은 그 침묵에 특별한 중량감와 압박감을 더했다. 그들이 더 가까이 다가오자 아우실리아는 동생 얼굴에서 많이 운 것 같은 흔적을 보았다.

마침내 창문 아래 문 앞에 이르렀다. 아우실리아는 턱, 숨이 멎는 느낌이었다. '그럼 이제?' 한 손으로 가슴을 누르며 중얼거렸다. 갑자기 저렇게 서로 바라보는 건 무슨 의미지? 왜 계속 자전거를 사이에 두고 떨어져 있고, 왜 서로 한마디도 안 하는 걸까?

그때 갑자기 마치 대답이라도 하는 듯 의사는 트라이엄프 자전거의 손잡이와 안장을 움켜잡더니 앞뒤로 움직였고 재빨리 길 건너편으로 가 성벽의 경사진 풀밭에 자전거를 기대어 두었다. 등을 돌리고 구부정하게 몸을 구부리며 잠시 자전거 앞에 서 있었다. 마치 체인이나 페달을 살펴보는 데 몰두해 있는 것 같았는데, 누가 알겠는가? 마침내 반듯이 몸을 펴 일어서더니 느린 걸음으로 천천히 되돌아왔다.

젬마는 움직이지 않았다. 문설주에 등을 기대고 기다리고 있었다.

의사는 이상한 손동작을 했다. 마치 콧수염을 깨끗이 닦는 것 같았다. 아우실리아에게는 그렇게 보였다.

둘은 오랫동안 입을 맞췄다. 거듭거듭.

그런 뒤 의사는 길을 다시 건너 자전거를 끌고 왔고(시간이 흘러 어두워져서 그 동작이 잘 분간되지 않았지만), 어느새 집 안으로 젬마를 따라 들어왔다.

3

식당 안으로 안내되어 그가 들어오자, 혼자서 카드게임을 하고 있던 가장은 얼굴을 들고 반쯤 입을 벌린 채 그를 바라보았다. 의사는 가장의 바로 앞에 마주 앉더니 먼저 자신을 소개했다. 이름, 성, 아버지, 직업, 심지어 주소까지…… 그의 자기소개는 꼭 규정에 따른 호적부 신고 같았다. 그 특이하고 어떤 면에서는 마비시키는 것 같은 정중한 태도나 식당 분위기에 갑자기 형성된 긴장감의 도움이 없었다면, 그의 긴 소개는 어쩌면 지겹고 현학적이며 그 장황한 상세함으로 인해 최소한 기괴해 보였을 수 있다.

엘리아 코르코스! 그가 자기소개를 하는 동안 그전까지 그런 사람이 있다는 것조차 몰랐던 집안의 네 남자는 이렇게 생각했다. 그런 이름이 있었어? 의사 직업의 프록코트, 하얀 실크넥타이, 가지런히 모은 무릎 위에 올려놓았는데 식탁 가장

자리 위까지 살짝 솟아오른 챙이 널따랗고 치켜올라간 검은 모자(이 모든 것이 중고품으로 구입했기 때문인지 어딘지 낡고 가볍게 색이 바랬고), 마치 이상한 것을 다루고 불신하는 것같이 조곤조곤 발음하면서 더러 짧은 문장이나 개별 낱말을 사투리로 섞어 풀어내는 장광설, 정상적인 재료보다 더 연약하고 섬세하며 특별한 재료로 만들어진 것 같은 그 사람의 얼굴, 그리고 그의 원래 가족이 아무리 평범하고 게다가 현재 독신남으로 혼자 살고 있다고 해도 여실해 드러나 보이는 개인의 재정적 지위, 이 모든 것이—그들이 금세 알아차린 바와 같이—그가 부유한 계층에 속하고, 따라서 근본적으로 다르고 이질적이라는 것을 말해주었다.

이에 비하면 그 외의 다른 모든 것, 예컨대 가톨릭신자가 아니라 '유대인'이라는 것, 그가 지적한 대로 심지어 '이스라엘 사람'이라는 것 따위는 현재로선 부차적인 사항에 지나지 않았다. 도시 성벽 안에 살도록 허락받았든 아니든 아무 상관없었다. 부르주아계층과의 거래가 으레 그곳 농부들에게 유발하는 특히 소심한 표현으로 꾸며진 존경심이나 통상적이고 영원한 열등감을 제외한다면 그 존재는 원칙적으로 꺼리길 게 전혀 없었다. 도대체 그런 시대에 다른 무슨 감정을 품어야 한다는 말인가? 페라라의 모든 사회계층 사람들이 무려 세 세대에 걸쳐 서서히 엘리아 코르코스의 오랜 삶을 나란히 따라갈 태양, 세월이 흐르면서 그를 일종의 도시의 상징으로 받들어 모시게 할 만큼 유명한 명성의 태양, 아니 정확히 말하면 물신숭배적 우상화에 가까운 확고하고 애정 어린 경탄의 태양이, 새로운 세기의 벽두에 도시의 드넓은 하늘로 일시에 솟구쳐 높이 날아오르려면 아직 너무 멀었다.

실제로 그랬다.

"대단한 의사야!" 이렇게 사람들의 입에 회자된 것은 그로부터 십여 년이 흐르고 난 뒤의 일이지 그 이전은 아니었다.

심지어 수십 년이 흘러서야 엘리아 코르코스의 풍요한 노년이 증언되었다.

"그 신사 양반은 진짜 천재였다고! 만약에 그때 그 시절의 페라라가 페라라가 아니라 볼로냐였다면 말이야, 그 사람은 아마……"

그런 사람들, 그러니까 특히 오늘날 페라라의 퇴락을 한탄하면서 먼 옛날 데스테 가문 르네상스의 찬란함을 끝없이 회상하고 흠모하는 사람들에 따르면, 코르코스의 의사 경력에 가해진 그 부당하고 시골에만 한정됐던 행운의 결정적인 원인은 지난 세기 막바지에 일어난 특정한 역사적 사건으로 거슬러올라가야 했다.

1890년경 어느 모호한 볼로냐의 사회주의자 하원의원이 위대한 프란체스코 크리스피*를 '비열하게' 협박해 북이탈리아 제일의 철도 교차지를 페라라가 아닌 볼로냐에 만들도록 했다. 볼로냐의 번영과 그후 지속된 행복은 전부 그 운명적인 결정에 달려 있었고, 그것은 사회주의자가 속임수로 빼앗았기에 더더욱 증오스러웠지만, 볼로냐로서는 효율적이고 유리한

* 이탈리아 통일 후 내각 수상을 네 번 지냈던 거물 정치인(1818~1901).

점이 없지 않았기에 하루아침에 에밀리아로마냐의 가장 중요한 도시가 되었다고 한다. 그렇게 해서 결국 엘리아 코르코스마저 여러 동향 시민과 마찬가지로, 여러 신사와 마찬가지로, 페라라에서 태어나고 자랐다는 것 말고는 아무 잘못이 없는데 정치적 음모의 순진한 희생자가 되고 말았던 게 아닌가? 여러 동료 애국자들과 마찬가지로 더 나은 운명에 합당하게 (권력, 영광, 행복 등을 향해, 그 위대하고 영원한 단어들을 향해, 악착같은 자제력으로 목구멍에 삼켜둔, 그러나 상상 속에서는 여전히 유효한, 시내 정중앙에 솟아 있으면서 시골에서 오는 모든 사람에게 도시의 첫인사를 건네는 데스테 성의 네 탑들과, 그 뒤에 있는 하늘을 비추는 그 영광스러운 빛을 향해……) 막 도약하려고 하던 그 시절, 가장 중요한 순간에 그도 역시 포기하고, 물러나고, 굴복해야 했다는 것이다. 바로 그해에 그는 아내를 얻었다. 의심할 바 없이 훌륭한 자질을 여럿 타고났지만, 초등학교 사학년이나 마쳤을지 모르는 서민 출신의 아가씨와의 결혼, 나이 서른에 올린 그 결혼은 그러한 패배와 희생에 대한 그의 봉인이었다고 입을 모았다.

무슨 말인가 하면, 수십 년 후 금세기 양차대전 사이에 머리가 하얗게 센 페라라 사람들이 엘리아 코르코스와 그 젊은 날의 결혼을 불가사의하고 이상하게 생각했다는 것이다. 심지어 과거에서 프란체스코 크리스피란 이름까지 불러내 한껏 방대한 상상의 나래를 펼친 뒤 그들은 늘 한결같은 결론에 도달했는데, 젬마 양, 즉 엘리아 코르코스의 작고한 아내는 브론디 집안 태생이어서 젬마 코르코스로는 어울리지 않는다는 사실을 불행하게도 '깨닫지' 못했다는 거였다. 하지만 그 평가가 정당했는지 물어보자. 그렇게 멋대로 그녀를 먹칠해도 되는가? 얼마 전부터 그녀는 보르소 거리 끝 체르토사 수도원 묘지에 홀로 잠들어 있다. 게다가 아직까지 그녀는 페라라에서, 특히 아름다운 봄날, 저녁 먹기 직전 조베카 대로를 걸어오면서 근엄하고 비딱하게 모자를 들어 인사하며 습관적으로 좌우를 경계하던 엘리아 코르코스의, 느닷없고 불가피한 어떤 호기심의 반영도 어떤 긴장된 탐색도 가로막던 그 공손함의 장벽을 뚫고 들어가는 데 성공했던 유일한 사람 아니던가? 그건 그렇다 치고, 통일 후 점진적인 쇠락 일로에 있던 페라라의 1888년, 그날 저녁—엘리아 코르코스가 '집에서' 약혼 허락을 얻어냈던 아득히 먼 옛날 그 여름날—에 그녀가 아니라면 누가 브론디 집안의 어둡고 초라한 식당에서 코르코스와 가장 사이에서 각자로부터 똑같은 거리에 앉아 있을 수 있겠는가? 그러니까 손님의 얼굴이 어둠에서 빛의 테두리 안으로 창백하게 곧바로 내밀어지던 그 순간을 포착하기에 가장 적합한 자리에 그녀가 아니라면 누가 앉아 있을 수 있겠는가?

사방이 그림자로 뒤덮였다. 식탁보 정중앙은 등불을 받아 티 없이 환했다.

아니, 희생을 치르는 데 든 시간을 제대로 평가하기에 브론디 집안에서 태어난 젬마 코르코스보다 더 좋은 처지에 있는 사람은 없었다. 엘리아가 집으로 온 실제 이유를 밝히는 데 든 시간—젬마가 생이 다할 때까지 곱씹었을 그 순간—은 일련의 간단한 동작을 하는 데 걸린 시간만큼이나 짧았다. 그는 머리를 앞으로 숙여 불빛 아래 동맥과 정맥의 피를 심장이 다 빨아들인 듯한 평소보다 더 창백한 얼굴을 내밀었다.

두려움에 휩싸여 그의 얼굴은 말했다(그의 입에서 연신 쏟아지는 수많은 말들은 중요하지 않았다. 그 어떤 중요성도 없었다).

"무슨 이유로 여기 와서 좀전에 요구한 것처럼 늙은 술꾼에게 간호사 딸을 신부로 달라고 하는 거냐고요? 무슨 목적으로 하느님의 이름을 걸고 내 손으로 날 망치는 거냐고요? 임신을 책임지려고? 더더구나 확인되지도 않은 임신인데요?"

그러고는 이렇게 말했다.

"하려고만 한다면 아직도 선택할 수 있습니다. 생각을 뒤집어 여기서 나가고 아버지, 어머니, 형제들 모두에게 도전하고 더이상 나타나지 않을 수도 있어요. 내기를 할 수도 있어요. 지금부터 지방의 주치의로 살아가는 평범한 삶을 받아들일 수도 있어요. 그 경우 이 아가씨가 잠시 후 나를 도로의 문까지 다시 바래다줄 때 '모든' 원인은 그녀한테 있고, 어떤 의미에서 '당신네'가 내게 결혼을 강요했다고 암시할 수 있다는 장점이 있지요."

또 이렇게 말했다.

"두 갈랫길이 있다면, 하나는 힘들고 어렵고 불확실한 길, 또하나는 쉽고 평탄하고 아주 편한 길 앞에서 솔직히 말해 사람이 어떤 길을 택할지는 너무 자명하지요!"

마지막으로 콧수염 아래 입술이 이따금 감지할 수 없게 옆으로, 분명히 냉소적으로 씰룩이면서 말했다.

"그리고 내가 들어서게 된 길은 진짜로 평탄한 걸까요? 진짜로 쉽고 아주 편리한 걸까요? 그걸 누가 아나요?"

4

그들은 결혼을 했다. 맨 처음에는 그의 아버지인 나이든 곡물상 살로모네 코르코스 집에서 살았다. 얼마 전까지 게토 심장부였던 비토리아 거리에 자리한 그 집에서 야코포를 낳았고 그런 뒤 루벤을 낳았다. 그리고 육 년이 지나 델라기아라 거리에 "크지만, 내게 안성맞춤이고 누구에게도 묶이지 않고 내 힘으로 산 집"*에서 살 수 있었다(그사이 엘리아는 콧수염과 머리칼이 희끗희끗해졌고 진담과 농담을 섞어 말하길 좋아하게 됐다).

브론디 씨네 집에서 그곳에 가려면, 시내를 가로지르는 지

* magna sed apta mihi, sed nulli obnoxia, sed parta meo. 이 라틴어 문구는 페라라 출신의 시인 루도비코 아리오스토(1474~1533)가 집 입구에 써붙인 "작지만, 내게 충분하고 누구에게도 종속되지 않고 초라하지도 않고 내 돈으로 구입한 집"을 패러디한 것이다.

름길을 다 피할 경우 당연히 성벽 위 오솔길을 따라가야 했고, 최소 반시간은 걸어야 했다. 커다란 산조르조 성당과 갈색 종탑 둘레에 있는 산조르조 구역을 등지고 출발한다. 계속해서 정신병원의 단조롭고 꽉 막힌 담장을 끝까지 길게 따라간다. 마지막으로 왼쪽으로 무한한 들판의 아득한 끝에서 볼로냐 언덕들의 푸르게 물결치는 능선이 보일 때쯤 고개를 시내로 돌리면 눈길은 곧장 저 아래께에 있는, 온통 미국 담쟁이덩굴로 뒤덮인 저택의 회색빛 정면으로, 따가운 햇볕으로부터 실내를 보호하기 위해 반쯤 열어둔 여러 개의 녹색 덧창문으로 이끌린다. 집 정면은 남향으로 햇살의 온갖 미세한 변화들, 눈부심과 어슴푸레함, 순간의 붉어짐과 떨림까지 받도록 노출되어 있어 정말로 무엇인가 생생하게 살아 있고 인간적인 것을 느끼게 했다.

그 바로 위는 성벽에서 보면 일종의 농가라 할 수 있었다. 그러니까 앞에는 생울타리로 이웃 채소밭과 분리된 널찍한 앞마당이 있고, 그 채소밭은 과일나무로 가득하고 중앙에 작은 오솔길로 나 있어, 저 아래 울타리 담장까지 펼쳐져 있었다. 이리로 들어가도 돼, 절대 겁먹을 위험이 없어! 젬마 아버지와 형제들은 생각했다. 그들은 오후에 장작을 팰 땔나무를 구하러 가곤 했고, 항상 어김없이 성벽 오솔길을 선택했다. 비록 혼란스럽긴 하지만 누가 말하지 않아도 그 위에서 그들이 고함 소리, 시정市井의 거친 휘파람 소리로 자신들을 되풀이해 알리는 동안, 삼층 창문과 천창 유리들로 부드럽게 반짝이는 저택이 들판 쪽으로 보내는 시선과, 아직은 젊은 여인이 이층의 활짝 열린 창문에 상반신을 드러내고 어느새 땅거미가 지는 대기를 가로질러 멀리 그들에게 보내는 매우 친숙한 시선 사이에는 어떤 식으로든 모종의 관계가, 비밀스러운 유사함과 친근함이 있다는 느낌이 들었다. 젬마는 인사하려고 팔을 들어 경쾌하게 흔들었다. 어서 와, 어서 오라고, 그렇게 재촉하는 듯했다. 하지만 맙소사, 그들 앞에 있는 저 울타리 담장 아래에는 필요할 때 자유롭게 집으로 드나들게 안쪽에서 열어둔 작은 문이 날 저물어 어두컴컴해질 때까지 반쯤 열려 있었다는 걸, 그들은 몰랐던 것일까?

반대편에선 집을 알아볼 수도 없었다.

빨간 벽돌이 그대로 드러난 위엄 있는 작은 궁전 같았다. 사실 한적하고 외졌지만 분명 시내에 속한 모습과 더불어, 델라기아라 거리가 거의 그 존재를 잊게 만드는 들판이, 둘째 가라면 서러울 코르코스 박사의 저택을 포함한 주로 부르주아적이고 더러는 귀족적인 분위기의 저택들 경계에서 몇 십 미터밖에 떨어지지 않은 곳에서 펼쳐진다는 것이 방문차 놀러 오는 엘리아 친척에게는 매번 믿을 수 없는 일 같아 보였다.

코르코스, 요즈, 코헨, 라테스, 타베트, 그 누구든, 혈족이나 친척들 중 어느 누구도, 도로 쪽 대문 위에 '외과의사 엘리아 코르코스 박사'라고 멋지게 검은 대문자로 새겨넣고 당당하게 광택을 낸 직사각형 주석 명패에 전혀 놀라지 않는 것처럼 보였다. 그리고 한때는 엘리아가 '구이아'*로 불리는 비유대인

* Guià. 유대인이 타민족이나 타종교 신자를 일컫던 고이Goi의 페라라 사투리.

을 아내로 얻은 것에 대해 엄하게 비판했고, 이어 그렇게 시내에서 멀리 떨어진 구역에서 살겠다고 자기가 태어난 게토에서 벗어나는 것에 대해서도 찬성하지 않았던 사람들이지만, 그럼에도 엘리아와 자신들에게 잘 어울리게 꾸며진 중앙 현관에 들어서면 언제나 친밀한 만족감을 표현했다. 집의 외관, 주변 지역의 평온함과 고요함은 자신들이 출발한 좁은 중세의 길들과 서로 다르면서도 매우 비슷해서 그들을 안심시키기에 충분했던 것이다. 결국 엘리아는 바뀌지 않았으며, 자신들의 핏줄과 교육을 이어받은 사람, 그러니까 코르코스 사람으로 남아 있다는 것을 의미했다.

이 마지막 사실의 결정적인 확인을 통해 그가 개종을 생각조차 하지 않는다는 게 명백해졌고, 더욱이 페라라와 주변 고장에서 의사로 차츰 성공해가면서(마흔 살이 조금 넘어 산탄나 병원 부인과 수석 과장이 됐을 뿐 아니라, 페라라에서 가장 영향력 있고 가장 잘 나가는 귀부인 코스타빌리 공작부인의 개인 주치의가 됐고, 게다가 공작의 때이른 죽음 이후에는 공작부인 개인 주치의 이상의 무엇이 됐을 수도 있었기에……), 오히려 그들도 조만간 혜택을 누리게 될 명예를 친족들에게 부여했다는 데서, 이제 다른 모든 것은 용서되고 정당화될 수 있었고, 어떤 특별한 경우에는 칭찬까지 받을 수 있었다.

예를 들면, 그게 무슨 대수라고. 그들은 이렇게 생각했다. 그가 개인적으로는 아주 평범한 집안에서 태어났고, 여러모로 무시당할 만하고 무능한 상인 살로모네 코르코스, 그러니까 평생 세상에 자식을 낳은 것밖에 한 것이 없고(무려 열두 명이나 낳았다!), 말년에 그 자식들 중 막내 엘리아한테 와서 밥만 축내던 사람의 아들이었다는 게 대체 무슨 대수란 말인가? 그리고 그가 선택한 아내가 구이아였고 천한 출신이었다는 그런 이유로(신실하고 게다가 유능한 주부로 궂은일도 마다않고 척척 해내고 심지어 비할 바 없이 요리까지 잘하는데), 발목에 족쇄를 채우고 계속 떠들고 다니는 사람들의 쓸모없는 생각을 우리가 왜 숙고해주어야 하는가? 아니, 아니다. 늘 그렇게 신중하고 사려 깊은 그가 한순간 메잘리앙스*의 취향과 사치를 품게 됐다면, 그건 당직 때 외로움을 달래려 병원에서 생기 넘치는 아가씨와 하룻밤을 보낸 실수의 결과를 책임지기 위해 마지못해 한 것이 아니라(그 경우 페라라 지방에서는 시장 앞에 출두해야 한다는 엄격한 규정이 없다!), 오히려 자신이 하는 것을 절대적으로 정확히 알고 한 것일 수 있었다. 실제로 어떤 식으로 진행되어왔건 간에, 그가 자신한테 없는 믿음을 위장하는 걸 양심이 허락하지 않는다고 하면서, 어느 날부터 이탈리아 학교에 책상 하나를 위해 계속 돈을 지불하기를 거부한 것을 비롯해(물론 자식의 할례와 관련해 아이들이 조그마한 수술을 받게 하는 데 기꺼이 동의했을 뿐 아니라, 언젠가는 옛날 사람들에게도 알려져 있었고, 따라서 그들에게도 알려져 있고, 현명함이 없지 않은 종교 내 위생 기준에 분명히 대답하면서, 자신은 그 '관례'가 싫지 않다고 성전 한가운데서 선언하기도 했던 것을 예외로 한다면), 그의 갖가

* mésalliance. 신분이 낮은 사람과의 결혼을 뜻하는 프랑스어.

지 엉뚱함과 기이함에도 불구하고, 어쨌든 간단히 말해, 중요한 것은 그가 결국 실질적으로는 일반 규칙에 계속 적응하고 있다는 사실이었다.

그리고 실제로 그와 관련해, 1902년 어린 루벤이 겨우 여덟 살 나이에 뇌막염으로 죽었을 때, 당시에 바로 그가 종교적 실천 문제에 대한 자신의 습관적인 무관심과 어긋나게, 가장 정통적인 의례에 따라 둘째아들이 할아버지 살로모네 옆에 묻혀야 한다고 고집한 것은 모두에게 즐겁고 위안을 주는 확인이 아니었던가? 구이아는 아니었다. 오직 단 한 번 그녀는 반항을 하려고 안간힘을 쓴 적이 있었다. 그녀는 델라기아라 거리에서 공동묘지까지 장례식을 천천히 뒤따라갔지만 나중에 매장인들이 구덩이를 다 메웠을 때 신선한 흙무더기 위로 두 팔을 벌리고 쓰러지더니, 특히 기도 중에 방해받은 카르피 박사의 엄청난 분노를 산 것과 함께, 아이를, "내 불쌍한 아기"를 거기에 놔두고 싶지 않다고 울부짖기 시작했다. 물론 어머니는 늘 어머니다. 하지만 코르코스 가족 사람이 몬테벨로 거리 끝에 있는 아주 친밀하고 아담하고 녹음이 우거지고 잘 관리되는 유대인 공동묘지가 아니라, 성벽 너머, 묘비 하나 찾으려면 며칠이 걸릴 정도로 방대한 체르토사 수도원에 묻히는 것을 대체 젬마는 무엇 때문에 주장했겠는가? 그리고 애도의 문제로 돌아오자면, 젬마는 그렇다고 치자. 하지만 그녀의 친척들, 당시 그렇게 많은 숫자로 튀어나온데다, 그들과 뒤에 데려온 친구들과 지인들 무리는, 모자를 쓰지 않으면 참석할 수 없다는 금지사항도 모른 채, 도대체 무엇 때문에 그렇게 애통해

했던가? 그리고 그 여자는? 머리에 검은 숄을 두르고 노처녀 같은 그 자그마한 여자는 대체 누구였는가? 그녀는 엘리아와 야코포의 도움을 받아서(야코포는 벌써 엘리아를 많이 닮아 갈색 머리에 창백하고 섬세했다……) 어떻게 해서든 젬마를 일으켜 세우려고 안간힘을 썼고, 반면 젬마는 덧없이 머리를 가로저으며 전혀 일어서려 하지 않았다.

"아우실리아 브론디? 아, 그래, 언니."

델라기아라 거리의 대문에서 순전히 우연으로 아우실리아와 마주칠 때 엘리아 친척들 중에는 그 말을 다시 되풀이할 준비가 된 사람이 언제나 있었다. 소심해진 아우실리아는 숄을 목 아래로 매만졌다. 그리고 위층에서 손으로 밧줄을 잡아당기면 대문 자물쇠가 풀리면서 내는 '철컥' 하는 소리에 황급히 뒤로 물러섰다.

나이든 노처녀는 눈을 내리깔고 한쪽에 서 있었다. 그 순간 뒤로 물러나 자신과 가족의 집으로 얼마나 돌아가고 싶었겠는가! 하지만 천만에. 그녀 역시 결국에는 들어갔고, 천천히 대문을 닫고 계단 중간에서 그동안 자기들끼리 모여 이야기를 나누고 있던 다른 사람들의 빽빽한 무리 뒤에 섰다. 최소한 사십 년간 억제하고 금지하려는 모든 의지보다 언제나 더 강했던 본능적인 움직임에 따른 것이었다.

5

그런 다음 모두 이층의 층계참에서 닫혀 있는 다른 문 앞에 함께 있게 되었다. 여기서도 누군가 와서 열어주기를 기다리면서 약간 멈춰 서 있어야 했다.

그리고 마침내 안으로 들어갔다. 하지만 아우실리아는 다시 뒤에 남게 되었고(방문한 유대인 친척들은 부엌을 향해 곧바로 앞으로 나아갔다), 더러더러 그랬듯이 뒤편에서 머뭇거리다 집에 있는 온 방을 혼자 돌아다녔다. 다시 말해, 그런 배회에서 일층의 나무곳간과 식품저장고를 제외하면, 단지 지붕 아래 한쪽 구석에 반쯤 비어 있고 상당히 무서운 잿빛 곡물창고만 피하면서, 때로는 삼층까지, 맨 마지막 방까지 돌아다녔다. 방을 차례차례 가로질러가면서 점차 일종의 질투 어린 이상한 애정으로 앞에 나타나는 잘 알려진 물건들을 살펴보았다. 통로 현관들과 심지어 뒷방들과 응접실들까지 온 사방에

설치되어 있고 책들과 장부들이 가득한 선반들, 다양한 가구들, 이상하고 복잡한 탁상 전등이 상부에 달려 있는 크고 작은 책상들, 유리 액자에 싸인 가족사진과 병원사진들과, 그 옆 벽에 걸린 거의 다 상태가 좋지 않은 오래된 유화 같은 것들이었다. 그러면서 자기네 브론디 집안의 사람들과, 대부분 언제나 그렇게 대우받고 그렇게 폐쇄적이고 오만한 사람들 사이에는 어떤 진정한 합의도 피상적이지 않는 어떤 이해도 절대로 불가능할 것이라는 생각을 곱씹고 있었다.

그리고 보기도 전에 매번 엘리아를 머릿속에 떠올렸다.

벽에 걸린 구리 주방용품들이 빛을 반사하는 커다란 부엌, 코스타빌리 공작부인을 따라 매년 여름 바덴바덴이나 비시* 로 여행을 갔다가 돌아오는 가을이면, 엘리아가 너무 강렬하고 너무 절실한 명상과 평온함의 욕망과 함께 찾곤 하던 커다란 부엌에서, 그는 잠시 후 그녀에게 다시 나타날 텐데, 평소처럼 출입문에서 가장 멀리 떨어진 창문 아래 책상에 앉아 있으면서 아마 바로 그 순간 책에서 눈을 들어 밖으로, 채소밭 너머를, 채소밭과 성벽 사이 울타리 담장 너머, 성벽 너머를 바라보고, 마지막으로 콧수염 아래서 모호하게 미소를 지으면서, 볼로냐 쪽 하늘을 뒤덮고 있는 황금빛으로 물든 커다란 구름들을 응시하려는 것처럼 보이는 몸짓을 할 터였다. 그녀는 그렇게 엘리아 그를 그렇게 미리 보고 상상하는 것만으로도 충분히 다시 한번 알 수 있었다. 하녀들, 산탄나 병원이나 응

* 독일 남서부, 프랑스 중부에 각각 자리한 유명 휴양지.

급실의 간호사들, 품위 있는 유대인 친척들, 매번 시끄럽고 때로는 놀이에 빠져 걷잡을 수 없이 뛰어다니는 아이들과 소년들이 북적이는 커다란 부엌에서, 심지어 아내이자 여주인 젬마도, 엘리아가 자신을 둘러싼 그 모든 것으로부터 벗어나 쳐 놓은 보이지 않는 장벽을 절대 넘어설 수 없었던 그곳에서, 언니이자 노처녀 처형인 그녀로서는 어떤 경우든 한쪽에 떨어진 자리, 아주 부차적이고 초라한 조그마한 자리밖에 차지할 수 없었다. 그 집에 오는 것을 항상 거부했던 어머니가 옳았어! 그리고 아버지와 형제들도 나무장작을 패러 올 때마다 위로 올라가게 할 방도가 없었고, 급기야 어느 순간부터 먹고 마실 것을 억지로 아래층에 있는 나무곳간으로 가져가야 했으니, 모든 친밀함과 신뢰성을 피하려 했던 그들도 옳지 않았는가?

그렇지만 엘리아의 친척들 중에서 여느 사람들과 완전히 다른 한 사람이 있었다(그런 아우실리아의 확신은 세월이 흐르면서 점점 더 강해졌다).

바로 엘리아의 아버지, 불쌍한 살로모네 씨였다.

그는 세 번 결혼했고 열두 명의 자식을 두었다. 엘리아가 결혼할 때 이미 세번째 홀아비가 된 상태였고 아주 늙었으며 반세기 넘게 산 비토리아 거리의 셋집에 무척 집착했다. 그런데도 마지막에는 델라기아라 거리의 사랑하는 아들 의사의 집으로 따라가는 데 동의했고 더구나 곧바로 거기서 천수를 누리며 거의 백 살 나이에 죽었다.

그가 어떤 유형이었는지 말하자면, 가령 산책을 하다가 개인적으로 아는 여자를 만나면 귀부인 모자를 썼든 서민 여인 숄을 둘렀든 중요하지 않았다. 곧장 존경의 표시로, 또 필요하다 싶으면 작은 경탄을 건네며, 완전히 벽에 기대거나 인도에서 내려섰다. 그리고 비록 종교적이고 실천적이었지만(물론 엘리아가 그렇게 결혼을 했기 때문에 최소한 초기에는 그가 큰 고통을 겪은 게 분명하지만……), 그렇다고 집 안에서 자신의 종교나 다른 사람의 종교에 대해 이러니저러니 일절 말하지 않았다. 그저 페라라 사투리와 비슷하지만 다른, 히브리어 낱말이 가득하고 마치니 거리에서 일상적으로 쓰이던 독특한 사투리로 자신을 표현했을 뿐이다. 실제로 그의 입에서는 히브리어 말들도 전혀 신비롭거나 이상하지 않았다. 어찌된 영문인지 그의 입에서는 그런 말도 영원한 낙천주의와 너그러움의 색깔을 띠었다.

그는 조끼 호주머니에서 조그마한 은제 회중시계를 꺼내며 시간을 보기 전에 흡족한 태도로 귀에 갖다대곤 했다. 그 시계는 훗날 그가 죽고 나서 큰손자 야코포에게 넘어갔다. 그리고 그는 아무도 요구하지 않았는데도(그는 분명 세상에서 가장 온화한 사람이었지만 동시에 위대한 애국자이기도 했다), 가끔씩 페라라가 아직 오스트리아 치하였을 때 광장에서 하얀 제복의 병사들이 총검을 장착하고 대주교 궁전 앞에서 보초를 서던 아득한 시절 이야기를 꺼내곤 했다.* 사람들은 그 병

* 나폴레옹 세력을 밀어내고 1832년부터 오스트리아가 페라라 남서쪽 요새 하나를 점령하고 있던 시절을 가리킨다. 페라라는 1598년에서 1859년까지 교황령이었다.

사들을 증오와 경멸의 눈길로 보았다. 그 당시, 1860년대 이전에는 그도 무척 젊었고 때로는 사람들과 똑같이 그랬다고 인정했다. 그리고 덧붙였다. 그렇지만 잘 생각해보면 '그' 불쌍한 젊은이들, 대개 보헤미아나 크로아티아 출신으로 특사 추기경*의 포도밭 말뚝처럼 거기에 서 있게 된 그 젊은이들한테 무슨 잘못이 있단 말인가? 무기 앞에서는 당연히 복종해야 한다. 명령이란 논의의 대상이 아니다.

하지만 그보다 자주 주세페 가리발디로 돌아가곤 했다. 그가 자신의 젊은 시절 우상이자 태양이었노라고 아무 어려움 없이 인정했다. 특히 가리발디 장군의 목소리를 한참동안 묘사하곤 했는데, 즉 세상에서 가장 훌륭한 테너 가수의 목소리처럼 피를 끓게 할 정도로 강렬하고 아름다운 목소리가, 1863년 6월 밤, 두 세계의 영웅†이 일주일 내내 손님으로 머물렀던 코스타빌리 궁전의 발코니에서 별이 빛나는 하늘로 울려퍼지는 것을, 살로모네 코르코스 자신이 열광에 싸인 군중의 무리에 끼어 직접 들었노라는 거였다.

그곳에는 어린 엘리아도 갔었다고 이야기했다. 연설이 지속되는 동안 내내 팔에 안고 있었다고 말이다. 몇 년 뒤 민중의 분노로 게토 철책들이 무너졌을 때의 다른 놀라운 밤조차 기억할 수 없을 정도로 너무 어렸던 자식들 중 막내가 그날 이후 이탈리아를 건설한 붉은 셔츠의 금발 남자 가리발디의

* 교황의 임명을 받고 교황령을 통치하던 추기경.

† 가리발디(1807~1882)가 유럽과 남미에서 쌓은 군사적 업적을 가리키는 말.

모습을 기억에 새기게 하고 싶었다는 것이다! 자신은 외면할 수 없는 가족이라는 짐, 열두 자식을 짊어지고 있었지만, 장군의 말 한마디면 충분했을 거라고(그런 말을 할 때 그는 항상 약간 더듬거렸고, 그 순간에는 거의 숨도 쉬지 않는 듯했다), 그랬다면 자신은 필요할 경우 세상 끝이라도 그를 따라갔을 거라는 느낌이 들었다고 했다. 분명히 세상 끝이라도! 그는 반짝이는 눈으로 반복해서 말했다. 주세페 가리발디 장군이 사람들에게 말하는 것을 듣고 있노라면 그가 누구든 간에 마찬가지였을 거라고 말이다.

그는 젬마에게 언제나 다정하고 친절했으며 관심이 많았다. 그리고 아우실리아에게도 기회가 있을 때마다 얼마나 상냥하고 얼마나 친절했는지! 예를 들어 집에서 그녀를 만나면 종종 채소 가격에 대해 물었다. 완두콩은 얼마이고, 샐러드는 얼마이고, 감자는 얼마이고, 잠두콩은 얼마냐고 물었다. 그것은 분명히 무엇보다도 자신이 그녀의 가족, 채소 농사꾼 가족을 최대한 높게 평가하고 고려한다는 것을 간접적으로 의미하기 위해서였다. "아, 당신이 아우실리아, 젬마의 언니로군요." 그렇게 말을 꺼내곤 했다. 그러고는 혼자 기억해낼 수 있다는 것에 무언가 뿌듯해하는 듯했다(한 손가락으로 이마를 톡톡 치고 미소를 띠우면서 얼마 전부터 머리가 이따금씩 작동 불능에 빠져서 그렇다고 설명했다).

하지만 새하얗게 비단처럼 빛나는 곱슬머리, 그녀가 특히 기억하는 특징적인 커다란 코 외에도 그만의 고유한 것이 하나 있었다. 그건 옷에서 나는 냄새였다.

오렌지, 건초, 곡물의 희미한 향기가 뒤섞인 냄새로, 그가 파스카 축제 때 저녁식사에 잇따라 두 번 초대된 사람들에게 '혹시라도' 나눠주게 될지 몰라 델라기아라 거리 집으로 가져온 유대 기도서들을 뒤적일 때 낡은 페이지들에서 퍼져나오던 그 냄새와 똑같았다. 그 해석할 수 없는 페이지들에는 약간 희미해진 푸르스름한 판화 그림들이 들어 있었는데, 각 그림 아래 인쇄된 이탈리아어 설명글에 따르면, 이집트의 열 가지 재앙을 보여주는 파라오 앞의 모세, 홍해를 건너가는 모습, 만나가 떨어지는 풍경, 시나이 산에서 영원한 분과 대화하는 모세, 금송아지 경배, 이어서 여호수아에게 약속의 땅이 드러나는 광경 같은 것들이었다. 엘리아의 프록코트에서는 염화수은과 페놀 냄새만 났을 뿐이다. 반면 살로모네 코르코스의 옷과 온몸에서는 약간 다르긴 하지만 분향 냄새를 연상시키는 향기가 바로 퍼져나왔다.

훌륭한 거실로 불리던 방, 델라기아라 거리 쪽으로 나 있고 아무도 발을 들여놓지 않는 어두침침하고 커다란 방의 찬장에 꽂혀 있는 기도서들이, 세월이 흐르면서 가구들뿐만 아니라 주변의 모든 것을 그 냄새로 배게 만들었다. 심지어 아우실리아가 더러 그 방에 들어가 어둠속에 몇 시간 동안 앉아 혼자 생각에 잠길 때면(젬마가 죽은 뒤인 1926년 그녀가 집안 가정부 자격으로 들어와 엘리아와 여코포와 함께 살게 된 뒤에도, 심지어 1943년 엘리아와 야코포가 독일의 강제수용소로 끌려가고 난 뒤에도, 훌륭한 거실을 마치 은신처같이 이용하는 일이 계속되었는데……), 그때마다 어김없이 불쌍한 살로모네 코르코스 씨도 그 방 안에 뼈와 살을 갖춘 모습으로 있다는 느낌을 받곤 했다. 마치 아직도 세상에 살아 있고, 소리 없이 숨을 쉬며, 그녀 옆에 앉아 있는 것처럼.

6

또다른 사랑이 있지. 아우실리아는 생각했다. 내가 누구보다 잘 알 수 있어.

그것은 멀리서 엿보아야만 하는, 잔인하고 쓰라린 사랑이다. 그렇기 때문에 그것은 눈꺼풀을 내리닫고 꿈을 꾸어야 하는 사랑인 것이다.

실제로 애초부터 그녀를 엘리아에게 묶어놓은 비밀스런 감정, 그녀를 평생 지속적이고 숙명적이고 불가피한 존재로 강요할 정도의 그 감정은, 분명 아주 작은 행복조차 전혀 가져다주지 못했다. 정말로 그렇지 못했다. 정말 아니었다. 델라기아라 거리 집의 커다란 부엌에, 엘리아가 한구석 창가에서 저녁 식사시간 때까지 늦게 공부하고 있는 부엌에 들어갈 때마다 (공부하는 동안 그는 아무것도 깨닫지 못하는 것처럼 보였지만, 실상 주목할 만한 가치가 있었다면 그의 검고 예리하고 탐색하는 눈을 피할 수 없었으리라……), 그녀는 그녀가 들어갈 때 순간적으로 책에서 떼어낸 차분한 시선을 피하고, 곧바로 방어하듯이 살로모네 코르코스의 착하고 친절한 모습을 떠올려야 할 필요성을 느꼈다.

엘리아의 시선! 실제로 아무도 그 시선을 피할 수 없었다. 그렇지만 그와 동시에 그는 거의 보지 않는 것 같았다……

젬마와 약혼하던 그날 밤(그 일이 일어난 1888년 8월 어느 날 밤), 늦은 시간에 집으로 돌아간 그는, 발꿈치를 세워 아버지 침실 문앞을 지나가다 잠시 멈춰 서서 들어갈까 망설였다. 솔직히 말하자, 괴로움을 털어놓자. 그는 생각했다. 전부 다 아버지에게 알리는 게 좋겠지.

문 손잡이를 돌리려 했다. 그런데 갑자기 문 너머에서 아버지 목소리가 들려왔다.

"거룩하신 주님, 어디 계셨습니까? 지금까지 제가 눈을 감을 수 없었다는 것을 아십니까?" 아버지는 외쳤다.

아버지의 그 말, 특히 탄식하는 어조가 그의 생각을 바꾸게 했다. 지붕 밑 조그맣게 자리한 침실로 올라가 그가 맨 처음 한 일은 창문을 활짝 열고 내다보는 것이었다. 어느덧 새벽이라는 것을 깨달았고(집 안에서는 작은 소음 하나 들리지 않고, 도시는 발아래 모두 잠들어 있고, 데스테 성의 네 탑들 중 하나의 꼭대기는 장밋빛으로 살짝 물들고 있었는데), 불현듯 자는 것을 그만두기로 했을 뿐만 아니라 더 머뭇거리지 않고 공부를 하기로 작정했다.

과학. 그는 되뇌었다. 내 임무는 결국 과학 아니던가?

수십 년이 흐르고 나서 아우실리아는 기억했다. 부엌에서 둘이 먹는 일상적인 저녁식사가 끝날 무렵 그가 자발적으로 그날의 모든 것을 이야기해주었다.

중앙의 전등 불빛을 가득 받고 있는 얼굴이 식탁 너머 그녀의 맞은편에 있었다. 그리고 그 말을 하며 새하얀 콧수염 아래로 옅은 냉소를 흘리면서 그녀를 바라보는 것 같았다.

하지만 실제로 그녀를 보았을까? '정말로' 보았는가?

확실히 그의 눈에 비친, 오, 불쌍한 젬마, 그녀는 낯설고 이상하게 나타났다. 심지어 동생과 결혼을 약속하고 저녁을 보내고 나서, 그는 새로이 맞이한 아침에도 사물들과 사람들을 그런 식으로 그렇게 바라본 건지 모른다. 위에서, 시간을 벗어난, 그 어떤 방식으로.

마치니 거리의
추모 명판

1

1945년 8월, 독일군이 1943년 가을에 독일로 끌고 가버려, 흔히들 가스실에서 모두 끝장나고 말았으리라 여겼던, 유대인 공동체의 희생자 백팔십삼 명 중 유일한 생존자 제오 요즈가 페라라에 돌아왔을 때, 처음에는 이 도시에서 누구도 그를 제대로 알아보지 못했다.

요즈. 그 성씨는 아주 유명한 직물도매상 안젤로 요즈의 성이었기 때문에 분명 사람들에게 새로운 것은 아니었다. 안젤로 요즈는 로마진군 때부터 파시스트였고 적어도 1939년까지는 이탈로 발보*의 페라라 친우회에 남아 있었지만, 그렇다고 사 년 후에 닥칠 대대적인 검거에서 그 자신과 가족을 지켜낼

* Italo Balbo(1896~1940). 페라라 출신의 이탈리아 왕국 군인. 파시스트 로마진군을 주도한 사람 중 하나로 무솔리니 후계자로 거론될 만큼 영향력이 컸다.

순 없었다. 며칠 전 유대교 회당 바로 앞 마치니 거리에 부조리해 보일 만큼 엄청나게 뚱뚱하고 나이를 종잡을 수 없는 모습으로 나타난 이 남자가 독일 부헨발트, 아우슈비츠, 마우타우젠, 다하우 같은 장소에서 생환한 사람이라는 것, 그가 바로 가엾은 안젤로 씨의 아들 중 하나라는 사실을—많은 이가 그 자리에서 말도 안 된다고 반박했건만—어떻게 믿을 수 있겠는가? 설령 그것이 사기나 허풍은 아니었다 하더라도, 다시 말해 나치 절멸수용소로 보내진 유대인 마을 주민들 가운데 '제오' 요즈 같은 사람이 실제로 있었다는 것을 인정한다 치더라도, 거의 모든 사람이 그 어마어마한 세월, 어마어마한 고통을 겪고 나서 정치적 신념의 차별도, 빈부나 종교, 인종의 차별도 없이 살게 된 그 시기에, 이 인물은 도대체 무엇을 하고 싶었던 걸까? 무엇을 관철하고 싶었던 걸까?

하지만 이야기를 좀더 차근차근 풀어가는 게 낫겠다. 더 과거로, 제오가 우리 도시에 다시 나타났던 그때, 그의 진정한 귀환이 시작된 순간으로 되돌아가자.

*

그 생환 장면을 쓴다는 것은 상당히 미심쩍고 꾸며낸 얘기 같아 보일 위험이 있다. 더구나 나 자신이 우리에게 아주 일상적이고 친숙한 마치니 거리의 틀 안에서 생각해보면 번번이 그 현실은 의구심이 들었다. 그러니까 그 마치니 거리, 에르베 광장에서 출발하여 예전의 게토 구역을 따라가면, 처음에 산크리스피노 궁전이 있고 중간쯤에 비냐탈리아타 거리와 비토리아 거리의 좁은 길이 있고, 좀더 앞으로 가면 유대교 회당의 붉은 벽돌 정면이 있고, 거기에 전체적인 발전 과정에 따라 빽빽하게 무리지어 마주보고 늘어선 수많은 창고들, 가게들, 작은 상점들과 더불어 그 거리는 오늘날에도 도시의 가장 오래된 중심지와 르네상스 지역과 현대 지역을 매개하는 기능을 맡고 있다.

이른 오후의 햇살과 정적, 멀리서 메아리치는 총성이 이따금 그 정적을 깨트리고 있는 마치니 거리는 공허하고 황량하고 손대지 않은 것처럼 보였다. 한시 반부터 머리에 신문지 베레모를 쓰고 조그마한 비계에 올라 유대교 회당 정면, 먼지 가득한 벽돌에 이 미터 높이로 고정시켜야 하는 대리석판 옆에서 일하는 젊은 노동자에게도 그렇게 보였다. 원래 농부였다가 전쟁 때문에 도시로 이주해 미장이 일을 해야 했던 그의 존재는 곧바로 햇살 속에 사라졌고, 곧이어 자기 자신도 그것을 깨달았다. 모든 것을 무력화시키는 8월의 태양에 어떤 방식으로든 맞서려는 것은 아무런 소용이 없었다. 뒤이어 다양한 몸짓과 색깔로 그의 등뒤에서 돌 포장길 한쪽을 뒤덮은 약간의 행인들 무리도 마찬가지였다.

먼저 멈춰 선 것은 두 청년, 수염투성이에 안경을 쓰고 무릎까지 오는 반바지에 붉은 수건을 목에 두르고 기관총을 어깨에 둘러멘 두 파르티잔이었다. 대학생, 도시의 귀공자들이군. 저희끼리 하는 이야기를 듣고 잠시 몸을 돌려 흘겨보면서 젊은 미장이 농부는 생각했다. 얼마 후 그 뒤를 이어 검은 사제복에 더위에도 차분한 얼굴로 사제가 나타났고, 다음으로 잿빛 수염, 활기찬 태도, 야윈 가슴과 목젖 위로 열어젖힌 셔츠 차림의 육십대 신사가 나타났다. 그 신사는 추모 명판에 적힌 이름을 나지막한 목소리로 읽어가다 순간 숨을 고르더니 강조하듯이 외쳤다. "사백 명 중 백팔십삼 명!" 그 이름과 숫자들이, 포 강 하구 보스코메솔라에서 왔다는 그 미장이 포데티 아리스티데와 직접 관련이 있다는 듯이 말이다. 그는 우연히 알게 된 페라라에는 하루 넘겨 있지 않았고 필요한 만큼만 머물면서 자기 일 외에는 전혀 무관심했다. 유대인, 호명되는 사람들 숫자가 점점 늘어나는 것이 들려왔다. 독일로 끌려가 거기서 통상적 방식으로 죽은 백팔십삼 명, 그들은 전쟁 발발 전 페라라에 살던 사백 명의 유대인 중 일부였다. 모든 것이 명확했다. 하지만 잠깐. 그 백팔십삼 명이 분명 살로공화국*의 파시스트에 붙잡혀 독일군에게 넘겨졌을 테니, 그 '투핀'이 언젠가 다시 돌아와 명령하게 된다면(지금 이미 그들 또한 '붉은 수건'을 목에 두르고 길거리를 돌아다니며 너무나 쉬운 복수를 기다릴지 누가 알겠는가),† 유대인이 무엇인지 모르는 척하는 것이 더 낫지 않았겠는가? 아, 그 투핀들! 검은 제복을 입

* 1943년 7월 무솔리니가 실각하자 이탈리아 정부는 연합군과 정전협정을 맺고 남부는 사실상 해방이 된다. 그러나 북부로 도망친 무솔리니는 그해 9월 나치의 지원으로 이탈리아사회공화국(일명 살로공화국)을 수립한다. 이에 맞선 격렬한 저항운동이 전개되고 이때부터 이탈리아 북부는 아수라장으로 바뀐다.

† '투핀Tupin'은 '단결하라, 우리 이탈리아를 위해Tutti uniti per l'Italia nostra'의 약자로 이탈리아사회공화국 수비대 행동대원을 가리키고, '붉은 수건'은 공산주의자를 가리킨다. 따라서 파시스트가 반파시스트 파르티잔으로 위장하고 다닐 수도 있음을 암시하는 말이다.

고 해골이 그려진 해군 모자나 페즈 모자를 쓰고 적시에 다시 튀어나올지 몰라! 아니, 아니다. 아직 여전한 분위기로 보건대, 유대인이든 아니든 득이 될 게 없는 것은 아예 모르는 척하는 편이 낫다.

그 불우한 청년은 그렇게 일절 알려 하지 않겠다고 다짐하면서—다른 데는 관심도 없고 일하고 있다는 것으로 충분했기 때문에—세상만사 무심하게 포 강 삼각주의 억센 사투리 속에 갇혀 집요하게 해를 등지고 있었는데(누군가 빈정거리는 투로 "제오 요즈?"라고 반문하는 소리에), 그는 순간 발꿈치를 밟힌 듯 화난 표정으로 몸을 획 돌렸다.

자그맣고 땅딸막한 남자가 그 앞에 서 있었다. 머리에 괴상한 모피 베레모를 거의 눈밑까지 눌러 썼는데, 세상에 어찌나 뚱뚱한지! 물에 빠져죽은 사람이 퉁퉁 분 것 같았다. 하지만 공포를 자아내진 않았다. 분명 그는 공감을 얻으려는 듯 웃고 있었기 때문이다.

그는 진지해졌고 추모 명판을 가리켰다.

"제오 요즈?"를 반복했다.

그러고 피식, 다시 웃었다. 하지만 금방 회한에 빠지는 독일인의 대화처럼 '죄송합니다'를 연발하면서(옛날 살롱식 화법 같은 우아한 태도로 건네는 말을 어안이 벙벙해져 귀를 쫑긋 세운 포데티 아리스티데에게), 자신은 인정할 준비가 돼 있다는 듯 '절 믿어주세요'라며, 여러모로 '실수'로 보이는 자신의 개입으로 모든 것을 망치게 되어 유감이라고 선언했다. 맞군요! 그는 한숨을 쉬며 말했다. 추모 명판을 다시 만들어야 할 텐데, 저기에 헌정된 이름, 저 한구석을 차지한 제오 요즈가 다름아닌 '나'거든요, 하면서 자기 자신을 가리켰다. 그는 곧 파란 눈을 들어 둘레를 훑어보았다. 그러더니 씁쓸히 웃으며 덧붙였다. 장의위원회가 그런 사실을 운명의 암시로 받아들이면서 추모 명판 생각을 싹 버리지 않는다면, 그건 행인이 붐비는 자리에 박혀 있으면서 거의 강제로 읽힐 수 있다는 확실한 장점과 함께, 희귀하게 페라라에 '예전'과 똑같이 그대로 남아 있는 성전, 하느님의 손길을 입은 '사랑스러운 우리 옛 성전'의 정면을, 친근하고 순진한 정면을 부당하게 왜곡하는 심각한 우를 범하게 될 거라고 말이다.

"성전에 그러는 것은, 마치 당신의 그 얼굴과 손에 저녁 만찬 예복을 억지로 입히려는 것과 같지요." 그는 그렇게 말을 매듭지었다.

그러면서 자기 손을 보여주었다. 상상도 못할 만큼 굳은살이 박였지만 손등은 아주 하얬고, 오른손 손목 위쪽에는 물에 삶은 것처럼 연약한 피부에 뚜렷이 새겨진 문신을 알아볼 수 있었다. 다섯 자리 식별번호와 그 앞에 찍힌 J.

2

그렇게, 그러니까 핏기 없이 퉁퉁 불어 바닷속 깊은 데서 솟아난 것처럼, 제오 요즈는 페라라의 우리 앞에 어느 날 불쑥 다시 나타났다(전혀 위협적이지 않고 외려 역설적이고 즐거워하는 듯한, 촉촉이 젖은 푸른 눈동자로, 밑에서 위로 비계의 발판을 올려다보면서 말이다).

그는 아주 먼 곳, 실제로 온 것보다 훨씬 더 먼 곳에서 왔다. 그는 아무도 예상하지 못했던 때에 돌아왔다. 그는 무엇을 하고 싶었던 걸까?

응분의 평정심을 유지하며 그런 유의 질문에 잘 대답하고 싶다면, 아마도 다른 시간, 다른 도시가 있어야 할 것이다.

시민여론의 공공규범을 이끌어가는 사람에 버금가는 좀 겁이 없는 사람들(흔히 변호사, 의사, 기술자, 상인, 지주 같은, 하나하나 헤아려보면 서른 명도 채 안 되는 이들)이 있어야 할 것이다. 멋진 신사인 그들은 1943년 7월까지는 확신에 찬 파시스트였다가, 나중에 12월부터는 어떤 식으로든 이탈리아 사회공화국 찬동자가 되었다. 이미 석 달 전에 사방에서 함정과 계략의 낌새를 챌 수 있었기 때문이다.

그들이 인정한 대로, 사실 그들은 살로공화국 신분증을 취득했다. 하지만 공공선을 위해, 순수한 조국애로 그랬고, 어쨌든 페라라 운명의 12월 15일* 이후였지, 이탈리아 전역을 휘감은 형제살해 싸움 이전은 아니었다고 했다.

하지만 젊은 요즈 이야기로 돌아오게 되면, 그 사람들은 다시 빳빳이 고개를 쳐들고 단춧구멍마다 꽂을 수 있을 만큼 온갖 장식물을 꽂은 재킷 아래로 가슴을 부풀리며 다음과 같은 말들을 줄줄이 늘어놓았다. 8월 중순 무더위에 무슨 이유로 커다란 모피 베레모로 그렇게 집요하게 머리를 감싸고 있는 거냐? 밑도 끝도 없는 그 냉소는 또 뭐냐? 그렇게 행동하는 대신에 대체 무엇 때문에 그렇게 살이 쪘는지 설명하는 게 좋을 거다. '굶주림으로 인한' 부종浮腫이라는 말은 생전 듣지도 보지도 못 했으니(그건 주로 당사자인 그가 널리 유통시킨 거짓말이 틀림없을 테니), 그 비만은 두 가지를 의미할 수 있다. 다시 말해, 독일 강제수용소 선전물의 주장대로 굶주림을 크게 겪지 않았거나, 무언지 모를 대가로 완전히 특혜를 누렸거나

* 1943년 12월 13일 검은셔츠단 장교 이지노 기셀리니(1895~1943)가 총상 입은 시체로 발견되자, 이틀 후 파시스트와 독일 점령군에 반항한 인물들을 대거 체포해 그중 열한 명을 보복 총살한 사건. 이 책의 맨 마지막 작품 「1943년 어느 날 밤」도 이 사건을 다루고 있다.

한 거다. 그러니 제발 잠자코 있고 귀찮게 하지 마라. 다른 사람 눈 속에서 지푸라기를 찾느니 차라리 네 눈 속에 들어 있는 그 이름난 들보나 생각하라.

그리고 다른 사람들, 밖에서 들려오는 아주 작은 소리에도 귀를 곤두세우고 집 안에 틀어박혀 있는, 사실대로 말하면 소수자인 그들에 대해서는 뭐라고 말할 것인가?

그들 가운데는 한쪽 어깨에 비스듬히 삼색 띠를 두르고 마치니 거리 성전의 중첩된 두 회당에 있는 장식품, 은제 전등 등을 비롯해 유대인 공동체에서 몰수한 일체의 재산에 대해 공개 경매를 주관한 사람도 있었고, 백발에 검은셔츠단*의 검은 모자를 쓰고 다양한 총살형을 언도하는 특별법정의 판사 일을 수행한 사람도 있었다. 게다가 그들은 하나같이 늘 존경받을 시민으로 그전까지 정치에 별 관심도 없고 대개 가족이나 직업, 공부에 몰두하느라 주로 격리된 생활을 했을 이들이었다. 그렇지만 이 시점에서 그들 자신은 극한의 두려움을 느꼈기에, 혹시나 갑자기 불려나가 행동에 대가를 치르게 되지 않을까 너무나 두려운 나머지, 제오 요즈가 단지 살아가는 것, 다시 살아가기 시작하는 것만 요구했다고 해도, 그 단순하고 초보적인 요구가 개인적으로는 위협으로 느껴질 수도 있었다. 그들 중 누군가가 어느 날 밤 은밀하게 잡혀가 '빨갱이들'에게 시골 어느 미지의 장소에서 살해될 수 있다는 생각이, 그런 끔찍한 생각이 집요하게 파고들어 그들을 괴롭히고 고문했다.

* Brigata Nera. 1944년 7월부터 종전 때까지 활약한 파시스트 무장단체.

솔직히 털어놓고 어떻게든 거기서 벗어나야 했다. 그렇게 할 수 있어야 했다. 어떻게 해서든지.

그 흉물을 주위에서 떨쳐내! 그들은 씩씩거렸다. 페라라에서 아예 내쫓아버렸으면 좋겠어!

검은셔츠단 사령부를 차지한 파르티잔들이, 아직 그의 아버지 명의로 되어 있고, 따라서 이제 그의 것, 오로지 그의 것인 캄포프란코 거리의 집을 막사와 감옥으로 쓰고 있는데도 아랑곳 않고, 그는 불길한 얼굴로 그 주위를 돌아다니는 데 만족했다. 조만간 자신의 모든 계산을 완전히 청산하도록 준비하게 될 사람의 분노에 언제나 새로운 미끼를 덧붙이려는 상당히 공개적인 목적으로 말이다. 어쨌든 물의를 일으킬 만한 그를, 새로운 당국은 그런 상태에서 눈 하나 깜박하지 않고 견뎌냈다. 운명의 1943년 12월 15일 사건 이후 비밀리에 민족해방위원회* 의장이 되었다가, 이른바 해방 이튿날 지사 임무를 맡은 헤르첸 박사에게 그를 의뢰하는 것은, 실제로 그랬듯이 소용이 없었다. 추방자 명단이 데스테 성의 사무실에서 야간에 비밀리에 열리는 관련 회의에서 계속 새롭게 바뀌었기 때문이다. 그렇다. 그들은 그를 잘 알고 있었다. 그는 1939년 당시 볼로냐행 도로에서 이 킬로미터가량 떨어진 곳에 소유한 자신의 신발공장에서는 '잘 가'라는 인사도 없이 쫓겨났고, 키

* Comitato di Liberazione Nazionale(CLN) 1943년 9월 나치와 무솔리니에 맞서 조직된 정당연합전선. 사회당, 공산당, 행동당, 자유당, 기독교민주당, 노동민주당 등 여섯 정당이 의기투합해 산악 게릴라전과 도시 지하활동을 펼쳤다. 연합군 점령지에서는 임시정부 역할도 했다.

에수올델포소 인근 모처에 있던 공장은 훗날 전쟁통에 한 무더기 폐허로 끝장나고 말았다! 착실한 가장처럼 반대머리에 금니 가득한 그 영원한 미소, 거북이 안경테의 그 두꺼운 근시렌즈와 함께, 그는 진지하게 두려움을 살 만한 사람과 달리(자전거 안장에 분리되지 않게 나사못으로 고정된 것처럼 반듯하고 아주 꼿꼿한 등허리, 독일계 기원과 그리 멀지 않는 그 유대인 성씨와 썩 잘 어울리는 등허리를 제외하면……), 위험해 보이지 않는 인상이었다. 그렇다면 대주교 교구청은? 그리고 영국 총독 행정구는? 불행하게 거기에서도 시대의 표시처럼 황량한 유대감의 미소, 좀더 나쁘게는 냉랭함과 당혹함 사이의 미소 외에 다른 대응은 없지 않았나?

공포나 증오가 있으면 합리적인 생각을 못하는 법이다. 이와 반대로, 만일 제오 요즈가 품고 있는 속내를 정말 알고 싶었다면, 그가 맨 처음 마치니 거리의 유대교 회당 앞에 나타난 순간으로 되돌아가보는 것으로 충분했으리라.

듬성듬성한 잿빛 수염에 야윈 목의 육십대 신사를 여러분은 아마도 기억할 것이다. 바로 독일로 끌려갔던 페라라 출신의 유대인들 추모 명판 아래에 멈춰 서 있던 사람들 중 하나로, 카랑카랑한 목소리로 ("사백 명 중에 백팔십삼 명!" 하고 과장된 어조로 외쳐) 주변 사람들의 이목을 집중시키고 그 내용의 중요성을 환기했던 그 신사 말이다.

그 신사는 자칭 자력 귀환자의 과시를 잠자코 구경하다가 군중을 헤치고 가더니 요란하게 그의 뺨에 입을 맞추었다. 맨살의 손과 팔을 내밀고 있던 귀환자는 시큰둥하게 말을 던졌다. "그 웃긴 수염은 뭐지요, 다니엘레 백부, 못 알아봤잖아요." 이 어구들은 무엇인가를 드러내는 것으로 보아야 하리라. 그 신분만 드러낸 것이 아니라.

정말 그랬다.

"왜 그런 수염을 길렀어요?"

"혹시 수염이 어울린다고 생각하세요?"

입술을 앙다문 그는 온갖 모양과 크기의 수염을 비판적인 눈으로 보는 듯했다. 전쟁이 페라라에도 유행시킨 넘쳐나는 위조 신분증처럼, 정말 그렇게만 생각하는 듯했다. 하지만 그에게는 분명 수염 이상의 다른 뭔가가 있었고, 다른 모든 것에 화가 나 있었다.

전쟁 전 요즈의 집이었던 곳 입구에 백부와 조카는 그날 오후에 나타났고, 그 집 내부와 주변에도 당연히 수많은 수염들이 돌아다니고 있었다. 위로 날렵한 기벨리니 탑*이 솟아 있는 빨간 벽돌의 저택은, 외진 캄포프란코 거리의 한쪽 면 전체를 거의 다 차지할 정도로 길게 펼쳐져 있었고, 그것은 엄격하고 군사적인 분위기를 형성하는 데 적잖은 기여를 했다. 그 분위기는 저택의 옛 소유주 델 살레 후작들을 과거로부터 불러내기에 좋겠지만, 1910년 그들에게서 수천 리라에 저택을 구입한, 안젤로 요즈를 비롯해 아내와 자식과 함께 독일로 끌려간 그 유대인 직물도매상은 절대로 불러내지 않을 것이다.

대로변 쪽 문은 활짝 열려 있었다. 문 앞에는 한가로이 노

* torre ghibellina. 제비꼬리처럼 끝이 뾰족한 총안의 중세 탑.

닥거리며 파르티잔 십여 명이, 입구의 계단에 앉아 있거나, 맨다리 사이에 기관총을 걸치고 있거나, 맞은편 방대하고 풍성한 정원의 경계선을 이루며 길게 뻗은 높은 담장에 바짝 대놓은 지프차 의자에 누워 있거나 했다. 하지만 그들 외에 훨씬 많은 수의 사람들이 있었는데, 일부는 두꺼운 서류뭉치들을 팔로 안아서 옮기느라 모두 활력적이고 단호한 표정으로 계속 오고 가곤 했다. 절반은 그늘지고 절반은 햇살이 비치는 거리와 오래된 귀족 저택의 열린 현관 입구 사이에서, 요컨대 위아래로 강렬하고 생생하고 즐겁기까지 한 분주한 활동이 이어졌고, 도로의 자갈 포장을 스치듯이 낮게 나는 제비들의 지저귐 소리가, 일층의 철창 두른 대형 창문들을 타고 끊임없이 밖으로 흘러나오는 타자기의 탁탁거리는 소리와 완벽한 조화를 이루고 있었다.

하나는 야위고 훤칠하고 활달해 보이고 또하나는 뚱뚱하고 느릿하고 땀에 전, 이상한 두 사람이 마침내 현관 안으로 들어서자 그곳 동지들의 관심이 일제히 쏠렸다. 대다수 청년은 장발에 수염을 길렀고 무장 상태였다. 그들은 빙 둘러싸고 모여들었다. 어떤 이는 벽을 따라 놓인 조잡한 긴 의자에서 일어났다. 다니엘레 요즈는 분명 그 분위기와 새로운 점거자들과의 친밀성을 조카에서 과시하려는 듯이 온갖 질문에 기꺼이 대답해주었다.

하지만 제오 요즈는 침묵했다. 가까이에서 자신을 둘러싸고 있는 그 그을리고 혈색 좋은 얼굴들을 하나하나 응시했다. 마치 수염을 가로질러, 수염 아래에서 어떤 비밀을 찾아내고,

어떤 타락을 발견하려고 노력하는 것처럼 말이다.

'에, 날 속일 생각은 마요!' 그의 미소가 말을 했다.

한 순간, 그는 명확한 의미의 곁눈질로 현관 문 너머 가까이에 상당히 좁고 어둡고 무질서한 정원 한복판에서 여전히 활짝 꽃핀 커다란 목련나무를 발견하고는 안심하는 것 같았다. 하지만 단지 순간적인 것이었다. 잠시 후 위층에서 이탈리아파르티잔민족연합*의 젊은 지부장 서기의 사무실에서 또다시 낄낄거리는 소리가 들렸다(그로부터 이태 뒤에 이 사람은 이탈리아의 가장 명석한 공산주의자 하원의원이 되는데, 매우 친절하고 겸손하고 믿음직해 지역의 적지 않은 양갓집 아가씨들을 한숨짓고 신음하게 만들었다).

"수염은 백부에게 전혀 어울리지 않아요, 알아요?"

어쨌든 이 시점에서, 그때까지 다니엘레 백부의 우월한 중요성 덕택에 친절함이 없지 않은 대화가 이루어졌고, 그 과정에서 미래의 하원의원은 제오 요즈의 존칭에 신경 쓰지 않고 당의 동지들이나 동년배들에게 쓰는 애정 어린 친근한 어법을 과시하듯이 고집했는데, 그런 분위기 위로 갑자기 당혹스러운 차가움이 내려앉으면서, 그가 어떤 이유로 그곳을 방문하게 되었는지가 분명해졌다(그 이후에 그자의 의도에 대해 갖가지 쓸모없는 의혹을 쌓았던 사람들이 전부 그 장면을 목격할 수 있었다면 좋았으련만!).

그의 눈길은 분명히 이렇게 말을 했다(어느 순간 여자 타

* Associazione Nazionale Partigiani d'Italia(ANPI). 반나치 반파쇼 저항조직.

자수 쪽으로 돌린 그의 시선은 갑자기 위협적으로 변했고, 아가씨는 곧바로 자판 두드리는 것을 중단했을 정도였다). '당신네' 빨갱이들이, 그전에는 '다른 자들'인 그 검둥이들*이 점령했던 자리를 대략 석 달 전부터 차지하고 있는 이 집은 바로 내 소유요. 기억하고 있나요? 어떤 권리로 차지하고 있는 거요? 그러니까 이제 당신의 아름다운 비서 아가씨이든, 친절하고 늠름하고 너그럽게도 세상을 개혁하려는 의지가 굳건한 파르티잔 대장이든, 조심해서 말하도록 하시오. 도대체 무슨 생각을 하는 거요? 내가 이 저택에서 방 하나 차지하는 걸로 만족할 거라 생각해요? 내가 얌전하게 있는 걸 보려고, 혹시 지금 이야기하고 있는 이 방을 내게 양보할 준비가 돼 있다고, 그렇게 생각한다면 커다란 오산이오.

저 아래 도로에서 멋진 노래가 들려왔다.

> 바람은 불고 폭풍은 울부짖고,
> 신발은 찢어졌지만, 가야만 하네……†

절대 아니다. 집은 그의 것이었다. 그들은 착각하지 말아야 했다. 모든 것을 고스란히 돌려주어야 했다. 가능한 한 빨리.

* 검은셔츠단을 가리킨다.

† 파르티잔들의 애창곡 〈바람은 불고〉 첫 두 소절 노랫말.

3

캄포프란코 거리의 집이 실질적으로 완전히 그의 소유로 돌아오길 기다리는 동안, 제오 요즈는 방 한 칸을 차지하는 것으로 만족해하는 듯했다. 손님이 된 것이다.

방이라기보다 실제로는 집 위로 솟은 기벨리니 탑 꼭대기에 있는 일종의 곡물창고였다. 황량하고 널찍한 그 방으로 올라가려면 백여 개의 계단을 올라간 다음, 마지막에는 위태롭게 놓인 작은 나무 사다리를 이용해 한때 편리한 저장고였던 골방을 지나야 했다. 제오 요즈 자신이, 마치 역겨움을 느낀 사람이 더 나쁜 것에 체념하는 듯한 어조로 그런 '임시방편'에 대해 먼저 말을 꺼냈다. 좋다. 당분간 거기에 적응할 거야. 그는 한숨을 쉬며 말했다. 하지만 분명히 해두지만 진정한 고유의 곡물창고 밑 골방까지 마음대로 쓸 수 있다는 조건이었다. 만약 거기에…… 여기서 이야기를 끝맺지 않고 짤막하고 알

쑹달쑹한 냉소를 흘려보냈다.

그렇지만 그 높은 곳에서는 널찍한 유리 창문을 통해 제오 요즈가 정원뿐만 아니라 캄포프란코 거리에서 일어나는 일을 무엇이든 관찰할 수 있다는 것이 곧 분명해졌다. 그는 거의 집에서 외출하지 않았기 때문에, 추정컨대, 자신의 발아래 펼쳐지는 갈색 지붕들, 채소밭들, 멀리 떨어진 들판의 방대한 풍경을 몇 시간이고 바라보았을 그의 지속적인 존재는 금세 아래층 점령자의 머릿속에 귀찮고 성가신 생각이 되어버렸다. 요즈 저택의 지하실들은 모두 정원 쪽에 있었는데, 검은셔츠단 시절부터 비밀 감옥으로 사용되었고, 해방 후에도 지하실을 둘러싼 음산한 이야기가 숱하게 페라라를 계속 떠돌았다. 하지만 이제 탑에 있는 손님의 믿을 수 없는 감시 가능성 앞에서, 어느 순간 그곳으로 결정하려고 생각했던 비밀스러운 즉결 재판의 목적으로는 분명히 더이상 사용할 수 없었다. 그런 일종의 관측소에 배치된 제오 요즈와 함께, 그가 해질녘부터 새벽까지 켜놓는 석유 등잔의 불빛이 증명하듯, 밤에도 항시 감시하는 것처럼 보였기에, 이제 잠시도 편안히 있을 수가 없었다. 제오 요즈가 캄포프란코 거리에 처음 나타난 날 저녁에 뒤이은 새벽 두세시 무렵, 그때까지 자기 사무실에서 일하느라 남아 있던 니노 보테키아리는 도로로 나가자마자 탑으로 눈을 들게 되었다. '조심해!' 별이 빛나는 하늘 중간쯤에 매달린 그 생환자의 불빛이 경고했다. 통탄할 만한 가벼움과 묵인에 대해 쓰라리게 후회하면서, 하지만 동시에 훌륭한 정치가답게 새로운 현실에 직면할 준비를 하면서 그 젊은 미래의 하원의원은 한숨과 함께 지프차에 올라탔다.

하지만 나중에 그는 전혀 예상치 못한 일과시간에, 가령 일을 시작하려는 순간에 계단이나 아래의 입구 현관에 나타나곤 했다. 똑같은 약식 제복 차림을 하고 그곳에 모여 상주하는 파르티잔들 앞으로, 그는 페라라에 도착했을 때 입고 있던 발목 부분이 좁은 바지, 가죽 외투, 모피 모자 대신 거의 곧바로 바꿔입은 올리브색의 완벽한 개버딘 외투 차림으로 지나갔다. 누구한테 인사도 하지 않고 우아하게, 철저히 무례하게, 얼음처럼 차가운 눈 위까지 비뚜로 푹 눌러 쓴 밤색 펠트 모자의 챙과 함께 재빨리 지나갔다. 그리고 그의 출현이 있을 때마다 유발되는 침묵과 불편 가운데서도 당당한 집주인은 애당초 말다툼하기에는 너무 교양이 있었지만, 자기 권리에는 강했고, 자신의 모습을 드러내는 것만으로 집세도 내지 않는 야만적인 세입자에게는 이제 됐다고, 떠나야 한다고, 걸리적거리지 않아야 한다고 상기시키기에 충분했다. 세입자는 망설이며 집주인의 확고한 항의를 본체만체했다. 집주인은 당분간 입을 열지 않고 있지만, 분명히 적절한 때가 되면 망가진 바닥, 더러워진 벽 등에 대한 계산을 요구할 것이다. 따라서 날이 지날수록 세입자의 입장은 더 나빠지고 점점 더 불편하고 불안정해졌다. 나중에 1948년 선거 다음날, 그러니까 페라라에서 이제 많은 것이 바뀌었을 때, 아니, 정확히 말하자면 전쟁 이전 상태로 돌아오고 나서야(물론 그사이에 젊은 보테키아리는 하원의원에 출마해서 일찌감치 의기양양 성공을 거둘 수 있었고), 이탈리아파르티잔민족연합은 본부를 카보우르 거리에 있는 예전 '파쇼의 집'*의 방 세 칸으로 옮기기로 결정했는데, 바로 1945년부터 지방 노동연맹의 사무실이 있던 곳이었다. 하지만 사실 제오 요즈의 조용하고 집요한 행동으로 그런 이주는 얼마 전부터 무르익어가고 있었다.

그는 단 한순간이라도 집 안에서 자신을 잊고 싶지 않다는 듯 거의 외출하지 않았다. 하지만 그렇다고 이따금 비냐탈리아타 거리에 나타나는 것을 방해받지도 않았다. 거기에 있는 아버지의 창고, 유대인 공동체가 살로공화국 시절 유대인들의 집에서 가져와 대개 주인 없이 방치된 물건을 쌓아두던 창고를 9월부터—한 편지에 적혀 있는 대로—"절대적으로 필요하고 급박한 복원과 활동 재개를 위해" 비워야 한다는 허락을 얻었다. 더 드물지만, 조베카 대로를 따라 마치 금지된 땅으로 나가며 불쾌한 만남이 있을까 하는 공포와, 그와 동시에 정반대로 그런 만남을 갖고 싶다는 강렬한 욕망 사이에서 분열된 마음을 가진 사람처럼 불안정한 걸음걸이로, 언제나처럼 활기차고 생생하게 다시 시작한 저녁 산책을 가기도 했다. 때로는 오르되브르 시간에—그는 매번 숨이 차서 헐떡거리고 땀을 흘리며 와서—로마 대로에 있는 델라보르사 카페 테이블 의자에 갑자기 털썩 앉곤 했다. 그가 습관적으로 내보인 냉소적 경멸은 사라질 기미를 보이지 않았다. 심지어 그렇게 포용력 있고 일차대전 후의 분위기에 자극된 다니엘레 백부마저 머리 위 뚜껑문을 통해 나누던 일체의 대화를 곧장 포기하도록

* Casa del Fascio. 파시스트당 지방 당사.

만들었고, 처음의 불확실함 이후 이제야 비로소 사방에서 그에게 보내는 친절한 환대, 애정 어린 "잘 돌아왔어!" 같은 표현 앞에서도 마냥 그대로였다.

사람들은 도덕적이고 물질적인 어떤 희생도 치를 각오가 된 양, 손을 내밀고 이웃 가게들에서 그의 창고로 왔거나, 아주 널찍한 조베카 대로를 일부러 가로질러 건너와 지나치고 히스테릭한 충동으로 그의 목을 팔로 껴안기도 했다. 아니면 과거에 매일 오후 한시에 라디오에서 발표되던(자전거를 타고 지나며 멀어지는 소년 제오의 귀에 가까스로 와닿던) 패배 소식들이 전하던 델라보르사 카페 실내의 여전히 똑같은 어두침침함에 잠겨 있다가 밖으로 달려나와 노란색 외부 천막 아래 그의 옆에 앉기도 했는데, 천막은 눈부신 태양은 말할 것도 없고 인근 산로마노 구역의 폐허에서 불어오는 커다란 소용돌이 먼지 바람을 막기에도 불충분했다. 그는 부헨발트에 있었고, 유일하게 거기서 돌아왔다! 수많은 신체적 정신적 고문을 견뎌내고, 수많은 끔찍한 광경을 목격한 후에. 그리고 그들은 거기에, 그의 처분을 기다리며 모두 경청하기 위해 귀를 곤두세우고 있었다. 만약 이야기한다면 그들은 지치지 않고 그 이야기를 들어줬을 것이며(그렇게 늦게야 그를 알아보고, 실제로는 또다시 그를 거부하고 배제하려고 했던 것에 대해 용서받기 위해서라도), 심지어 머리 위 데스테 성의 시계가 두 번 울리면서 벌써 부르고 있는 점심도 포기할 준비가 되어 있었다. 다시 말해, 자신들의 선의를 증명하고, 그 끔찍하고 결정적인 기간 동안 자신들의 관념이 겪은 변화를 뒷받

침하려는 듯, 조잡한 천으로 만든 바지, 소매를 걷어올린 널찍한 겉옷, 넥타이 흔적도 없이 목 위로 열린 옷깃, 꼼꼼하게 광택을 내지 않은 신발, 샌들 신은 맨발, 그리고 당연히 수염, 그들 모두가 기르고 있는 수염을 과시하면서 모두가 다같이 이렇게 말하는 것 같았다. '자네, 많이 바뀌었군? 세상에나 이제 완전히 어른이 됐어, 이렇게 살도 쪘고! 하지만 봐, 우리도 바뀌었지. 세월은 우리도 뚫고 지나갔어……' 그러면서 의심할 바 없이 진지하게 제오의 검토와 판단에 자신을 맡겼고, 또 진지하게 그의 굽힐 줄 모르는 거부에 괴로워했다. 1945년 4월 이후(현재에 대해 두려워하고, 미래에 대해 걱정해야 하는 사람까지) 페라라의 모든 사람들을 일정하게 사로잡고 있던 확신이 나름대로 진지했던 것처럼 말이다. 말하자면 좋든 나쁘든 바로 그때부터 새로운 시대가, 무서운 악몽들로 가득한 오랜 잠처럼 이제 핏속에서 끝나가는 시대하고는 다른, 비할 바 없이 더 나은 시대가 시작되려고 한다는 확신이었다.

석 달 전부터 임시방편으로 살면서, 아침이면 저녁에 어디에서 잘 것인지 모르던 다니엘레 백부에게 저택 탑의 질식할 것 같은 골방은 곧바로 그의 고질적인 낙천주의에서 보자면 경이로운 횡재였다. 전쟁이 끝나면서 진정으로 민주주의와 보편적 형제애의 행복한 시대가 시작되었다고 그보다 더 확신한 사람은 없었다.

"이제야 편히 숨을 쉴 수 있겠어!" 자신의 골방을 갖게 된 첫날밤부터 그는 위험을 무릅쓰고 외쳤으며, 깍지낀 손으로 목덜미를 받치고 가축털 매트리스에 누워서 말했다.

"이제야 편히 숨을 쉴 수 있겠어, 아!" 아주 크게 되뇌었다.

그런 다음 말을 이어갔다.

"제오, 네가 보기에도, 도시 공기가 예전과 아주 많이 다른 것 같지 않니? 말할 필요도 없지. 자유만이 기적을 만들 수 있으니까! 나로서는 아주 깊이 설득되었어……"

하지만 다니엘레 요즈를 아주 깊이 설득한 것이 제오에게는 상당히 의심스러운 관심거리로 보였던 모양이다. 백부의 열광적인 감탄에 대해, 사다리가 올라가는 뚜껑문을 통해 그가 내려보내는 대답이라곤 기껏 '음!' 또는 '아니, 정말로요?' 같은 것으로, 말을 계속하고 싶은 마음을 전혀 자극하지 않았다. '도대체 무엇을 원하는 거지?' 나이든 백부는 입을 다물고 생각했다. 그러면서 그의 눈은 앞으로 뒤로 슬리퍼가 지칠 줄 모르고 찰싹거리는 천장을 향했다. 그러고 나서 최소한 잠시 동안은 이야기하는 것을 자제했다.

그가 보기에는 제오가 자신의 열광을 공유하지 않기는 불가능해 보였다.

휴전협정 기간에 페라라에서 도망친 그는 토스카나와 에밀리아 접경지 아펜니노산맥의 어느 황량한 마을에서 농부들의 손님으로 일 년 넘게 숨어지냈다. 그 위에서 불쌍한 그의 아내가 죽었고 그곳의 조그마한 공동묘지에 가명으로 묻혀야 했다. 그후 그는 한 파르티잔 부대에 정치위원 자격으로 가담했다. 그런 활동 덕분에 얼마 후 그는 그을리고 수염이 무성한 모습으로 트럭 꼭대기에 올라타고 맨 먼저 해방된 페라라로 들어간 사람들의 일원이 되었다. 그 시절 그때 그날은, 얼마나 잊을 수 없는 순간이었던가! 그는 회상했다. 실제로 절반은 무너지고 거의 알아보기 힘들었지만 모든 유형의 파시스트가 완전히 제거된 도시로 돌아가는 것이 얼마나 즐거웠던지! 처음부터 마지막 시간까지! 예전처럼 델라보르사 카페 테이블(돌아오자마자 재기하기로 작정한, 오래되고 평범한 보험업 활동기지로 선택된 자리)에 앉아 있을 수 있고, 어떤 위협적인 시선도 떠나라고 강요하지 않고 오히려 일반적인 공감의 중심에 있다는 느낌에서 얼마나 큰 즐거움을 얻었던가! 그런데 제오는? 그는 자문했다. 그가 몇 달 전 느꼈던 것을 제오가 전혀 느끼지 못할 수 있을까? 지옥으로 내려갔다가 기적적으로 빠져나왔는데, 꼼짝하지 않고 과거를 회상하는 것 외에 다른 어떤 충동도 못 느낄 수 있을까? 몰살당한 가족(부모 안젤로와 루체, 겨우 열 살짜리 동생 피에트루초 등)이 담긴 섬뜩한 일련의 사진들, 어느 날 몰래 위로 올라가서 발견했듯이 사방 벽면을 다 뒤덮고 있던 그 사진들이 증언하는 것처럼 말이다. 마지막으로 제오가 페라라에서 용인하는 유일한 수염이 그 늙은 파시스트 제레미아 타베트의 수염이라는 게 가당키나 한가? 제오 아버지의 처남인 그자는 체제에 너무나 공훈이 많아서 1938년 이후 최소한 두 해 동안은 가끔씩만 상인클럽* 출입이 가능할 정도였다. 제오가 나타난 그날 밤, 다니엘레 요즈는 마지못해 그를 따라 로베르셀라 거리 막다른 골목

* Circolo dei Negozianti. 페라라 '상인클럽'은 1861년 설립됐고, 조베카 대로에 본부가 있었다.

길에 있는 타베트의 집까지 갔었다. 그전에는 단 한 번도 발을 들여놓은 적 없었던 곳이다. 그런데 그 파시스트 삼촌이 이층 창문에서 코를 내밀었을 때 제오의 입에서 날카롭고 우스우면서 히스테리하게 열광적이고 거의 야생적인 비명이 터져나왔다는 건 정말 놀랍지 않은가? 왜 그런 비명을 질렀을까? 그것은 무엇을 의미했던 것일까? 부헨발트에서 가족이 몰살됐음에도 불구하고, 제오는 자기 아버지처럼, 불쌍한 안젤로처럼 자랐다는 것을 의미하는 것일까? 아버지는 분명 최후의 순간까지 아마 가스실 문턱에서도 계속 아주 순진한 상태로, 즉 어리석은 자부심과 함께 종종 즐겨 밝혔던 대로 '애국자'로 남아 있었을 것이다.

"누구요?" 주저하고 염려하는 목소리가 위에서 내려오면서 물었다.

"접니다, 제레미아 삼촌, 제오요!"

그들은 밑에, 타베트의 집 닫힌 대문 앞에 있었다. 어느덧 열시, 골목 안은 거의 앞이 보이지 않았다. 다니엘레 요즈의 기억대로, 제오의 목쉰 외침은 그를 극도의 혼란으로 몰아넣었다. 무얼 하려는 거지? 무슨 말을 하려는 거지? 하지만 생각할 겨를도 없었다. 대문이 열리자 제오는 재빨리 대문 안으로 들어가 벌써 어두운 계단 위로 올라가고 있었다. 함께 가려면 뒤쫓아 달려가 그를 따라잡아야 했다.

두번째 층계참에 이르러서야 겨우 따라잡을 수 있었는데, 바로 거기 활짝 열린 아파트 문 앞에 제레미아 타베트가 마중을 나와 기다리고 있었다. 등뒤로 실내의 불빛을 받으면서 늙은 파시스트는 파자마에 슬리퍼 차림으로 그 두 사람을 바라보더니만 당황한 듯 어찌할 바를 몰라 어리둥절해하다가 이내 예의 그 평온을 되찾았다.

다니엘레는 층계참 모퉁이에서 머뭇거리며 그늘에 반쯤 몸을 숨겼다. 하지만 자신과 반대로, 제오가 앞으로 나가 와락 달려들어 뜨겁게 제 삼촌을 포옹하는 것을 보면서, 그가 일가친척이란 것에 불현듯 반감이 들었고, 주로 그자의 정치적 확신 탓에 친척들 모두가 (심지어 안젤로조차 처갓집 의견에 완전히 동의했어야 할 만큼) 항상 거리를 두고 살았다는 것이 떠올랐다. 아니, 아니다. 순간 그는 이런 생각을 했다. 이번에도 '그' 집에는 절대 들어가선 안 돼. 돌아서서 나가야 해. 그런데? 그런데 진짜 멍청이처럼 정반대로 했다. 가엾은 루체, 제오의 엄마는 결국, 그가 생각한 대로 타베트의 가족이었다. 제레미아의 누이인 어머니에 대한 기억이 제오로 하여금 그 더러운 파시스트 육친에게 합당한 만큼의 냉대를 품지 않게 했던 건지 누가 알겠는가? 그러나 기본적으로는 아주 자연스러운 처음의 그런 애정표현이 끝나면, 젊은 제오가 다시 합당한 거리를 유지할지 모른다는 것을 배제할 수 없었다……

하지만 불행히도 오산이었다. 밤이 깊도록 이어진 나머지 방문시간 내내 제오는 전혀 떠날 기미를 보이지 않았고, 그래서 그는 식당 한구석에 앉아서 역겨울 정도의 애정과 신뢰가 담긴 표현들을 멀뚱하게 지켜보아야 했다.

흡사 그 둘은 본능적으로 진정하고 고유한 합의를 이루는 것 같았고, 잠을 자러 가는 식구들도 금세 그에 적응한 것처럼 보였다(노쇠한 아내 타니아와 세 자녀인 알다, 길베르타, 로마노는 으레 그렇듯 제각기 남편과 아버지의 입술에 매달려 있었다). 제레미아 타베트가 제안한 협정은 이러했다. 제오는 삼촌의 정치 과거사는 입 밖으로 꺼내지 않기로 하고, 자신은 자신대로 독일 땅에서 조카가 보고 겪은 일은 일절 묻지 않겠다는 거였다. 제레미아 타베트는 자신도 독일에 있었기에—그리고 요즘 자신을 멸시하는 사람들은 자신의 과오는 젊은 시절에, 거의 전설처럼 아득한 시절에 이뤄진 정치적 선택의 너무나 인간적인 실수였다는 점을 꼭 명심해주었으면 좋겠다고도 당부하면서—반박할 증거가 없는 한, 거기서 자신도 누이와 매제, 사랑하는 어린 조카를 잃었다고 했다. 물론 의심의 여지가 없다. 지난 삼 년은 끔찍했다. 모두에게. 그렇지만 이제 신중함과 균형감으로 다른 충동을 전부 억눌러야 해. 과거는 지나간 것일뿐인데 파헤쳐 무슨 소용이겠니! 앞날을 내다봐야 한다. 제레미아 타베트는 장래를 보고 많은 것을 배려하는 어른답게 신중하고 너그러운 어조로 구체적으로 물었다. 제오, 너의 장래 계획은 무엇이니? 만약 아버지 가게를 다시 열어볼까 생각중이라면 그건 좋아, 훌륭해, 꼭 필요한 은행융자는 반드시 받도록 조치할 거니까라고 했다(그는 무엇보다 비냐탈리아타 거리의 창고가, '최소한 그것'이 아직 남아 있다는 것을 고려할 때, 제오의 생각은 개인적으로 찬성할 수밖에 없는 아주 훌륭한 거라고 했다). 그 외에도 여전히 '빨갱이'가 독차지하고 있는 캄포프란코 거리의 집 문제로, 만약 얼마간 제오가 자신의 집에서 머물겠다면 언제든 간이침대 하나는 그 어디에라도 놓아줄 수 있을 거라고 했다.

바로 이때 '간이침대'—이 말이 다니엘레 요즈의 기억을 자극했다—라는 말에 머리를 쳐들고, 있는 대로 신경을 곤두세웠다. 대체 무슨 일이 생긴 거지? 그는 마음속으로 자문했다. 그는 알고 싶었다. 그는 알아야만 할 필요가 있었다.

파자마 바람인데도 땀에 푹 젖은 제레미아 타베트는 검은색 대형 식탁 한쪽에 앉아서, 또다시 미심쩍고 당황한 듯 손가락 끝으로 잿빛 수염을 비틀었다. 파시스트 행동대원의 고전적인 염소수염은 페라라의 늙은 파시스트 중 그 혼자만 하고 있었다. 그게 만용인지 경솔함인지, 아니면 적정선의 타협에서 나온 교활함인지 아무도 몰랐지만 말이다. 제오는 그 염소수염과 통통한 손이 시선을 모았기에, 그가 건네는 권유는 옅은 웃음과 함께 머리를 가로저어 피하면서, 광적인 집착으로 파란 눈을 고정시켰다.

4

가을이 끝났다. 겨울이 되었다. 우리 고장의 길고 추운 겨울이었다. 봄이 돌아왔다. 그리고 계절의 순환과 함께 서서히 과거도 돌아왔다.

이제 내가 하려는 이야기가 납득할 만한 건지 잘 모르겠다. 실제로 이후에 전개된 상황에서 제오 요즈와 페라라 사이에 모종의 비밀스러운 역학관계를 상상하게 할 만한 건 별로 없었다. 자세히 설명하겠다. 서서히 마르고 살이 빠지면서, 순백의 은빛 머리칼만 아니라면 뺨에 터럭 하나 없이 젊어진 얼굴이, 소년 같은 얼굴이 점점 되돌아왔다. 하지만 높다란 폐허 더미를 치우고 표면적 변화를 이끈 초기 열망이 분출되고 나자 도시도 조금씩 쇠락하고 몽롱한 옛날로 돌아갔는데, 먼 옛날 기벨리니 시뇨리아 체제*의 잔인하고 영광스러운 시대를 계승한 성직 지배체제가 몇 세기 동안 쇠퇴하면서 불변의 가면으로 고정된 모습이었다. 다시 말해, 모든 것이 변했다. 제오도, 다른 한편으론 페라라와 페라라 사회도(학살에서 살아남은 유대인은 말할 것도 없고 말이다). 모든 것과 모든 사람이 갑자기 숙명적이고 피할 수 없는 방대한 움직임에 연루되었다. 부속 톱니바퀴들로 보이지 않는 하나의 축과 연결된 공球들의 움직임처럼 서로 맞물려 돌아가고 있었고, 아무것도 그것을 막거나 멈출 수 없을 것처럼 보였다.

5월이 되었다.

그러니까 단지 그것 때문이었는가? 누군가는 미소를 지으며 그렇게 생각하기도 했다. 그러니까 단지 잃어버린 사춘기를 아쉬워한 제오의 맹목이 그리 맹목적으로 보이지 않도록 하려는 이유에서 5월 초부터 교외 들판으로 소풍을 갔다가 시내로 돌아오는 아름다운 아가씨들 무리가 야생화로 넘치는 자전거 손잡이를 잡고 천천히 페달을 밟으며 거리들을 다시 지나가기 시작한 것인가? 또 한편으론 어느 은신처에서 나왔는지 모르지만, 그 유명한 스코카 백작이 딱 비냐탈리아타 거리와 마치니 거리 중간 모퉁이에 다시 나타나, 수백 년간 게토의 세 철문 중 하나를 떠받치던 대리석 기둥에 등을 기댄 채

* Ghibellini Signoria. 중세 유럽의 정치는 가톨릭교회 교황과 신성로마제국 황제 간의 갈등과 대립에 영향을 받았다. 특히 이탈리아 도시들은 궬피Guelfi(교황파)와 기벨리니(황제파)의 당파싸움에 시달렸다. 시뇨리아는 13세기 말부터 이탈리아 중북부 도시들에서 정착되기 시작한 제도이자 통치 방식으로, 도시마다 약간 다르지만 대부분 유력 가문들의 수장에게 통치권을 위임해 안정적이고 강한 정부를 지향했다. 페라라는 르네상스 시대에 데스테 가문을 중심으로 정치적으로나 문화적으로 최대 번성기를 누렸으나 1598년 갑자기 교황령이 되면서 쇠락의 길을 걸었다.

작은 돌 조각상처럼 마냥 서 있던 것도 똑같은 이유에서였는가? 5월 15일께 어느 저녁나절, 예의 싱싱한 아가씨들의 자전거 행렬이 천천히 마치니 거리 끝자락에 이르러, 웃음과 함께 에르베 광장으로 접어들며 앞으로 나아가고 있었으니, 늘 똑같으면서도 늘 새로운 삶의 그런 풍경과 마주친 순간에는 어떤 불평불만도 무장 해제되지 않을 수 없었다. 마치니 거리의 자그마한 무대에서 한편으로는 아가씨들의 자전거 행렬이 눈부신 햇살 받으며 다가오고, 그 맞은편으로는 리오넬로 스코카 백작이 등을 기댄 채 오래된 기둥과 똑같은 잿빛으로 서 있었다. 다들 생각했으리라. 그래, 한순간 현명하게 모든 걸 화해시키는, 즉 고통스럽고 끔찍한 어제와 약속으로 가득한 밝은 오늘을 화해시키는 이 알레고리의 구체적인 현시에 감동받길 왜 거부해야 하나? 늙고 가난해진 귀족이 한때 버릇처럼 찾던 여러 관찰지점 중 하나, 잘 보고 듣는 예민한 시력과 청각의 소유자라면 마치니 거리를 처음부터 끝까지 살필 수 있는 곳을 차지하고 있다는 걸 문득 알게 되더라도, 장기간 파시스트 비밀경찰*의 돈을 받던 정보원이었다거나, 1939년에서 1943년까지 이탈리아독일문화원 페라라 지부 책임자였다는 이유로 그를 비난할 생각은 어느 누구의 머릿속에도 스치지 않았을 것이다. 귀 언저리까지 비뚜로 걸친 특이하고 누런 밀짚모자, 가늘게 입술 사이에 문 이쑤시개, 저녁 산들바람에

* Organizzazione per la Vigilanza e la Repressione dell'Antifascismo (OVRA). 반파시스트색출처벌조직. 1930년부터 본격 활동한 파시스트 비밀경찰.

실려온 촉촉한 냄새를 맡는 크고 관능적인 코, 눈에 도드라지게 염색한 검은색의 히틀러식 짧은 콧수염은 고려하지 않더라도, 이제 그는 오로지 연민과 심지어 호의가 담긴 배려만을 부추기고 있을 따름이었다.

그렇기 때문에 결과적으로는 무해하고 기괴한 사람인 스코카 백작에게 제오 요즈가, 아주 기본적인 인간애나 신중함이 전혀 없다고 선언하듯이 행동한 것은 물의를 일으킬 만한 것으로 보였다. 거기서 유발된 놀라움과 당혹감은 더욱 소화하기 힘들었다. 왜냐하면 이른바 '전쟁 수염'에게 보이는 거부감을 포함하여 제오의 기괴함에 대해 사람들은 습관적으로 오래전부터 포용력을 발휘해 너그럽게 웃어주었기 때문이다. 심지어 그가 지닌 상당한 장점을 수긍하듯이 많은 신사가 대명천지 환한 대낮에 대담하게 적나라한 민낯을 드러냈을 정도였다. 이와 관련하여 사람들은 제오의 외삼촌인 제레미아 타베트 변호사는 수염을 깎은 적이 전혀 없고 앞으로도 절대 깎지 않을 거라고 입을 모았다. 그중에서도 소식통으로 꼽히는 이가 주로 이렇게 말했다. 맙소사, 그래도 그 사람도 이해해줬어야지! 그 역시 불쌍한 사람이잖아! 그런 건 그다지 힘든 일도 아니었다. 그 애처로운 백발 염소수염의 최고 전문가가 아주 오랫동안 과시하던, 파시스트 당원의 검은 외투, 빛나는 검은 장화, 검은 벨벳 페즈 모자를 마음속에 떠올려보는 것이면 족했으니까. 당시 그는 일요일마다 정오에서 한시 사이에 델라보르사 카페에 어김없이 모습을 드러냈고, 그것으로 내기를 걸 수도 있었는데, 그러나 그가 나타나면 곧바로 어느 누구도 말을 꺼낼 엄두를 내지 못했다.

처음에는 그 사건은 터무니가 없어 보였다. 아무도 믿지 않았다. 제오가 하릴없이 어정버정 걸어가다가 비냐탈리아타 거리 모퉁이에 꿈쩍 않고 서 있는 스코카 백작의 시야 안으로 들어가더니 순식간에 짐승처럼 달려들어, 소생한 시체 같은 그 노인네의 우글쭈글한 뺨을 둔탁하게 아주 세게 두 번 후려치는 장면을 연출하리라고는 상상도 못했던 것인데, 사람들 말처럼 명백히, 그건 독일의 가스실에서 살아돌아온 사람이 할 행동은 아니었고, 오히려 발보의 동료로 활약한 바 있는 그 옛날의 파시스트 행동대한테나 어울리는 짓이었다. 어쨌든 사건은 분명 일어났고 수십 명이 보았다. 하지만 정말 이상하지 않은가, 어쩌다 그런 일이 일어나게 된 건가? 이를 두고 상이하고 대립적이기까지 한 온갖 구구한 견해가 금세 퍼졌지만, 하나같이 어딘지 믿음이 안 가는 것들이었다. 어찌나 세차게 후려쳤는지 '철썩철썩' 하는 소리가 저 에르베 광장 모퉁이에서 유대교 회당까지 울려, 마치니 거리를 다 진동시켰다는 따위의 소문은 진정성 있고 객관적인 현실까지 갸웃거리게 만들 정도였다.

대다수에게 제오의 행동은 터무니없고 이해가 안 됐다.

좀전에 그는 자전거 탄 아가씨들을 쳐다보며 같은 방향으로 나란히 걷고 있었다. 느리게, 하나씩, 그 무리가 앞질러가게 내버려두면서 길 복판에서 경이와 환희로 들뜬 눈길을 떼지 못했고, 그러는 사이에 스코카 백작 앞에 다다르게 됐는데 그 순간 산크리스피노 오라토리오 옆을 지나던 자전거 탄 세

아가씨에게서 시선을 거두더니 제오는 멈칫하며 서버렸다. 그 시간과 그 장소에 있는 스코카 백작의 존재가 자신에겐 이해가 되지 않는다는 듯한 모습을 보이면서 말이다. 어쨌거나 그가 멈춘 것은, 눈살을 찌푸리고 입술과 이를 앙다물고 발작적으로 주먹을 움켜쥐고 알아듣지 못할 몇 마디 말을 중얼거리기에도 모자랄 짧은 시간, 고작 몇 초에 불과했다. 그런 다음 용수철이 풀린 것처럼 제오는 그때껏 그를 전혀 인지하지 못한 것 같은 표정이던 그 불쌍한 백작을 향해, 말 그대로 냅다 달려들었던 것이다.

그게 다일까? 하지만 원인이 있었다고 반박하는 이도 있었다. 분명히 원인은 있었다! 추호의 의심도 없이 정말로 스코카 백작이 제오의 접근을 몰랐을 수도 있다. 더 이상해 보일지 몰라도, 일이 그냥 그렇게밖에는 안 됐다는 걸 완전히 배제할 순 없다. 하지만 제오 쪽에선 에르베 광장의 황금빛 노을 속으로 사라지려는 세 아가씨에게 시선을 빼앗기고 있었으면서 어떻게 그 찰나에 백작을 알아보고 뺨을 때렸던 것인가?

그들에 따르면 백작은 그 자신과 이 도시의 이미지를 어떻게 일치시킬까 하는 것 외에 다른 걱정은 접어둔 채 무언가를 하고 있었다. 어느덧 해지는 저녁의 뉘엿뉘엿한 세상만 바라본 것이 아니라 말이다. 이 미터 넘게 떨어진 거리에서는 어느 누구도 그 무언가를(입 한쪽에서 다른 쪽으로 연신 옮겨가고 있는 그 불멸의 이쑤시개는 말할 것도 없고……) 알아채기가 어려울 수밖에 없었다. 그 무언가는 바로 가늘게 새어나오는 소리, 수줍은 듯 내는 여린 소리, 게으르고 무덤덤하게 감기는 낮은 휘파람 소리, 그 대목이 아닌 다른 대목이었다면 영영 눈치채지 못하고 지나가고 말았을 〈릴리 마를렌〉이었다.

매일 저녁 그 등불 아래서*

그러니까 스코카 백작은 느리지만 분명하게 휘파람을 부는 중이었고 일흔이 넘은 나이였지만 그 역시 눈으로 자전거 탄 아가씨들을 좇고 있었다. 그 역시 잠시 휘파람을 끊고 한순간 마치니 거리의 길가에 한목소리로 울려퍼지는 찬가에 더해 사투리 목소리로 웅얼거린 건지 누가 알겠는가? '신의 은총을 입은 아가씨들아!'라거나 '그대들과 그대들의 아름다운 신성한 몸이 축복이로다!'라고 한 것인지. 하지만 그랬던들 그게 무슨 대수냐고? 행운의 신이 한가롭고 순수하게—물론 제오 뺀 나머지 사람한테 순수하게—불라고 명한 휘파람을 너무 빨리 입술에 올렸다. 그래서 그가 얻어맞고 말았던 것이다.

그 사건에 대한 제3의 견해도 있다. 그러나 그 견해에는 처음처럼 〈릴리 마를렌〉이나 휘파람도 언급이 없고, 순수성이나 도발적인 것도 언급이 없다.

이 마지막 견해에 귀를 기울이자면 제오를 멈춰 세운 것이 백작이었다. "어이!" 그가 가까이 오는 것을 보자 낮은 목소리로 말했다. 제오는 멈추었다. 그러자 백작은 곧이어 그에게 온전한 이름과 성으로 말을 건네려 했다. "너, 혹시 루제로 요즈

* 이차대전 때 히트한 〈릴리 마를렌〉의 이탈리아판 첫 소절의 노랫말.

아니냐? 불쌍한 안졸리노의 맏아들 말이야?"* 리오넬로 스코카는 페라라 사람의 일거수일투족을 아는 사람이었다. 거의 이 년간이나 피아첸차 방면의 포 강 인접지에 가명으로 몰래 숨어지냈으면서도 기억력은 전혀 흐려지지 않았고, 수많은 사람 사이에서 단숨에 얼굴을 알아보는 탁월한 능력이 무뎌지지도 않았다. 그러니까 제오가 노인에게 달려들어 격하게 뺨을 때리기 훨씬 전에, 몇 분간 둘은 평온하게 대화를 나누었다. 스코카 백작은 제오에게 아버지의 최후에 대해 질문하고, 자신은 그의 아버지를 '언제나' 무척 좋아했다고 말하고, 피에트루초까지 포함해 그의 다른 가족에게 닥친 운명에 대해서도 자세히 물으며, 제오가 살아나온 것을 함께 축하했다. 제오는 제오 나름대로 약간 당황해하면서 마지못해 응하기도 했지만 어쨌든 답은 했다. 결론적으로 말해, 누가 봤다면 평범한 시민 두 사람이 길가에 멈춰 서서 땅거미가 내려앉길 기다리며 두런두런 이야기를 나누는 것과 다르지 않아 보였을 것이다. 하지만 뺨을 때린 것을 설명해야 한다. 도대체 어떻게 그 지경에 이르렀는가? 제오의 기괴한 성격은 모두 거기서 나왔다. 그의 여러 가지 기괴한 성격에 대해 분석하고 추정하면서 지치지 않고 반복하며 그렇게 이야기하는 사람의 판단에 따르면, 모두가 그 '수수께끼'로부터 나왔다.

* 제오는 루제로의 애칭, 안졸리노는 안젤로의 애칭.

5

실제 사건이 어떻게 진행되었든 분명한 것은 5월 바로 그날 저녁 이후로 모든 것이 바뀌었다는 사실이다. 이해하고자 했던 사람이라면 어느 누구나 이해했다. 그 외의 사람들, 대다수는 적어도 심각하고 돌이킬 수 없는 사건이 벌어졌고, 이제 그 결과는 피할 수 없게 되었다는 것을 깨달았다. 참고 견뎌야 한다는 것을.

그날이 지나고 나서야, 예를 들자면 사람들은 제오가 이즈음에 얼마나 야윈 몸을 하고 있었는지를 제대로 볼 수 있게 되었다.

허수아비처럼 부조리하게, 경악, 불편, 주로 공포를 거느리면서 그는 가죽 외투와 긴 모피모자까지 지난 8월 독일에서 돌아올 때 입고 있던 그 옷을 그대로 입고 다시 나타났다. 이제는 옷이 어찌나 헐렁한지—그가 옷에 맞추려 전혀 애를 쓰지 않았음이 분명했고—마치 옷장 속 옷걸이에 걸려 있는 외투처럼 보였다. 사람들은 그의 누더기 옷이 평온하고 즐거운 아침 햇살을 받으며 조베카 대로로 걸어오는 것을 보고 눈을 믿을 수가 없었다. 그때는 정말로 그랬다! 사람들은 생각했다. 지난 몇 달 동안 야금야금 야위고 마르면서 이제는 피골이 상접한 껍데기만 남게 된 거였구나! 하지만 누구도 웃을 수 없었다. 그가 시립 극장 옆에서 조베카 대로를 가로지른 다음(노인처럼 조심조심 자동차와 자전거에 주의하며), 로마 대로로 들어서는 것을 보고 마음속으로 전율을 느끼지 않은 사람은 거의 없었다.

그렇게 그날 아침 이후 옷을 갈아입지 않는 제오는 델라보르사 카페에 확고히 자리를 잡았다. 로마 대로 길목의 그곳에는 일찌감치 유죄를 받고 '퇴물'이 된 채 내내 멀리 떨어져, 줄곧 숨어지내던 검은셔츠단의 최근 박해자와 학살자 잔당 아니면, 이번 전쟁을 끝내 유예시켜버린 1922년과 1924년 숙청 작업*을 이끈 왕년의 몽둥이꾼이나 막후 조종자였던 이들이 하나둘 모습을 드러냈다. 누더기에 싸인 제오는 자리에서 반항과 애원의 태도로 그자들을 봤다. 그 태도에는 불리한 처지의 만회와도 대조되고 수줍음과도 대비되는 양면성이 있었는데, 먼 옛날 폭군이 몸짓만 써서 표현을 하듯이 그도 자신의 명백한 욕망을 명백하지 않게 드러내겠다는 것으로 보였다. 늙고 이제는 해롭지도 않은 그들, 그 얼굴에는 불운의 세월이

* 1922년 파시스트 로마진군에서 1924년 파시즘 체제 수립까지의 숙청 작업.

남긴 파멸의 표식이 유독 복잡하게 그려져 있었지만, 그럼에도 그들은 신중하고, 교양이 있고, 적절한 옷차림을 하고 있었고, 더 인간적이고 더 정당하고 심지어 더 감동적으로 보였다. 그렇다면 정말로 제오 요즈가 원하는 것은 무엇인가? 전쟁 직후가 집단적이고 개인적인 윤리 문제와 양심 검사에 안성맞춤이므로 이때를 놓쳐선 안 된다는 생각에 동의하면서 많은 이가 다시 궁금해했다. 이것은 닳고 닳은 질문이었다. 하지만 무자비한 화급함으로, 삶의, 고유한 권리를 뒤흔들며 필히 제기돼야 할 시점에 주저 없이 만들어졌던 질문이었다.

이런 이유로 다니엘레 백부를 예외로 친다면 '그렇게 눈에 띄게' 똑같은 자리에 진을 치고 있는 그 유명한 초기 페라라 파시스트 행동대들은 점점 더 분노와 적의에 차서 격한 논쟁을 벌이게 되었고, 그런 이유로 델라보르사 카페의 손님 가운데 의자에서 일어나 몇 미터를 걸어가서 제오 옆자리에 앉는 동작을 취하는 사람은 아주 드물어졌다.

하지만 그 소수도 자기가 자발적으로 주도해 생겨난 당혹감 탓에 매번 짜증스러운 궁지에 몰리게 되었고 적어도 이삼일은 지나야 거기서 벗어날 수 있었다. 변장한 사람과는 솔직하게 대화를 끌어갈 수 없구나! 사람들은 이렇게 탄식했다. 그러면서 다른 한편으로 그가 이야기를 하게 내버려두면 그 즉시 포솔리,* 독일, 부헨발트, 몰살된 가족들 각각의 최후에 대한 것을 또다시 늘어놓곤 했기에 언제 어떻게 거기서 벗어나

* 페라라 남서부의 한 마을. 나치 절멸수용소행 임시수용소가 있던 곳.

야 할지 가늠이 안 될 정도였다. 그 카페에서 비스듬히 시로코 바람을 맞으며, 한창 달아오른 오후 햇볕의 강렬함으로부터 테이블과 의자, 손님을 다 가려주지 못하는 외부 천막 아래서 제오가 제멋대로 움직이는 바퀴처럼 떠들고 있는 동안, 바로 맞은편에서 1943년 12월 15일 총살 때 데스테 성 해자의 방호벽에 난 총알구멍들을 석회로 메우는 노동자의 움직임을 곁눈질로 바라보는 것 외에 달리 할 일이 없었다. 그러면 그 동안 제오는 무엇을 했는가? 강제수용소에서 함께 일하던 아버지가 소금광산 가는 오솔길에서 기진맥진해 쓰러지기 직전 짧은 숨으로 그에게 속삭였다는 그 말을 다시 그대로 되풀이했을 것이다. 손을 들어 보이면서, 예전에 수백 번 했던 것과 똑같은 방식으로, 황량하고 을씨년스러운 역에 이르기 전의 전나무 숲 한복판에 열차가 멈춘 지 이십여 분 뒤 엄마가 여자들 무리에 뒤섞여 떠밀려가며 그에게 건넨 작별의 작은 손짓을 그대로 되풀이했을 것이다. 무언가 중요한 소식을 전하려는 순간이라는 듯이 어린 피에트루초 이야기를, 역에서 막사로 그들을 태우고 가던 컴컴한 트럭 안에서 비명도 신음도 없이 그렇게 갑자기 곁에 앉았던 동생이 사라졌다고 했을 것이다…… 그야 끔찍하고 당연히 가슴 아프지. 장황한 말이 넘치는 우울한 자리에서 빠져나온 참전 군인들은 이렇게 주장했다. 하지만 혼동하지 말라고, 지나치고 무리한 건 없는지, 그러니까 제오 이야기에 거짓은 없는지 잡아낼 줄 알아야 한다고, 게다가 얼마나 지루한지 보라고! 투덜거리면서 또 이렇게 덧붙였다. 그런 이야기는 '적당한 때에' 벌써 수차례 들었고, 저 위 데스테 성 시계가 여러 번 울릴 때까지 또다시 듣고 있자면(그것도 똑같은 사람한테!), 솔직히 말해, 그 꼭두인형 극장에서 얼른 도망치고 싶다는 맘이 생겨. 아, 아니야. 그런 유의 식상하고 케케묵은 것을 소화하도록 설득하려면, 요즘 같은 때에는 가죽 외투와 긴 모피모자 말고 다른 뭔가가 필요한 거라고. 다 지당하신 말씀이었다!

1946년의 남은 달과 1947년 한 해, 1948년 상당 기간 동안 더 남루해지고 초라해진 제오 요즈의 모습이 쉬지 않고 페라라의 곳곳에서 출몰하곤 했다. 거리, 광장, 영화관, 극장, 운동장 주위에서, 공공행사장에서 고개를 돌리면 곧 저쪽에서 지칠 줄 모르고 언제나 우수 어린 그늘진 눈빛을 던지는 그를 볼 수 있었다. 이야기하기, 그가 바라는 건 분명 그거였다. 하지만 세월은 그에게 불리하게 돌아가고 있었다. 이제는 대부분의 사람이 그에게서 멀찍이 떨어지려고 했고 마치 전염병에 걸린 사람인 양 피하려고 했다.

사람들은 계속 그를 언급했다. 그건 사실이었다.

부헨발트에서 왔으면, 하는 사람들의 목소리는 이제 확연히 무례한 어조를 띠었다. 알아서 집구석에 처박혀 있어야지, 외출하려면 마땅히 조베카 대로나 로마 대로 말고 마치니 거리, 비토리아 거리, 비냐탈리아타 거리, 델레볼테 거리같이 인적이 뜸한 좁은 길로 가고 말이야. 게다가 나중에 가서, 자타공히 페라라 최고의 솜씨로 스쿼르차 양복점에서 맞춘 멋진 올리브색 개버딘 외투는 벗고, 음산한 수형자 옷을 다시 꺼내 입고 사람이 모이는 곳이면 어디든 가볼 궁리만 하니, 그게 재미있어서인 거야, 그냥 건강하게 함께 있고 싶어서인 거야, 도무지 그놈의 기괴하고 불쾌한 행동은 도무지 그 속을 알다가도 모르겠거든?

그런 면에서, 그들은 이렇게 이어 말했다. 1946년 8월(주목해야 할 것은 이때가 전쟁이 끝난 지 일 년도 훨씬 넘는 시점이란 것인데), 도로 구역*의 무도장에서 일어난 사건, 그러니까 그 업소가 개업하던 날 저녁에 제오가 그런 모습으로 그곳에 가봐야겠다는 멋진 생각을 떠올렸다는 것이 좋은 사례가 될 수 있을 거라고 말이다.

그 장소 자체는 그대로 둘 필요가 있었다. 그냥 '굉장하다'는 말 한마디로밖에 정의할 수 없는 곳이었으니까. 아주 현대적 기준을 기초로 구상된 그곳은 1944년 두번째 비밀 민족해방위원회 인물 다섯 명을 총살한 처형지에서 겨우 백여 미터 떨어진 데 있다는 비난 말고는 흠 잡을 데가 없었다. 그런 상황은 분명 의심의 여지없이 불쾌한 것이지만, 개업한 지 이틀 뒤, 젊은 보테키아리가 자신의 관점을 투영해 『가체타 델 포』† 에 자필 기고한 칼럼에서 강조한 게 틀리지 않았다고 할 수 있을 것이다. 어쨌든 그렇게 즐겁고 매력적인 모임장소에서 그런 식의 사보타주를 하려는 생각을 머릿속으로 떠올리는 건, 제오 같은 미치광이한테나 가능한 일일 테니까. 나쁠 게 뭐가 있겠나? 사람들이 금세 파악했듯이 성문 밖에 있는(그

* Doro. 페라라 시내 북서쪽 구역.

† 페라라 중심으로 발간되던 문화 주간지.

래서 귀찮은 것과도 담을 쌓고 있는) 그런 업소가 있어야 한다고, 즉 영화가 끝나고 간식을 먹으러 갈 수도 있고, 지나가는 트럭 운전수 틈에서 벗들과 축음기 음악에 맞춰 더러 새벽까지 춤추며 머물 수 있는 그런 곳이 있어야 한다고 느꼈다면, 그게 맞지 않겠나? 전쟁으로 혼란해진 상황에서 어떻게 해서든 간절히 염원했고 또 염원할 만한 재건을 향한 갈망을 불태우며, 사회는 재출발에 여념이 없었다. 하느님 덕분에 삶은 다시 지속됐으니까. 그리고 잘 알려져 있다시피 다시 시작할 때에는 누구의 얼굴도 절대 바라보지 않는 법이다.

그때까지 의혹과 불안에 휩싸여 쓰라린 질문을 던지던 얼굴들이 순간 악의로 번득였다. 그런데 그 집요하고 짜증나는 제오의 위장과 과시가 뚜렷한 정치적 의도였다면? 사람들은 눈짓을 했다. 만약 시간이 지나 '공산당원'이 된다면?

그날 저녁 그는 무도회장에 들어서자마자 독일에서 죽은 가족들의 사진을 왼쪽으로 오른쪽으로 사방으로 보여주었다. 그러고 축음기가 최고의 빠르기를 타고 다시 울릴 때 막 플로어로 뛰어나가려던 젊은이들과 아가씨들의 옷자락을 더할 수 없이 오만하게 잡아채 가로막으려 했다. 절대로 꾸며낸 이야기가 아니다. 수많은 사람이 그 사건의 믿을 만한 증인이다. 만약 제오와 니노 보테키아리가 최근 캄포프란코 거리의 집에 대해 합의한 뒤 이제 '바로 정치나 공산주의와 관련해' 완벽하게 사랑으로 만난 게 아니라면 그 미친 것 같은 행동과 몸짓, 달콤한 비웃음에 탄원과 위협의 찡그림이 가미된 기괴하고 음산한 그 무언극으로 제오가 말하려던 건 정말 무엇이었을까? 그가 멍청이 역할을 받아들였던 거라면, 전쟁 직후의 혼란과 열광 속에서 누군가 제오도 직무상 가입시키는 게 좋다고 한 미국의벗협회*가 회원명단에서 매우 신속히 그를 제명조치한 건 결과적으로 매우 합당해 보이지 않았는가? 물론 그를 내쫓을 수 있을 거라고 상상도 못했을 테지만. 하지만 물의를 일으켜 제재를 가해주길 '원한' 최초의 장본인이 다름아닌—정말로—그 자신이었다! 그 증거로 (1947년 2월) 유명한 그날 밤에 거지같은 옷차림에 종신형 죄수처럼 박박 깎은 머리로—말 그대로 진짜 인간쓰레기로 전락한 그는 불쌍한 '하느님 집의 투그닌'†을 빼다박은 듯했는데—협회의 문 앞에 나타나 바로 거기서, 외투와 모피 옷이 가득한 현관에서 들어가게 해달라고, 자신은 등록되어 있고 정기적으로 회비를 납부하는 사람이면 누구나 원할 때 협회에 출입할 수 있다고 고함을 지르기 시작했던 것이다. 제명은 당연히 적대적이다. 물론이다. 하지만 한편으로 벌써 얼마 전부터, 정확히 말하자면 지난해 겨울부터 미국의벗협회 회원 모임에서 만장일치 투표로 가능한 한 빨리 연합클럽이라는 옛 명칭으로 돌아가고 가입 범위를 코스타빌리 가문, 델 살레 가문, 마페이 가문, 스크로파 가문, 스코카 가문 같은 귀족과 자유 전문직과 부르주아 지주 등(주로 가톨릭계이고, 특히 몇몇 유대계인 사람) 선택된 부류로 제한하자고 결정했다는 게 사실이었다는 말인가?

* Circolo Amici dell'America. 상류층 사교모임 '연합클럽'의 새 단체명.

† 투그닌은 페라라에 실존한 유명한 거지. 아폴로니오 포르마지(1867~1929).

홍수로 인해 방대하게 인근 들판에 범람했던 큰 강과 마찬가지로, 세상은 이제 자신의 강바닥으로 다시 돌아가야 했다. 그것이 요점이었다. 무엇보다 그해 겨울 아리아누오바 거리에서 약속의 집을 다시 열었던(몇 주일 만에 그곳은 정치적 비정치적 견해가 얽히고설켜 관계를 해칠 위험 없이 계속 모일 수 있는, 분명 어떤 면에서는 유일한 공적 장소여서 사람들은 대개 잡담을 나누거나 아가씨들과 카드게임을 하는 것으로 소일하며 대규모 파국이 있기 전의 행복한 저녁때를 고스란히 답습하고 있던) 늙은 마리아 루다르냐니마저 제오가 와서 문을 두드렸을 때 도대체 무엇 때문에 분명하고 간략하게 "닉스"라고, "꺼져!"라고 할 필요성을 느꼈는지, 무엇 때문에 마지막으로 눈꼽재기창에 눈을 대고 그가 안개 속으로 다시 잠겨 가버렸다는 것을 확인한 뒤에야 "우리가 필요로 하고, 여기 있어야 할 사람은 다 있어!"*라고 외쳤는지를 설명해주었다. 결론적으로, 마리아 루다르냐니가 제오에게 자기 집에 들어오는 것을 금지시킴으로써 그의 권리를 박탈했다고 생각한 사람은 단 한 명도 없었다 하더라도, 연합클럽이 제오를 아주 정상적이고 신중하고 책임 있는 방식으로 대했다는 것은 인정해야 마땅했다. 그것만이 아니다! 누군가 자기 집에서 원하는 사람을 배제할 수 없다면, 자유가 어디 있겠는가? 민주주의를 논하는 것이 무슨 의미가 있겠는가?

* Agh mancava sol ach gnéss déntar anch clucalà! 원문은 페라라 사투리로 되어 있다.

1948년 4월 18일 선거가 끝난 후 이탈리아파르티잔민족연합의 페라라 지부가 카보우르 거리에 있던 옛날 파쇼의 집 방 세 칸으로 이주하고 나서(캄포프란코 거리 저택 소유자의 '공산당 밀착' 소문이 순전히 환상이었다는 게 뒤늦게 증명되고 나서), 그해 여름에야 제오 요즈는 게임에서 물어나기로 결정했다. 그야말로 소설의 등장인물처럼 그는 갑자기 사라졌고, 자신에 대한 어떠한 흔적도 뒤에 남기지 않았다. 그러자 어떤 이는 그가 헤르첸 박사의 뒤를 쫓아 팔레스타인으로 이주했다고 했고, 또 어떤 이는 남미로 갔다고 했고, 또 어떤 이는 불확실한 '장막 너머의 나라'로 갔다고 했고, 또 어떤 이는 포 강에서 자살했다고, 최근에 재건된 폰텔라고스쿠로 철교 높은 데서 한밤중에 뛰어내렸다고 했다.

이후 몇 달간 사람들은 그의 이야기를 계속 입에 올렸다. 델라보르사 카페에서, 도로 구역에서, 마리아 루다르냐니가 다시 연 약속의 집에서, 거의 모든 곳에서 그를 이야기했다. 다니엘레 요즈에게는 그 주제를 가지고 공개 강연을 할 기회가 여러 차례 제공되었다. 제레미아 타베트 또한 외조카의 유산 후견인으로 개입했다.

그러면서, "정말 미쳤군!" 하는 사람들의 원성을 들었다.

그들은 너그럽게 머릴 흔들고 입을 다물고 말없이 눈을 들어 하늘을 쳐다봤다.

"조금만 더 인내심을 가졌더라면!" 한숨을 쉬며 덧붙였다. 그러고는 이내 다시 시무룩해졌고, 또다시 시무룩해하면서 괴로워했다.

그리고 이 세상의 모든 것을 조정해주는 시간, 페라라 자체가 예전에 그랬던 것과 똑같이 폐허에서 다시 일어나게 해주는 시간이, 그를 정상적인 삶으로 돌아오게, 즉 다시 복귀하게 도와줌으로써 마침내 그도 평온하게 해주었을 것이라고 말했다. 하지만 천만에. 그는 떠나는 것, 사라지는 것을 택했다. 어쩌면 자살했을지도 모른다. 비극적인 일을 저질렀을지도 모른다. 바로 지금 캄포프란코 거리의 저택을 적절하게 세놓고 아버지 회사를 적절하게 운영하면서 편안하게 신사처럼 살아가고, 무엇보다 가족을 이룰 생각을 할 수 있을 때에 말이다. 아니, 아니다. 솔직히 말해보자! 실제로 그에게 인내심은 지나칠 정도로 많았다. 그가 어떤 유형의 사람들과 어떤 종류의 수수께끼에 부딪치게 됐는지 이해하려면, 다른 나머지를 기다릴 필요도 없이, 바로 스코카 백작과의 일화를 떠올리는 것으로 충분하고도 남을 것이다……

6

그건 수수께끼가 되었다, 이미.

그러나 확실한 증거는 없지만 저물녘의 모든 만남이 유발할 수 있는, 그런 불합리하면서도 동시에 진실을 드러내는 느낌에 기대본다면, 스코카 백작 사건은 공감하는 마음이 조금만 있었더라도 전혀 이해하지 못할 수수께끼가 되지는 않았을 것이다.

진실로 낮의 햇살은 권태, 정신의 완고한 잠, 어느 시인의 노래처럼 "권태로운 쾌락"이다.* 하지만 마침내 황혼의 시간이, 평온한 5월 황혼의 빛과 그림자에 똑같이 젖어드는 시간이 내려오면, 조금 전까지 완전히 일상적이고 무관심하게 보였던 사람들과 사물들이, 갑자기 여러분에게 진정한 것처럼

* 아고스티노 리켈미(1900~1991)의 시 「기도」의 한 구절.

보일 수도 있고, 갑자기 난생처음 자기 자신과 여러분에게 말을 걸어올 수도 있다(그리고 그 순간에 여러분은 마치 섬광에 얻어맞은 것 같을 수도 있다).

"내가 여기서 이 사람과 무엇을 하고 있지? 이 사람은 누구지? 그리고 그의 질문에 대답하며 그의 게임을 도와주고 있는 나는? 대체 나는 누구지?"

몇 분간 말없이 망연자실해하다 리오넬로 스코카의 친절하지만 집요한 질문에 번개처럼 꺼낸 대답이 두 번의 타격이었다. 하지만 그 질문에 광폭하고 비인간적인 고함으로 대답할 수도 있었을 것이다. 마치니 거리의 완전무결하고 매혹적인 장면을 넘어, 저 멀리 펼쳐진 성벽까지, 도시 전체가 공포에 빠질 만큼 커다랗게 울리는 고함으로.

클렐리아 트로티의 말년

1

여리 건축물이 모여 있고 드넓기 그지없는 페라라 시립 공동묘지를 아름답다고, 위안을 줄 만큼 아름답다고 규정한다면, 우리로선 이탈리아에서는 애도하지 않고 죽음을 다룰 수 있다고 하는 그런 말에 대응할 만반의 태세가 돼 있다는 듯이, 어쩔 수 없이 찜찜해하면서 습관적으로 웃음 짓게 될 위험도 있다. 그럼에도 불구하고 똑바로 뻗은 작은 길인 보르소 거리, 길 양쪽에 대리석 공방들과 꽃가게들이 모여 있고 나란히 자리한 두 커다란 개인 정원의 울창한 나뭇잎들이 길게 뒤덮고 있는 그 거리 끝에 다다르면, 갑작스레 나타나는 체르토사 수도원과 바로 옆 공동묘지의 전경이 언제나 축제와도 같은 즐거운 인상을 준다는 것을 부정할 수는 없다.

체르토사 광장이 어떤 모습인지 그려보고 싶다면, 대체로 텅 비어 있는 널따란 풀밭에 가톨릭신자가 아닌 19세기의 명사들을 기리는 비석이 군데군데 흩어져 있는 곳, 즉 일종의 연병장을 떠올리면 된다. 오른쪽에는 전면의 거친 외벽이 미완성인 산크리스토포로 교회가 있고 16세기 초에 만들어진 붉은 주랑이 성벽 아래까지 크게 반원을 그리고 있다. 어느 오후에는 이곳에 햇살이 정말이지 찬란하게 부서진다. 광장 왼쪽에는 전원풍의 나지막한 집들이 있고 낮은 담장 너머로 이곳 페라라 북쪽 끝 지역에 아직 많이 남아 있는 커다란 채소밭들이 있다. 이런 작은 집과 담장은 그 맞은편 교회와 달리 오후의 햇살과 땅거미질 무렵의 석양을 전혀 가로막지 않는다. 다시 말하지만, 이 양쪽 중간에 자리한 넓은 공간은 죽음에 대해 거의 말해주는 바가 없다. 곧게 뻗은 주랑 위쪽 언저리, 점토로 빚은 두 쌍의 천사조차 기다란 청동 나팔에 입을 대고 움찔움찔 하늘에서 명이 떨어지길 기다리는 모습이어서 공포감을 주지 않는다. 즉시 나팔을 불어보겠다는 듯 한껏 부풀린 붉은 뺨은, 분명 바로크 시대의 예술가가 페라라 주변 농촌에서 본 사내아이 네 명의 혈색 좋은 얼굴과 꼭 닮았을 것이다.

꿈꾸는 듯 기분 좋고 언제나 완벽하리만치 적막한 이곳 체르토사 광장은 줄곧 연인들의 약속장소였다. 지금도 페라라에서 누군가와 잠시 단둘이 이야기하고 싶을 땐 어디로 갈까? 첫손에 꼽는 곳이 체르토사 광장이다. 나중에 일이 잘 풀리면 근처 성벽으로 쉽게 갈 수 있고, 거기에는 저녁 무렵 체르토사 광장의 또다른 단골인 보모들의 경솔한 눈길을 피할 수 있는 장소가 얼마든지 있었다. 거꾸로 목가적인 분위기로 흐르지 않는다면 함께 시내 중심가로 쉽게 돌아와 괜한 구설에 휘말리지 않을 수 있다. 그것은 오래된 관습, 어쩌면 이곳 페라라만큼이나 오래된 일종의 의례였다. 전쟁 전에도 그랬고, 지금도 그러하고, 앞으로도 그럴 것이다. 물론 1945년 4월 영국군의 포탄에 허리가 잘린 산크리스토포로 교회 종탑은 피 흘리는 거대한 몸통인 양 그대로 남아 있으면서 이렇게 말하는 듯하다. 영원을 약속하는 그 무엇도 다 환상이라고. 또한 햇살을 받아 따스한 붉은빛으로 감싸인 순결한 주랑에서 흘러나오는 듯한 희망의 말도 그저 그럴듯한 속임수이자 사기, 거짓말이라고. 빛을 향해 크게 두 팔 벌린 듯 늘어선 주랑의 날렵한 행렬도 분명히 조만간 더이상 존재하지 않을 것이며(바로 옆 산크리스토포로 교회의 종탑이 이제 더는 존재하지 않듯이), 바라보는 사람들의 마음을 위로하거나 속이지 않을 것이다. 그조차도 언젠가는 끝날 것이다. 모든 것이 그러하듯이. 하지만 뒤쪽 공동묘지에 늘어선 수많은 죽은 시민들 바로 옆, 묘비와 비석이 여기저기 흩어진 광활한 풀밭 위에서 평화롭고 무관심한 삶이 흔들림 없이 계속되는 동안, 그 삶을 버리지 않고 포기하지 않으려면, 불가피한 마지막 허무를 약속하는 예언 외에 다른 어떤 예언이, 어느덧 가까워진 저녁의 동요된 대기 속으로 사라져 아무에게도 들리지 않게 될 것인가?

*

1946년 가을 어느 날 오후, 악단을 앞세우고 보르소 거리에 나타난 장례 행렬, 눈길을 끌지 않기에는 평소와 너무나 다른 행렬이 체르토사 광장에 불러일으킨, 마치 운동경기 같은 대중 행사의 분위기는 곧바로 이곳 단골들—주로 보모들, 어린이들, 연인들—의 관심을 끌지 않을 수 없었다. 풀밭에서 유모차 옆에 앉아 있던 보모들은 신문을 보거나 자수를 놓다가 놀라 눈을 들었고, 어린이들은 술래잡기나 공놀이를 중단했으며, 연인들은 맞잡고 있던 손을 놓고 황급히 떨어졌다.

1946년 가을. 이제 전쟁은 지나간 일이었다. 그렇지만 그 순간 체르토사 광장으로 들어서는 장례 행렬을 바라보면서 받은 첫번째 인상은 바로 전해 5월과 6월, 뜨거웠던 그 '해방'의 시절로 돌아간 것 같다는 것이었다. 갑자기 심장이 뛰고 피가 끓어오르면서, 그 당시 잘못을 저지른 낡은 사회가 스스로 혁신하기 위해 필사적으로 매달려, 흔하게 자주 벌였던 집단적 자기성찰의 현장 중 하나를 또다시 목격하는 것 같았다. 그런데 실상 곧바로 목격하기로는, 숲을 이룬 붉은 깃발들과 다음과 같은 글귀가 적힌 수십 개의 팻말들이 관을 뒤따랐다. '클렐리아 트로티에게 영원한 영광을' '사회주의의 순교자 클렐리아 트로티에게 모든 명예를' 또는 '노동자계급의 영웅적 귀감 클렐리아 트로티 만세.' 이런 것들은 수염 덥수룩한 파르티잔들이 들고 있었고, 특히 시신 운구마차 앞에는 신부나 목사도 없었다. 따라서 사람들의 시선은 행렬이 앞으로 나아가며 향하고 있는 목적지, 그러니까 산크리스토포로 교회의 정문 바로 앞 풀밭에 파놓은 구덩이로 향했다. 그곳에는 1917년에 말라리아로 죽은 어느 영국인 신교도 외에 오십 년 이상 아무도 묻히지 않았다.

하지만 파헤쳐진 채 기다리고 있는 그 소박한 세속의 무덤에서 불과 수십 미터 앞에 도달한 장례 행렬로 돌아가(그사이 보르소 거리로부터 또다른 이들이 계속 쏟아져나오고 있었다), 조금이라도 안목이 있는 사람이라면 마법처럼 1945년의 분위기로 돌아간 것 같은 첫인상이 얼마나 기만적인지 숱한 세부 사실을 통해 금세 알아챘을 것이다.

예를 들어 악단의 경우, 운구마차와 떨어져 앞장서가면서 쇼팽의 〈장송행진곡〉을 느린 박자로 연주했다는 것을 밝힐 필요가 있다. 악단 단원들이 입은 새로운 제복은 얼마 전 시청에 진출한 공산주의 행정부의 자랑거리 중 하나로 분명 이방인이나 순진한 사람은 매료시킬 만하다. 하지만 챙에서 광택이 나는 미국 경찰 스타일의 모자를 눌러쓴 오르페오니카 악단 열혈 노인들의 유순하고 초라한 모습을 낱낱이 알아볼 수 있는 사람에게는 그럴 수 없다. 그런데 이 가련한 영감들이 전선의 와해와 민중봉기 뒤에 찾아온 총격전과 매복의 시기에 어딘가로 피신했을지 누가 알겠는가? 하지만 혁명이 으레 수반하는 혼돈과 도무지 어울리지 않는 세심한 연출은 포 강 하류 출신의 아낙네 열댓 명으로 이뤄진 조밀한 대형隊形에서 아주 분명히 드러났는데, 그녀들은 짝을 지어 커다란 카네이션과 장미 화환을 들고 영광의 호위대처럼 운구마차를 사방에서 둘러싸고 있었다. 모두 클렐리아 트로티와 비슷한 나이에 가족의 완숙한 어머니인 그녀들은 창백하고 피곤함이 역력한 얼굴만 봐도 어디서 어떻게 오게 됐는지 충분히 짐작할 수 있었다. 저 멀리 아드리아 해안가 마을에서 페라라로 불려와, 이곳에서 정오쯤 파스타와 구운 고기 한 조각, 포도주 몇 잔을 제공받았지만 충분히 쉴 시간은 없었을 것이다. 작은 붉은색 종이 깃발로 장식한 곳에서 식사하게끔 한 그런 관료적 사고방식에 이어 또다시 고지식한 결정이 내려졌다. 식사 후 곧장 그 나이든 아낙네들로 하여금 여행의 먼지를 최대한 깨끗이 털어내게 하고 그들이 매일 입는 일상복 위에 이상한 긴 웃옷, 당연히 붉은색 바탕에 조그마한 검은색 낫과 망치가 숱하게 그려진 웃옷을 입게 했던 것이다. 그렇게 차려입은 여인들은 미리 설정된 모습대로 사회주의의 여사제들 같았다. 하지만 정신없고 굼뜬 걸음걸이와 주변을 향한 야성적인 시선은 그녀들의 존재를 너무 선명히 드러내보였다. 그날 새벽부터 그녀들이 감당해온 고된 여정이 끝나려면 불행히도 아직 멀었다는 것을 생각해야 했다. 몇 시간 뒤에야 웃옷을 벗고 페라라까지 타고 왔던 자동차 서너 대에 올라타 밤늦게 자신들의 집으로 돌아갈 것이다. 그녀들이 떠나기 전에 작은 깃발들로 장식된 식탁에 다시 한번 앉혀야 한다는 것을 누군가 기억할는지 어찌 알겠는가?

운구마차 바로 뒤, 깃발과 팻말을 든 사람들이 한데 뒤섞인 무리와 운구마차 사이의 좁은 공간에 여러 줄로 늘어선 장례식 주최자들이 뒤따랐다.

사회주의자, 공산주의자, 가톨릭신자, 자유주의자, 행동주의자, 공화주의자, 간단히 말해 마지막 비밀 민족해방위원회 옛 지휘부의 모든 구성원이 이번 기회에 다시 모였던 것이다. 엄밀히 말해 정치적이지 않은 일부 인사도 여기에 섞여 있는 것이 보였는데, 유대인 공동체 대표인 엔지니어 코엔, 새로 부임한 시장 베티토니 박사가 그랬다.

페라라에서 흔히 '우리 법조계의 군주'로 불리는 마우로 보테키아리 하원의원은, 비록 최근 지방선거에서의 공산당 압승 이후 이제 페라라를 대표하는 정치인이라 말하기 어려워졌지만, 그래도 모든 사람의 시선이 맨 먼저 향한 곳은 그의 헝클어진 은빛 머리칼, 불그레하고 개방적이고 충실한 얼굴이었다. 분명히 그랬다. 이 시점에 진정 정치적 차원에서 보테키아리 의원은 더이상 중요하지 않았다('투라티식 개량주의자!'* 공산주의자들은 그를 이렇게 비꼬기 시작했다). 그 늙은 사자와 비교하면 마지막 비밀 민족해방위원회 옛 지휘부의 다른 구성원들은 어떤 모습이었는가? 최근 팔레스타인으로 이주한 소위 해방의 장관 에르첸 박사를 제외하면 아무도 빠지지 않았다. 기독교민주당의 갈라시타라비니 변호사가 있었는데, 순수하게 시민적인 장례식에 참석해 있는 것이 마음에 걸렸는지 모른다(그 때문에 언제라도 금세 눈물이 차오를 듯한 창백하고 파란 눈으로 주위를 돌아보았다). 가톨릭행동단†의 베도니 신부 옆에 붙어 있었고, 반대로 베도니 신부는 베레모에 바지 차림으로 그 상황에서도 더없이 편안하고, 어디에도 구애받지 않는 현대적인 자유분방함의 태도를 드러내려 애썼다. 그런 태도 덕분에 그는 전쟁이 끝난 뒤 에밀리아 지방 전체에

* 필립포 투라티(1857~1932). 정치가. 이탈리아 사회주의 초기 지도자.

† Azione Cattolica Italiana(ACI). 가장 오래되고 방대한 가톨릭 평신도 단체.

서 가장 저명한 공인公人 중 하나가 되었다. 행동당*의 엔지니어 세아르스는 으레 그렇듯이 조그마한 두 손으로 뒷짐을 진 채 약간 떨어져 걸으면서 혼자 엷게 미소를 지었다. 몇 안 되는 공화주의자 무리—약사 리코보니, 재단사 스콰르차, 치과의사 카넬라—도 있었다. 그들은 상당히 불편해하면서도 기꺼이 보조를 맞추고 있는 기색이 역력했다. 마지막으로 페라라의 연방공산주의자 알피오 모리가 있었다. 작고 까무잡잡하며 안경을 쓴 그는 크고 하얀 위쪽 앞니를 약간 드러내는 미소를 띤 채 이탈리아파르티잔민족연합의 젊고 유망한 페라라 지부장 니노 보테키아리와 평온하게 이야기를 나누며 앞으로 나아갔다. 그런데 소심하게 구부정히 걸어가는 그들은 그저 아무것도 아닌 작은 무리처럼 보였고, 보테키아리 의원은 손쉽게 그들을 압도했다. 오래전인 1922년 조베카 대로 한가운데에서 그를 공격하기 위해 파견된 그 악명 높은 '시아구라'† 마저 치욕스럽게 도망치게 만들었던, 주위 사람보다 머리 하나는 더 커 보이고 분노로 붉게 달아오른 얼굴로 계속해서 두리번대는 인물, 틀림없이 그였다. 변호사이자 하원의원인 마우로 보테키아리, 그가 다시 돌아온 것이다. 그가 명백히 누구나 인정하는 페라라 반파시즘 투쟁의 지도자였던 때가 단 하루뿐이라는 사실은 별로 중요하지 않았다. 따라서 운구마차가

* Partio d'Azione. 1853년 마치니가 세웠던 통일운동 정당으로 1942년에 부활함.

† Sciagura. 「1943년 어느 날 밤」에 자세히 그려진 파시스트 '카를로 아레투시'의 별명. 『핀치콘티니가의 정원』 『금테 안경』 같은 장편소설에도 등장한다. '재난'이란 뜻.

구덩이 옆에 멈추고 포 강 하류에서 온 여인들이 아연으로 도금한 클렐리아 트로티의 관을 꺼내자, 곧바로 그 보테키아리 의원이 가장 먼저 관대棺臺 앞으로 향한 것은 아주 자연스러운 일이었다. 삼 년 전 독일의 점령기간 동안 코디고로의 감옥에서 죽은 클렐리아 트로티의 유해를 코디고로 공동묘지에서 페라라 시립 공동묘지로 엄숙하게 이장하면서, 보테키아리 의원을 아주 중요한 그런 역할에서 배제할 수는 없었을 것이다. 사회주의 투쟁에서 클렐리아 트로티의 가장 오랜 동지인 그가 맨 처음 추념사를 하는 것은 당연했다.

"동지들!" 보테키아리 의원이 소리쳤다. 거칠고 위압적인 외침이 묘지의 주랑 아래에서 오랫동안 메아리쳤다.

잠시 숨을 고르며 새 도약을 준비하는 듯 그는 낮은 어조로 덧붙였다. "여성 동지들."

이어 손짓을 섞어가며 그가 말하기 시작했다. 바로 그 순간 보르소 거리에서 작은 스쿠터 한 대가 시끄럽게 튀어나오지 않았다면, 그의 말은 분명히 체르토사 광장의 가장 먼 구석까지 도달했을 것이다(그러느라 의원의 얼굴이 갑자기 붉어졌다). 전쟁이 끝난 직후 도시에 돌아다니기 시작한 초기 베스파 모델이었다. 배기관에 소음기가 안 달렸다. 그뿐 아니었다. 스쿠터 왼쪽 아래에 돌출되어 있는 크롬도금 장치는 모터의 폭음을 줄이는 것이 아니라 분명히 정반대로 기능했다. 말하자면 줄기차게 폭음을 내는 불안정한 청년의 손에 걸맞게 더 거칠고 시끄러운 소리를 만들어내는 것이었다.

열변을 토하려다 막힌 보테키아리 의원은 입을 다물었다.

숱이 많은 하얀 눈썹을 찌푸리면서 그는 광장 끝을 노려보았다. 근시여서 잘 알아볼 수 없었지만, 아직도 떨리는 커다란 손을 신경질적으로 들어 작은 코안경을 벗었다. 멀리 베스파에 타고 있는 조그마한 아가씨가 보였는데, 보르소 거리에서는 벗어났으나 이제 속도를 줄여 반원형으로 모여 있는 사람들의 등뒤로 묘지 주랑 아치를 따라 달리면서 곧 모습이 뚜렷하게 보였다. 오, 분명히 좋은 가문의 젊은 아가씨겠지. 보테키아리 의원의 입술이 슬프게 찡그리면서 그렇게 말하고 있었다. 누구지? 누구 딸이지? 짜증나고 의혹에 찬 얼굴은 그렇게 묻고 있었다. 리미니, 리초네 같은 곳에서 최소한 두 달 동안 해수욕을 하며 보내고 돌아왔을 열다섯 살쯤 된 아가씨의 그을리고 튼튼한 다리를 바라보면서(그렇다, 전쟁의 폭풍이 지나간 뒤 부르주아들은 예전에 습관적으로 해오던 모든 일을 다시 시작했다!), 페라라 최고 부르주아 가문들의 이름을, 보테키아리 가문도 당연히 포함해 하나하나 되짚어보는 것 같았다. "정말로 무례하군!" 의원은 오해받고 상처받은 사람처럼 쓰라린 표정으로 강하게 쏘아붙였다. "정말 궁금해." 손을 들어 저기 안장에 똑바로 앉아 있는 어린 아가씨, 머리에 빨간 리본을 달고 검은색 실크 셔츠를 입은, 거의 남자처럼 밋밋한 상체를 가리키면서 의원은 덧붙였다. "어쩌면 저리도 교양이 없을까!" 화난 표정의 군중들이 모두 천천히 고개를 돌려 조용하라고 일렀다.

"쉬잇!"

그녀는 알아듣지 못했거나 아니면 듣고 싶어하지 않았다.

그녀는 목적지인 광장 한쪽에 이미 도착했는데도(보테키아리 의원은 장례식을 잘 구경하려고 교회 앞뜰의 경계석들 위로 올라간 사람들 너머로 사라진 그녀가 뒤쪽 저 멀리 탁 트인 곳에 다시 나타나기를 헛되이 기다렸다), 모터를 끌 생각을 하지 않았을 뿐 아니라 멈춰 있으면서도 이따금 갑자기 시끄럽게 시동을 거는 놀이를 태연하게 계속했다.

"그만하게 해요, 제발!" 보테키아리 의원이 격분하여 소리쳤다.

"쉬잇!" 경계석 위로 올라간 사람들이 힘차게 합창하듯이 반복했다. 그들은 고개를 돌린 채, 보테키아리 의원이 발끝을 들어도 절대 볼 수 없는 장면을 위에서 내려다보았다. 하지만 그러는 동안 누구도 그런 몰지각한 행동을 끝내기 위해 아래로 뛰어내리려 하지 않았다. 자기 자리를 뺏기고 싶진 않았던 것이다!

모든 것을 구경하기 좋은 장소인 교회 앞뜰 경계석에 무심히 앉아 있다가 순간 브루노 라테스는 전율했다. 저쪽에는 보테키아리 의원이 연설을 다시 시작하려고 기다리고 있고, 이쪽에는 이삼 미터 거리에서 웬 베스파 스쿠터를 탄 아가씨가 있었는데 어쩌다가 우연히 그의 눈길이 그녀의 파란 눈과 마주치게 되었다.

그는 불편함을 느꼈고(그 이유는 나중에야 밝혀진다), 고개를 숙였다. 잠시 후 고개를 다시 들었을 때 아가씨는 벌써 다른 곳을 바라보고 있었다. 이제 그녀는 분명히 비꼬는 듯한 시선으로 자기 나이 또래의 한 젊은 남자를 응시하고 있었다. 그녀처럼 완전히 금발에 맑은 눈동자였고 똑같이 단호하고 무관심한 표정이었다. 다리 사이에 테니스 라켓을 꽂고 흰 스웨터 소매를 목에 감은 젊은이는 마찬가지로 교회 앞뜰 경계 부분에 자리잡은 그 아가씨 바로 앞에 있었다. 둘은 분명 일행이었다. 브루노 라테스는 그렇게 생각했다. 그래서 이곳 체르토사 광장에서 약속을 했던 거구나! 그런데 그녀는 누굴까? 누구 딸이지? 갑자기, 돌발적으로 아가씨의 머리를 묶은 붉은 리본에 마음을 빼앗긴 브루노는 계속 생각했다. 자신이 소년이었고 그녀는 어린아이였을 그 전쟁 시절이 그녀에게 어떠한 흔적도 남기지 않았을 수 있을까? 이제 이탈리아 어디에서든 청소년들이 미국 잡지 화보에 나오는 아무것도 모르는 틴에이저 같을 수 있는 것일까?

"삼십 분이나 기다렸어." 테니스복 차림의 젊은이가 일어날 기색도 없이 말했다.

"투덜대기는!" 아가씨가 대꾸했다.

그녀는 장난스레 눈을 살짝 찡그리며 사람들이 북적이는 광장을 바라보았다.

"그래도 시간 때우기 좋았겠네."

"쉬잇! 조용!" 경계석에 올라선 사람들이 세번째로 반복했다.

남자는 영화에 나오는 고집쟁이 같은 태도를 취하더니 낄낄거리며 스쿠터를 가리켰다.

"이제 손 좀 그만 놔두고 끄지그래?"

"그냥 딴 데 가자." 그녀는 투덜거리면서도 모터를 끄고 안장에서 내려와 남자 친구 옆에 앉았다. "어떻게 하고 싶어? 여기 있을까?"

"클렐리아 트로티, 잊을 수 없는 우리 클렐리아의 유해를 안치한 이 관 앞에서……" 그사이 보테키아리 의원은, 잠시 후 감정이 고조되어 뺨으로 흘러내릴 커다란 눈물을 예고하는 어조로, 벌써 다시 연설을 시작했다. "동지들, 친구들, 우리 시민 여러분, 지금 바로 우리 모두의 과거로 돌아가지 않을 수 없습니다. 내 기억이 맞다면, 클렐리아 트로티와 나는 1904년 4월에……"

브루노 라테스는 천천히 몸을 돌려 연설자 쪽을 바라보았다. 하지만 또다시 전율하고 말았다. 저 아래 보테키아리 의원 옆에 점잔 빼며 꼿꼿이 서 있는 검은 옷의 자그마한 남자는 아는 사람이 아닌가? 체사레 로비가티, 산타마리아인바도 광장의 구두장이 아닌가?

1943년 7월 25일 이후, 그가 8월경 페라라를 떠나 로마로 갔다가 채 일 년도 안 되어 다시 미국으로 떠난 것이 바로 얼마 전인데! 그는 가슴 아파하며 생각했다. 하지만 그 짧은 세월 동안 얼마나 많은 일이 일어났던가!

그 가혹했던 마지막 삼 년의 초기에 브루노의 부모는 달아날 생각을 전혀 하지 못해 가짜 서류를 받아들이지 않았다가 독일인들에게 끌려갔고, 둘의 이름은 지금 유대인 공동체가 마치니 거리의 성전 앞에 붙여놓은 추모 명판에 새겨져 있다. 이백 명에 달하는 다른 유대인들의 이름과 함께. 그렇다면 그는? 브루노는 반대로 페라라에서 달아났다. 제때 달아났기에 자기 부모와 똑같은 운명을 겪지 않았고, 살로공화국의 파시스트들에게 그해 12월에 총살당하지도 않았다. 또한 목숨을 구한 것을 넘어 이제는 품위 있고 평온하게 대학에서 경력을 쌓기 시작했다(물론 아직은 그저 이탈리아어 강사에 지나지 않지만 곧 정식 교원으로 채용될 것이며, 또한 그 덕분에 몇 달만 더 대기하면 그토록 염원하던 미국 시민권을 얻게 될 것이다……).

간단히 말해 지난 삼 년은 그의 인생 전부와 견줄 만큼 중요했다. 그렇지만 하느님의 뜻인지 로비가티는 빳빳한 검은 머리까지 거의 그대로이고 전혀 늙지 않은 것 같구나. 브루노 라테스는 그렇게 생각했고 무의식적으로 긍정하듯 고개를 끄덕였다. 오늘 클렐리아 트로티의 장례식에 공식 참석한 보테키아리 의원과 페라라의 다른 모든 반파시스트들도 마찬가지였다. 브루노는 1939년부터 그들을 알게 되었고 자주 만나기도 했다. 또한 전쟁으로 인한 잔해를 제외하면 신속하게 재건되고 있는 페라라 역시 그에게는 자기 유년기와 청소년기의 모습 그대로인 것 같았다(비록 가재도구는 전혀 없었지만 그가 태어나고 성장한 집도 그대로, 마치 텅 빈 껍데기처럼 그대로 그에게 반환되었다……). 로비가티에게도 시간은 헛바퀴를 돈 것 같았다. 아니, 특히 그에게, 헛바퀴 돈 것 같았다! 아예, 멈춘 것 같았다.

그러니까 등뒤에 남기고 떠났던 낡고 조그마한 세상이 저기 그대로 있구나라고 그는 결론을 내렸다. 마치 밀랍으로 복제한 듯 저기 모두 똑같은 모습으로 있구나. 하지만 클렐리아 트로티는?

떠나기 전날 그녀를 마지막 만난 곳도 바로 여기 체르토사 광장, 대략 지금 그녀의 관이 놓인 그 지점이었다. 그리고 그 후 기나긴 사십 개월 동안 그의 기억 속에서 클렐리아 트로티는 전혀 변하지 않았다.

그녀 역시 그렇게 밀랍으로 고정되어, 조롱과 연민 사이에서 처분에 맡겨진 채, 그로테스크한 작은 동상처럼 부동의 모습으로 다시 발견할 수 있기를 그는 얼마나 원했던가! 그랬다면 웃으며 그녀에게 말했을 것이다. "돌아오겠다고 한 내 약속이 옳았지요? 날 믿지 않은 당신이 틀렸지요?"

떠나기 전에, 살겠다고 홀로 달아나기 전에, 그녀를 만났던 마지막 오후처럼 전혀 변하지 않고 그대로 남아 있었다면! 그동안 그녀가 죽지 않았다면, 그녀에게 그렇게 강변했을 터였다.

2

1939년 늦가을 인종법이 공포되고 나서 대략 일 년 후 클렐리아 트로티를 찾기로 결심했을 때, 브루노 라테스는 그녀에 대해 거의 아무것도 모르고 있었다. 단순히 들은 바에 의하면, 예순 살에 가까운 야위고 꾸미지 않은 자그마한 여인이었다. 외관상으로는 베긴회 수녀 같아서 혹시 길에서 만났더라도 알아보지 못했을 것이다. 하지만 다른 한편으로 페라라에서 누가 개인적으로 그녀를 안다고 주장할 수 있겠는가? 아니, 그녀가 존재했다고 누가 기억하겠는가? 젊었을 때 그녀와 아주 친했고 자신의 정치 경력 초기에 그녀와 함께 전설적인 『민중의 횃불』을 이끌었던 보테키아리 의원조차 처음에는 그녀의 행방을 전혀 알지 못했다(소문에 의하면 최소한 일차대전이 터질 때까지 둘은 연인 사이였다).

"오, 우리의 귀여운 라테스가 여기 왔군!" 보테키아리 의원은, 브루노가 늙은 여선생의 소식을 얻기 위해 일부러 사무실로 찾아왔을 때, 책상으로 사용하던 르네상스풍의 커다란 테이블 뒤에서 말했다. "어서 오게, 어서 와!" 문가에서 머뭇거리는 브루노를 보고 유쾌하게 덧붙였다. "아버지는 어떻게 지내시는가?"

그렇게 말하면서 브루노에게 인사와 격려의 표시로 커다란 오른손을 내밀었고, 붉은 공단을 씌운 편안한 변호사 소파에서 반쯤 일어나 흡족한 표정으로 그를 위아래로 훑어보았다. 하지만 트로티의 이름을 듣자마자 곧바로 아주 조심스러운 모습을 보였다.

"아, 그래…… 잠시 기다려 봐……" 분명히 당황해하며 대답했다. "누군지 이제 기억은 못하겠는데, 어떤 사람이 내게 말한 것 같아…… 그러니까 사라체노 거리 쪽…… 벨피오레 거리로 갔다고……"

그런 다음 다른 주제로 말을 돌렸다. 전쟁에 대해, '가짜 전쟁'*에 대해, 이탈리아, 아니 '무솔리니의' 개입 가능성에 대해, 히틀러의 가까운 '타격' 가능성에 대해 말했다. "아, 그래!" 그러는 동안 실핏줄로 가득한 그의 파란 눈은 아이러니한 승리감으로 반짝였다. "아, 그래! 내가 의혹을 받아온 이십 년 동안, 너희도 나를 반파시스트로, 반역자로, 체제의 반대자로 회

* Drôle de guerre. '우스꽝스러운 전쟁'이란 뜻의 프랑스어. 1939년 9월 독일이 폴란드를 침공하자 영불동맹군이 독일에 선전포고해 이차대전이 발발했으나 전면전을 우려해 1940년 5월 독일의 프랑스 침공 있기 전까지 교전을 벌이지 않았던 시기를 가리킨다.

피하고 경멸했지. 이제 너희의 멋진 체제가 쫓아내니까, 여기 와서 굴욕적으로 귀를 내리고 꼬리를 감추는군!"

그는 계속 전혀 다른 사안을 이야기했고, 그러면서도 국제 정치 분야와 군사적 주제에 대한 깊은 성찰에서 절대 멀어지지 않았다. 그것은 마지노선 앞에서 멈춰 있는 전쟁 상황에 대한 소식을 라디오에서 매일 방송할 때 델라보르사 카페에도 넘쳐흐르던 주제였다. 최소한 그때에는 대화가 그런 궤도에서 벗어나는 걸 분명 원하지 않았어. 브루노는 생각했다. 부드러운 공모의 어조를 띤 목소리가 듣는 사람에게 어떤 오해도 유발하지 않아야 했으니까. 브루노의 변호사 아버지와 보테키아리 의원이 아득히 먼 고등학교 시절부터 이어온 우정은 이를 정당화하기에 충분했으니, 암묵적으로 공감대를 이룬 그 우정 덕분에(사실은 우정보다는 차라리 유복한 두 부르주아 동료 간의 당연한 존중이 맞으리라!), 두 사람은 로마진군 후에도, 마테오티 사건* 후에도 조베카 대로를 사이에 두고 서로 떨어져 있으면서도 언제나 미소를 지으며 진지하고 친밀한 인사를 계속 나누었다…… 결국 나중에—보테키아리 의원의 표현대로—그 '공감의 비밀 회합'이 끝날 때에야 브루노에게 뜻밖의 선물이 주어졌다. 헤어지면서 보테키아리 의원 스스로 클렐리아 트로티 이야기를 다시 꺼냈던 것이다.

"만약에 그녀를 만나면 내 안부를 전해주게." 그는 반쯤 열린 문 사이로 브루노의 어깨를 한 손으로 두드리면서 다정한

* 파시즘을 비판하던 사회주의자 자코모 마테오티(1885~1924) 납치살해 사건.

미소와 함께 말했다.

그러고는 낮은 목소리로,

"혹시 로비가티 모르는가? 체사레 로비가티, 산타마리아인바도 광장 교회 옆에 공방이 있는 구두장이 말이야."

"우리는 언제나 그에게 가서 신발 밑창을 갈았지." 무심결에 브루노에게 이렇게 말한 그는 얼굴이 붉어지는 것을 느꼈다.

"그런데 왜요?"

"트로티가 어디 있는지 말해줄 수 있는 사람이야." 보테키아리 의원은 설명했다. "그를 만나 물어봐. 하지만 조심해." 그는 재빨리 덧붙였다(그사이 불투명한 유리문의 열린 틈은 아주 좁아졌다). "그녀는 감시당하고 있으니까 조심해!"

아래로 내려와 대문을 나서면서 맨 먼저 브루노는 희미하게 불빛이 비치는 광장의 시계를 바라보았다. 일곱시였다. 바로 로비가티에게 가야 하지 않을까? 서두른다면 좁은 골방에서 아직 그를 만날 수 있었다. 그는 여덟시나 여덟시 반 이전에는 절대 문을 닫는 사람이 아니었다.

그는 눈에 띄지 않고 밖으로 빠져나가기에 적합한 순간을 기다렸다. 마침내 결심한 그는 그 시간이면 언제나 사람들로 가득한 옆의 공터를 황급히 가로질러 두오모 성당의 주랑 아래로 들어갔다.

이제 레인코트의 호주머니에 손을 넣은 채 천천히 걸었고, 동시에 보테키아리 의원의 모호한 환대에 대해 다시 생각했다.

반쯤 닫힌 문을 통해 마지막으로 보였던 얼굴을 다시 떠올렸다. '로비가티'라고 말하면서 한쪽 눈을 깜박였었다. 그렇다면 그 공모의 눈짓은 무슨 의미였을까? 그런 상당히 범속한 신호와 함께 그 이름을 속삭임으로써 약간 지나치게 일반적인 주제로 대화한 것에 대해 간접적으로 양해를 구하려고 했던 것일까? 아니면 같은 당의 여성 동료와 그가 한때 맺었던 관계, 어쩌면 지금까지도 이어져왔던 관계를 암시하려고 한 것은 아닐까? 그런 암시는 분명히 그가 내뱉었던 소소한 말들에서 그나마 있던 정치적 무게를 죄다 없애기에 충분했다. 실제로 페라라에서는 남자 대 남자로서(특히 부르주아들 사이에서!) 약간 자랑하고 또 약간 부끄러워하면서 어느 서민 아가씨와의 관계를 털어놓을 때 대부분 그렇게 행동했다. 정확히 그랬다. 아주 오래전부터 그랬다. 그렇지만 다른 한편으로 보테키아리 의원, 그러니까 전 사회당 하원의원, 노회한 반파시스트, 겉으로는 절대 머리를 숙이지 않던 사람이, 장난이든 아니면 변덕이든 상관없이, 순응주의자 무리처럼 어눌하면서도 냉혹한 표정을 내비치기로 마음먹다니 좀 이상하지 않은가? 그런 무리는 누구든지 다르거나 다르게 보이는 사람들을 모두 권력에서 배제하면서 이제 길거리와 카페, 영화관, 무도회장, 운동장, 이발소, 심지어 매음굴까지 오만하게 점령하고 있었다. 이탈리아 어디서나 그랬듯 페라라에서도 모든 가치의 점진적 퇴락이 나타났던 1915년부터 1939년까지, 실상 보테키아리 의원도 그 힘든 상황에서 아무 피해 없이, 자기의 품성, 젊은 시절의 올곧음과 자부심을 더럽히지 않고 보낼 수는 없었던 것이다. 분명 그랬다. 모두 열렬한 파시스트였던 그의 동료 변호사들은 그가 법정에서 변론하면서 자신이 무슨 생각을 하는지 이해시키려고 할 때마다 말 그대로 분노의 게거품을 물었다. 여러 사람이 그에게로 다가가 법복 자락을 붙잡고 단호한 어조로 이렇게 소리치고 싶었을 것이다. "당신이 결국 말하려는 바가 이러이러한 거 아냐? 인정해!" 하지만 실제로는 언제나 그가 지껄이게 놔두었고, 결국 늙은 투사는 똑바로 말하지 않고 끝없이 에둘러 말하는 그런 방식에 자족했으니, 이것이 오랜 세월을 거치면서 이제 그에게는 거의 일종의 틱, 악습, 제2의 천성이 되었다. 하지만 천만에, 천만에. 매일 사무실이나 법정에서 나와 집으로 향하는 보테키아리 의원은 조베카 대로를 걸어가며 소수의 친구들과 다수의 적들 면전에, 멀리서도 보일 정도로 눈부시게 새하얀 머리칼을 대담하게 흩날렸는데, 이 모든 것은 자기 안에 자기만의 것이 조금이라도 남아 있지 않고는 불가능했다.

고통스럽게 가슴을 짓누르는 그런 생각에 잠겨 브루노는 행인들과 부딪히면서 천천히 마치니 거리와 사라체노 거리를 거슬러올라갔다. "정말 역겨워!" 이따금씩 입에서 저절로 이런 말이 새어나왔다. 그는 눈부신 진열장들, 전시된 상품을 보려고 유리창 앞에 멈춰 선 사람들, 자기 공방이나 가게의 문가에서 있는 상인들을 증오에 찬 눈으로 바라보았다. 저 인간들 태도는 마치 콜롬바 거리, 사카 거리와 그 주변 매음굴의 문가에서 몸을 절반은 밖에, 절반은 안에 둔 채 지켜보는 무서운 여인들하고 꼭 닮았구나. 그는 그렇게 생각했다. 그해 8월부터,

페라라에서 가장 많이 구애받는 눈부신 아가씨들 중 하나인 아드리아나 트렌티니에 대한 열망에 사로잡히고 예속당해 있던 그에게, 반대 방향에서 오면서 그를 쳐다보지도 않고 지나가는 여인들(특히 아름답고 우아한 금발의 여인들)의 경탄스럽고도 혐오스러운 모습과 행동거지는, 제대로 감추지 못한 타락의 표식처럼 보였다. "정말 더러워! 정말 창피해!" 그는 격분하여 별로 낮지 않은 목소리로 계속해서 되풀이했다.

하지만 앞으로 나아가면서 거리가 좁아지고 어둑해짐에 따라 그의 분노와 역겨움도 줄어들었다. 왼쪽으로 보르고디소토 거리가 나타났고, 이어 벨피오레 거리에 이르렀다. 그는 길을 건너가려는 참이었다. 하지만 적어도 길이 굽어지는 지점까지는 집들의 덧창문에서 노르스름한 불빛만 약간 새어나올 뿐이었다. 누구에게 물어볼 것인가? 어느 집 초인종을 누를 것인가? 이제 다들 저녁을 먹고 있을 것이다(무엇보다 그의 집에서도 분명히 그를 기다리고 있을 것이다). 그는 로비가티를 떠올리고는 결국 계속 가기로 했다.

안개에 휩싸인 산타마리아인바도 광장이 갑자기 눈앞에 펼쳐졌다. 한쪽에는 교회의 거무스름한 정면 외벽이 있었고, 맞은편에는 스칸디아나 거리로 가는 어두운 통로가 있었으며, 중앙의 작은 분수는 주위의 초라한 집과 공방에서 나온 여자들이 다 차지하고는 수다를 떨고 있었다. 그와 함께 희미한 불빛, 밤 케이크와 군밤 냄새, 힘없이 모루에 부딪치는 망치 소리, 아이의 낮은 울음소리, 보이지 않는 주랑 구석에서 두 남자가 "안녕히 주무세요" "잘 가게" 하고 주고받는 인사, 잔들이 부딪치는 소리 등 가볍고 다양한 소리들이 있었다. 브루노의 시선은 곧바로 다소 강한 불빛이 비치는 왼쪽 작은 유리문으로 향했다. 로비가티는 거기 자신의 작업대에 앉아 있었다. 흐릿한 유리문 너머로 희미하지만 친숙한 윤곽을 알아볼 수 있었다. 그쪽으로 향하는 동안 마치 그 자신은 그대로 멈춰 있고, 공방에 있는 구두장이의 한결같은 모습이 안개를 뚫고 그에게 다가오는 것 같은 느낌이 들었다.

그는 안으로 들어가 모자를 벗고 작업대 위로 로비가티에게 손을 내밀었으며, 맞은편에 앉아서는 곧바로 별 어려움 없이 여선생의 정확한 주소를 얻을 수 있었다. 폰도반케토 거리 36번지, 코데카 씨 댁. 이어 두 사람은 이야기를 나누었고, 브루노가 집으로 돌아오니 얼마 전에 저녁식사가 끝난 뒤였다.

바로 다음날 그는 떨리는 마음으로 폰도반케토 거리 36번지로 가서 초인종을 울렸다. 그리고 만약 그가 곧바로 들여보내졌다면, 만약 희끗희끗한 머리에 뚱뚱한 여인이("동생이에요." 나중에야 로비가티는 무미건조하게 설명했다) 경계하는 모습으로 입구에 나타나서 여선생은 집에 없다고 대답하지 않았다면, 만약 그녀가, 언제나처럼 그녀가 검은색 공단 앞치마에 가슴에 파시스트 배지를 차고 그다음날 다시 나타나서 여선생이 수업중이라 아무도 만날 수 없다고, 또 그다음날에는 몸이 아프다고, 그다음날에는 볼로냐로 떠났고 다음주가 되어야 돌아올 것이라고, 그런 식으로 몇 주일 동안 계속되지 않았다면, 분명히 그와 로비가티는 실제로 친구가 되지 못했을 것이다. 사실 그는 끈기 있게 기다려야 하리라는 것을 산타마리아인바도 광장에서 처음부터 깨달았다. 하지만 얼마 동안일까? 그는 자문해보았다. 클렐리아 트로티는 자신을 만나려고 그가 이렇게 애쓰는지 알고 있을까? 결혼한 동생 코데카 부인은 그가 거의 매일 집에 들른다는 것을 말해주었을까?

두근거리는 가슴으로 초인종 버튼을 누를 때마다 매번 그의 실망은 반복되었다. 그렇게 거부당한 뒤엔 삼백 미터 거리도 되지 않는 산타마리아인바도 광장으로 향했다. 로비가티의 유리문은 절대 닫혀 있는 법이 없었다. 그는 확신할 수 있었다. 두 손가락으로 유리문을 밀기만 하면 언제나 그 뒤에 구두장이가 있었다. 아직도 젊은이처럼 창백한 이마 한쪽, 검은 주근깨가 나 있는 관자놀이 쪽으로 한 움큼의 곱슬머리가 흘러내렸고, 열이 나는 것처럼 검은 그의 눈은 미소를 머금은 채 아래에서 위로 올려다보았다. "안녕하세요, 브루노 씨? 어떻게 지내요?" 로비가티가 말했다. "안으로 들어와 앉으세요." 브루노는 자신이 거기 그렇게 앉아 있다는 사실이 실감나지 않았다.

두 사람은 때로는 아홉시가 넘도록 이야기를 나누었다. 그리고 이따금 맞은편 의자에 앉아 브루노는 구두장이가 일하는 것을 바라보았다.

로비가티는 신발 밑창에서 잘라낸 가죽처럼 단단한 손바닥으로 노끈을 둘둘 감아 정확하게 힘을 주어 잡아당겼다. 입안에는 언제나 작은 못을 한 움큼 담고 있었고, 그의 혀와 입술은 놀라울 정도로 신속하고 정확하게 필요에 따라 밖으로 하나씩 내밀었다. 신발 한 짝을 무릎 사이에 바이스처럼 아주 단단하게 조인 채 지칠 줄 모르는 자동 동작으로 거기에 망치질을 해댔다…… 정말 훌륭하고 대단해! 브루노는 이렇게 생각했다. 로비가티의 힘과 자의식은 바로 그런 손의 노고에서 생겨나는 것이리라! 그의 크고 검은 손, 믿을 수 없을 만큼 거친 그 손의 분주한 움직임은 대화할 때도 머뭇거리지 않았다. 아니, 그 이상이었다. 단 한 번의 망치질로 두꺼운 가죽에 박히는 못이 때로는 어떤 대화보다 그에게 더 유용한 것 같았다.

"그런데 무엇이 두 사람을 갈라놓았을까?" 종종 자문도 해보았다. "왜 로비가티는 전폭적이고도 절대적인 신임을 얻지 못했을까? 계층의 차이? 그럴까?"

사실 로비가티 앞에서 파시즘에 대해 욕을 하면, 그는 단지 듣고만 있거나, 아니면 과장되게 객관적인 어조로 냉담하게 대답할 뿐이었다(이는 사실 그를 밖으로 끌어내기 위한 방편, 특히 그가 나서서 클렐리아 트로티의 왕국이 예정보다 좀더 빨리 열리게끔 하기 위한 방편일 뿐이었다).

"하지만 아니에요. 내 생각은 달라요." 어느 날 저녁, 그는 재빨리 확인하듯 밖을 흘낏 바라본 다음 말했다. "하지만 아니에요. 내 생각은 달라요. 파시스트들도 좋은 일을 했어요."

분명히 그가 우위에 있었다. 거의 이십 년 전부터 자신이 그 집 사람들 신발 밑창을 갈아주었던 마다마 거리의 부잣집 아들 브루노가 직접 찾아왔기 때문만이 아니라, 조금 전 공동의 적에게 조그마한 장점을 인정하는 사치를 누릴 수 있었기 때문이기도 하다. 그는 부잣집 아들이 아니라며 이렇게 말하는 듯했다. 체사레 로비가티는 가난한 자, 박해받는 자, 억압

된 자들 사이에서 태어나 자랐겠지. 그래서? 체사레 로비가티 자신이 구두장이에 지나지 않는다는 이유만으로 지금 브루노에게 모호한 분노, 맹목적이고 무차별적인 증오를 드러내는 것인가? 아니지. 너무 쉽게 생각한 거지! 부자와 권력자가 노동자 대중을 일꾼처럼 이용하고 고상한 감정을 독점하던 시대는 벌써 끝났어! 오해하지 마라! 만약 지금 누군가가 과거의 낡은 속임수를 다시 사용해 노동자 계급에게 그들과 상관없는 일, 불 속에서 군밤을 꺼내는 일 따위를 고상한 임무인 양 맡기려고 든다면, 그에게는 최악일 테니까.

로비가티는 정치보다 다른 주제를 훨씬 더 좋아하는 듯했다. 문학 같은 것 말이다.

빅토르 위고를 좋아해요? 그가 브루노에게 이렇게 물었다. 『93년』은 정말 최고의 책이잖아요! 『레미제라블』은? 『웃는 남자』는? 『바다의 일꾼들』은? 비록 수준은 아주 떨어지긴 하지만 19세기 이탈리아에서는 프란체스코 궤라치*만이 그와 좀 비슷한 소설을 썼을 뿐이지요. 그렇지만 이탈리아에서 프롤레타리아가 기대할 수 있는 교육의 정도를 감안해서, 이탈리아 문학을 전체적으로 프롤레타리아의 관점에서 고찰하려 한다면 정말 재앙이에요! 결국 시인 중에서는 '세계에서 가장 위대한 시인' 단테밖에 없어요. 다른 시인들은 언제나 민중이 아니라 귀족을 위해 썼지요. 페트라르카, 아리오스토, 타소, 알피에리(아, 그래요, 알피에리마저!), 포스콜로 모두 엘리트를 위

* 이탈리아 통일운동에도 헌신했던 작가, 정치인(1804~1873).

해서만 썼어요. 그리고 『약혼자들』*은 지나치게 교회 성구실 냄새가 나고 지나치게 반동적이에요! 안 돼요. 다른 무언가 가치 있는 것—소박할지언정 그나마 가치 있는 것—을 읽고 싶다면 「사랑의 노래」의 카르두치, 몇몇 사회 풍자적인 작품을 남긴 스테케티까지 훌쩍 건너뛰어야 해요. 하지만 그와 관련해 지금 20세기에 '그 퇴락한 단눈치오'를 제외하면, 파스콜리를 제외하면 이탈리아 문학의 현재 상황은 어떻지요?† 불행히도 자신은 오늘날의 동향을 따라잡을 시간이 없다고 했다. 시립 도서관은 일곱시에 문을 닫기 때문에 노동자는 누구도 저녁시간에 그런 공공서비스를 이용할 수 없다는 것이다. 하지만 브루노는 상황이 달랐다. 비록 그도 유대인이어서 공공도서관에 출입할 수 없지만, 그럼에도 비냐탈리아타 거리의 유대인 중학교에서 이미 가르치고 있었기에 선생으로 간주될 수 있었다. 그렇다면 이렇게 교양 있고 필시 온갖 새로운 소식을 접하고 있을 브루노 씨, 당신은 오늘날 이탈리아에 아직도 훌륭한 작가가 있다고 생각하세요?

브루노는 갑자기 무력해진 듯 깊은 공허감에 사로잡혀 침묵했다.

"여기에 대해서 나는 얼마든지 내기할 수 있어요." 로비가티는 머리를 흔들면서 결론을 내렸다. "지금은 훌륭하고 유용

* 근대 이탈리아 문학의 고전으로 꼽히는 알레산드로 만초니의 역사소설.

† 카르두치(1835~1907)는 1906년 노벨문학상 수상 작가. 스테케티는 학자 올린도 궤리니(1845~1916)의 필명. 단눈치오(1863~1938)는 데카당스 소설가, 파스콜리(1855~1912)는 볼로냐 대학 문학 교수.

한 것이 전혀 없어요."

하지만 로비가티가 가장 편안하게 느끼는 주제는 결국 자기 직업에 관한 것이었다.

자기가 하는 일이 아주 초라하다면서 이렇게 말했다. 누구보다 내가 그렇게 확신하는데 어쩌겠어요. 하지만 그 직업 덕택에 어렸을 때부터 그럭저럭 생계를 꾸려갈 수 있었을 뿐만 아니라 독재기간 내내 전혀 굴종하지 않고 버틸 수 있었지요. 그런데 브루노 씨, 구두장이 일은 흥미로운 측면이 없다고 생각해요? 모든 인간 활동에는 흥미로운 측면이 있어요. 열정적으로 수행하고, 그 비밀을 파악할 수 있으면 돼요.

가시가 돋친 말은 전혀 아니었다. 그리고 브루노는 그의 말을 들으면서 자신의 슬픔을 조금씩 잊었고 결국 거의 행복하다고 느낄 정도였다.

망가진 신발은 그의 손에서 언제나 살아 있는 것이 되었다. 어떻게 끝부분이 긁혔는지, 어떻게 굽이 닳았는지, 어떻게 갑피가 비틀렸는지에 따라 로비가티는 틀림없는 직관으로 고객의 성격으로 거슬러올라가 추정할 줄 알았다.

"보세요, 이 신사에게서는 돈을 받기가 상당히 어려울 거예요." 예를 들어 새것처럼 보이지만 아주 좁고 뾰족한 끝부분 아래에 마모된 흔적이 적지 않은 작은 에나멜 구두를 만지작거리면서 그는 말했다. 그리고 브루노가 합당한 관심을 갖고 살펴볼 수 있도록 작업대 너머에서 신중하게 신발을 내밀며 신발의 소유자를 정확하게 지적했는데, 그는 바로 페라라에서 가장 유명한 '망가진 사람들' 중 하나인 에델바이스 페냐냐니였다.

"아름다운 금발 아가씨, 당신이 어딜 달리는지 잘 살펴야 해." 그는 애정 어린 냉소와 함께 중얼거리면서, 역동적이고 활력 있고 의기양양한 걸음 탓에 가장자리가 심하게 찢어진 여성용 악어가죽 구두의 아주 높고 단검처럼 날카로운 굽 주위를 거친 엄지손가락으로 매만졌다.

어느 날 저녁에는 여러 신발 중에서 '우리 법조계의 군주'(바로 그렇게 말했는데, 빈정거림이 없지 않았다) 보테키아리 의원의 신발도 브루노에게 보여주었다.

"물론 나름대로 결점이 있겠지요." 잠시 후에 근면하고 더없이 성실해 보이는 눈으로 그가 덧붙였다. "하지만, 다행히도, 아직 믿을 만한 사람이에요. 부르주아가 되었다고 해서 그게 무슨 상관이겠어요? 많이 벌지요. 멋진 집과 아름다운 아내도 있어요…… 물론 한때 아름다웠지요. 오십 년 세월이 지났으니까요…… 지성적인데다 연설도 잘해서 심지어 파시스트들도 그를 존경하고 환심을 사려고 해요. 작년에는 당원증도 주려고 했어요. 그런데 그가 어찌했는지 알아요? 당원증을 얼굴에다 내팽개쳤답니다!"

그러는 동안에도 그는 보테키아리 의원의 신발(백 킬로그램이 넘는 몸집에 낙천적이고 혈색 좋은 사람이 신었던 끝부분이 넓적한 한 켤레의 신발)을 계속 손으로 매만졌다. 그도 젊었을 때는 자코모 마테오티, 필리포 투라티, 안나 쿨리쇼프*

* 이탈리아사회당 창당 주역. 러시아 태생의 유대인 무정부주의자(1855~1925).

의 이탈리아사회당 대열에서 보테키아리 의원과 함께 투쟁했고, 1924년 철도원들의 소비협동조합 건물 안에서 습격을 당했으나 둘 다 순전히 기적적으로 보조 출입구를 빠져나와 목숨을 구했다고 했다.

그는 턱으로 밖에 폰도반케토 거리 쪽을 가리켰다.

사실 나나 다른 옛날 친구들이나, 하면서 그가 말을 이었다. 한 이십 년 전부터 보테키아리 의원을 안 만났거든요. 불과 일주일 전에도 조베카 대로 맞은편 보도를 따라 반대 방향에서 (바리케이드 건너편이겠지! 브루노는 어찌 된 영문인지 모르나, 갑자기 로비가티, 클렐리아 트로티, 그들 뒤에 있다고 상상하던 도시와 시골의 배신당하고 잊힌 가난한 사람들과 자신이 하나로 결속돼 있다고 느꼈고, 영원히 그들과 함께하게 된 것에 행복과 감사를 느꼈다……) 지나가는 것을 보았는데도 평소같이 친근하고 유쾌한 보테키아리 의원이 팔을 들어 머리 위로 흔들며 "안녕, 로비가티!" 하지 않대요.

3

어느 날 폰도반케토 거리의 집 문이 열렸지만 이번엔 코데카 부인의 통통한 모습이 문가에 나타나지 않았다. 일어나야 할 일이었다. 그럴듯한 모든 동화에서(오후 세시 반 무렵이었을 것이다. 완전히 황량한 주위의 정적 속에는 정말로 무언가 비현실적인 것이 있었다) 사건이 괴물의 출현이나 변신 없이 끝나는 경우는 드물다. 갑자기 마법이 깨졌고, 코데카 부인은 사라졌다. 그렇다면 그녀 대신 문을 열어준 사람이 클렐리아 트로티 아니면 누구겠는가? 분명히 그녀였다고 브루노는 생각했다. 메마르고 꾸미지 않은 여자, 사람들이 말하듯 수녀 같은 여자가 틀림없었다! 이를 확신하기 위해 눈을 바라보는 것으로 충분했다. 안나 쿨리쇼프와 경쟁했던 자유롭고 대담한 아가씨의 눈, 보테키아리 의원이 젊었을 때 사랑했던 노동자 계급의 격정적인 여걸의 놀라운 눈 그대로였다……

용의 껍질을 벗고 기적처럼 자신의 참모습을 되찾은 클렐리아 트로티가, 당황하고 놀란 표정으로 문 앞 자갈 포장길에서 있는 청년에게 동화의 공주처럼 부드럽게 미소를 짓고 있었다. 이 순간에는 '어서 들어와요, 당신이 어떤 이유로 여기에 있는지 난 벌써 알고 있어요' 같은 말로 충분하리라. 그리고 동화는 폰도반케토 거리의 고즈넉함을 뒤로하고 천천히 다시 닫히는 작은 문과 함께 정확하고 완벽한 결말을 맺으리라. 하지만 아니었다. 입도 뻥끗하지 않았다. 그 부드러운, 더구나 어떤 면에서는 대놓고 탐색하는 파란 눈의 표정에 의해 부정되는 미소는 의아함을 나타낼 뿐이었다. 그녀는 이렇게 묻는 듯했다. '누구세요? 뭘 원해요?' 최소한 브루노가 이해하고 판단하기에 어렵진 않았다. 그래. 그는 생각했다. 지금껏 코데카 부인이나 로비가티도 그의 이름을 클렐리아 트로티에게 전혀 알려주지 않았던 거야. 따라서 아직 금지된 문지방 너머로 자신의 이름과 성이 각각 '브루노'와 '라테스'라고 분명한 음절로 알려주어야 했다. 어쨌든 트로티 얼굴에 금세 퍼진 놀라움을 통해(맑은 홍채 가장자리가 자비로운 슬픔의 물결에 잠기는 동안 분명한 놀라움과 동시에 신뢰가 깃든 안도감이 나타났다), 현실이 적절한 윤곽과 차원을 띠기 시작했다.

"그녀는 감시당하고 있으니까 조심해!" 보테키아리 의원은 속삭이듯 목소리를 낮춰 말했었다. 그때 그가 말한 것은 경찰, 특히 오브라,* 파시스트에 저항하는 자를 감시하고 처벌하는

* OVRA. 파시스트 비밀경찰. 138쪽 옮긴이주 참조.

비밀경찰이었다. 하지만 가까이서 살펴보니 상황은 또 달라져 있었다.

이제 그녀는 어둡고 축축한 좁은 복도를 따라 까치발로 앞장서갔다. 그렇게 그녀를 뒤따라가며 소음을 내지 않으려고 애쓰면서 동시에 가능한 한 신중하게 그녀의 움직임을 관찰해보니, 다시 한번 쉽게 짐작할 수 있었다. 클렐리아 트로티는 특히 집 안에서 감시당하고 있었던 것이다. 코데카 부인과 그 남편이 클렐리아 트로티의 진짜 간수들이었다(부인은 정식 초등학교 교사였고 남편은 도시 농업 부르주아의 요새인 농업은행 회계사였다). 그러면 비밀경찰단은? 비밀경찰단도 그녀가 하는 일을 다 알고 있었다. 예순 살의 '요주의' 여자를 이 부부로 하여금 집 안에서 감시하게 함으로써, 자신들은 이따금 나타나기만 해도 되었다. 자기 집의 거추장스러운 친척이자 손님에게 찾아오는 의심스러운 방문객을 용인하지 않을 만큼 분별력 있는 이 부부는 이 일에 적임자였다.

두 사람은 일층 식당으로 들어갔다. 브루노는 주위를 둘러보았다. 그러면서 속으로 생각했다. 아, 여기서 클렐리아 트로티는 인근 아이와 소년을 가르치느라 가쁜 숨을 내쉬면서 하루 대부분을 보내는구나! 그래, 여기가 그녀의 감옥이야!

색이 옅은 나무 가구는 싸구려였지만 일부 우스꽝스러운 장식이 없지 않았고, 빛바랜 녹색 모직 천이 잉크로 얼룩진 채 가운데 테이블을 덮고 있었다. 무라노 유리로 만든 전등이 천장에 매달려 있었고, 꽃장식 고딕 글씨체로 집주인 에바리스토 코데카의 이름이 적힌 회계사 자격증이 초라한 산과 바다 풍경화들 사이에 영광스럽게 걸려 있었다. 한쪽 구석에는 검은 윤곽의 커다란 괘종시계가 또렷하고 위협적으로 똑딱거렸다. 안쪽의 작은 채소밭 쪽으로 난 유일한 창문을 통해 비스듬히 실내로 들어온 햇살은 맞은편에 헐벗고 초라한 작은 등나무 소파 한가운데 있는 커다란 쿠션의 삼베 덮개에 유화로 그려진 말의 머리를 비추고 있었다. 그리고 그곳 테이블 맞은편에 미소 지으면서 마치 변명을 하고 약간의 양해를 구하는 듯한 태도의 나이든 혁명가, 바로 안나 쿨리쇼프와 안드레아 코스타*를 자기 눈으로 직접 보았고, 1914년 로마냐의 그 유명한 '붉은 주간'†에서 중요한 역할을 했던 혁명가가 있었는데, 이제는 겨우 알아들을 정도로 나지막한 목소리로 말하면서 이따금 시선을 들어 위쪽 천장을 보며, 동생이나 매부가 어느 순간 위층에서 내려와 갑자기 중단시킬 수 있다는 것을 암시하거나, 아니면 한 손을 펼쳐 허공에 들어올린 채 다른 손의 검지를 입술에 갖다댄 채 조용히 멈추었으니(그렇게 침묵하는 동안 괘종시계는 거친 소리로 울렸고 동시에 채소밭에서 암탉이 나지막이 꼬꼬댁거리는 소리가 들려왔다), 잘못을 저지르다가 들킨 소심한 여학생 같았다…… 그 깊은 우물 속에서, 이 불안한 소굴에서, 그녀는 브루노에게 그 모든 지겨움과 분노, 오랫동안의 초라하고 치욕적인 격리와 망각에 대해 말했다. 하지만 어느 순간 그는 자문하지 않을 수 없었다.

* 사회주의자 최초로 이탈리아 국회의원이 된 인물(1851~1910).

† Settimana rossa. 1914년 6월 7일에서 14일 사이에 북동부 해안도시 안코나에서 시작하여 로마냐 지방으로 확산된 노동자들의 봉기.

만약 모든 것을 갉아먹고 파괴하는 공통의 질병인 시간이 부패와 분해의 과업을 우리 모두에게 똑같이 수행한다면, 언제나 그렇게, 예를 들어 보테키아리 의원이 살아가는 방식과 그렇게 다르게 살아갈 필요가 있었을까? 클렐리아 트로티는 전혀 굽히지 않았고, 자신의 영혼을 한결같이 순수한 채로 간직했다. 반대로 보테키아리 의원은 비록 파시스트당의 당원증을 받아들이지 않았지만 장년기로 접어들면서 사회 속에 완전히 녹아들었다. 농업은행의 운영위원회에 참여했지만 누구도 불평하거나 분개하지 않았다. 그렇다면 결과를 고려하자면 둘 중 누구의 삶이 옳았을까? 그리고 브루노 자신은 그렇게 뒤늦게 무엇을 하러 왔는가? 클렐리아 트로티가 살아 있는 증거이자 동시에 유물인 더 나은 세상, 정의롭고 문명적인 사회가 이제 절대 돌아오지 않으리라는 깨달음 말고 다른 무엇이 있는가? 그는 그녀, 박해받는 애처로운 반파시스트, 불쌍한 죄수를 바라보았고, 목덜미 위로 모아 묶은 하얀 머리칼 바로 아래 주름진 연약한 목 주위로 분명히 눈에 보이는 검은 선에서 눈을 뗄 수 없었다. 잘 씻지 못한 그 불쌍한 목을 계속 응시하면서 그는 생각했다. 클렐리아 트로티, 로비가티, 또는 정말로 존재하는지 알 수 없는 그들의 초라한 친구들 무리에게서 어떤 종류의 도움을 기대할 수 있을까? 천만에. 그런 그로테스크한 대화에서 벗어나고 가능한 한 빨리 거기에서 빠져나와야 했고, 이제부터는 자기 아버지가 지칠 줄 모르고 권하는 말에 주의 깊게 귀를 기울여야 했다. 분명히 그랬다. 왜 한 번만이라도 자기 아버지의 말을 듣지 않는가? 작년 9월부터 아버지는 기회 있을 때마다 그에게 습관적으로 에레츠*나 미국, 또는 남미로 떠나라고 계속 다그쳤다. 너는 아직 젊고 앞날이 창창해. 그러니 이주해서 다른 곳에서 뿌리를 내려야 한다는 거야. 아직 방법이 있다. 내년 여름 전까지 이탈리아는 분명 전쟁에 참여하지 않을 거야. 그리고 차별받는 유대인에게 누구도 여권을 거부하지 않을 거야.

"참아요. 부탁이에요." 그때 클렐리아 트로티가 속삭였다. 또다시 마음을 열게 된 즐거움과 그를 믿는 것이 실수가 아니라는 확신이 담긴 푸른 눈빛으로 브루노를 보며, "나는 이 집에서 손님일 뿐이에요." 그러면서 그녀가 덧붙였다. "동생과 매부는 내가 유배형에서 돌아온 뒤로, 그러니까 오래전부터 나를 여기에 데리고 있으면서 다른 어리석은 짓을 저지르지 못하게 막을 생각만 하고 있어요." 이젠 즐겁다는 듯 머리를 흔들며 웃었다.

그리고 입술을 비틀었다.

"나를 감시하고 있지요." 그녀는 갑자기 엄격해 보일 만큼 진지해진 눈길로 덧붙였다. "내가 하는 모든 일에 간섭해요. 내가 어린애가 된 것처럼 심하게 그래요. 이해해요. 우리와 다르게 생각하는…… 아니, 완전히 다른 정치적 견해를 가진 사람들에게는…… 물론 좋은 사람들이에요. 마음씨도 너그럽고…… 불행히도 나에 대해 일종의 권리를 가진 것처럼 행동하는 걸 이해해요. 나를 위해 그런다고 하지요. 그렇겠지요.

* Erez. 이스라엘 남서부의 키부츠. 여기서는 이스라엘을 가리킴.

하지만 얼마나 지겨운지!"

"언제나 나와서 문을 여는 부인이 당신 동생이에요?"

"네, 동생이에요. 그런데 왜요?" 여선생은 깜짝 놀라며 말했다. "그러니까 혹시……? 아, 저런!" 그녀는 앙상한 작은 손을 모아 잡으며 외쳤다. 오른손 검지와 중지는 니코틴으로 얼룩져 있었다. "조반나가 얼마나 많이 당신에게 헛걸음을 하게 했을까!"

"하루는 이렇게, 또 하루는 저렇게 말했어요. 핑계였지요. 잘 알고 있었어요. 하지만 어떤 식으로든 당신이 모르고 있었으리라고 상상할 수는 없었어요. 그래서……"

"아, 저런!" 클렐리아 트로티는 거듭 말했다. "나도 권리가 있다고 했건만! 아니. 어느 정도 선까지는 나도 이해할 수 있지만 지나친 건 지나친 거예요. 말해야겠어요."

그리고 잠시 말없이 있었다. 자신에게 가해진 횡포의 심각함을 생각하고, 자신의 정당한 권리를 주장하기 위해 취할 조처를 생각하는 것 같았다. 하지만 동시에 다른 일, 분명히 자신에게 즐거움을 안겨주는 일에 대해서도 생각하는 것 같았다.

"그런데 어떻게 내 주소를 알게 되었어요? 짐작하건대 알기가 쉽지 않았을 텐데요."

"두어 달 전에 보테키아리 변호사에게 가서 물어봐야겠다는 생각이 떠올랐지요." 브루노는 다른 곳을 바라보며 대답했다.

그리고 트로티가 아무 말도 하지 않기에 이어서 말했다.

"보테키아리 변호사는 우리 가족의 오랜 친구예요. 주소를 알려줄 거라고 생각했지요. 하지만 정확한 것은 전혀 알려주지 못했어요. 아니면 원하지 않았겠지요. 체사레 로비가티에게 가보라고 하더군요. 여기에서 가까운 산타마리아인바도 광장에 공방이 있는 그 구두장이 아시나요? 다행히 저는 그를 잘 알고 있었어요……"

"그래요, 우리 체사레 알지요. 아주 착해요. 하지만 이해가 안 되네요. 어떻게…… 그라도 나에게 당신에 대해 말해줄 수 있었을 텐데! 알겠지요? 아주 이상한 일인데, 이런저런 이유로 나에게 주도권을 가져야 한다고 생각하지 않는 사람이 아무도 없어요. 그런데 그런 식으로 내 주위를 황량하게 만드는 것은 나에게서 숨쉴 공기를 빼앗는 것과 같다는 것을 깨닫지 못해요. 이러느니 차라리 감옥이 더 낫겠어요!"

이 마지막 말을 하는 목소리에는 피곤함과 역겨움, 깊은 쓰라림이 있었다. 브루노는 그녀의 얼굴을 바라보았다. 하지만 찌푸린 잿빛 눈썹 아래의 확고하고 싸늘하고 파란 눈은 희망으로 가득했다. 그 말고는 모든 사람과 모든 것을 의심하는 것 같았다.

갑자기 문이 열렸다. 누군가가 모습을 드러냈다. 코데카 부인이었다.

"거기 누구에요?" 익히 아는 기분 나쁜 목소리가 묻더니, 희끗희끗한 색깔의 머리가 나타나 둘러보았다.

코데카 부인의 경계하는 눈길이 브루노의 눈길과 마주쳤다.

“아, 손님이 있는 줄 몰랐어.” 그녀는 차갑게 말했다.

“하지만 친구야! 라테스 씨라고……” 클렐리아 트로티는 당황하여 서둘러 설명했다. “브루노 라테스!”

“반갑습니다.” 코데카 부인은 한 걸음 앞으로 나서지도 않고 말했다. “마침내 만났군요.” 브루노를 향했지만 그를 바라보지 않은 채 언짢은 미소와 함께 덧붙였다.

그녀는 약간 한쪽으로 물러섰다.

어두운 복도에서 여덟이나 아홉 살가량의 어린이가 놀란 표정으로 튀어나왔다. 검은색 앞치마의 가슴 위로 세 개의 하얀 줄이 가로지르고 있었다.

“앞으로 나와.” 코데카 부인이 아이를 격려했다.

그런 다음 언니를 향해 돌아서서 말했다.

“걱정하지 마. 라테스 씨는 내가 바래다줄게.”

언제나 그랬듯이 다시 두 사람만 있게 되자 그녀는 거대한 몸집으로 입구를 가로막았고, 브루노는 자갈 포장길에서 올려다보았다. 코데카 부인이 다시 말했다.

“언니가 잊지 않고 알려주었는지 모르겠네요. 모레 늦게 클렐리아 언니는 정말로 집을 비울 거예요. 여행을 가는데, 상당히 긴 여행이에요. 정확하게 얼마 동안일지 모르겠어요. 아마 몇 주일…… 아니면 몇 달일 수도 있어요…… 그러니까 당분간 아무리 다시 찾아와도 소용이 없어요. 제발 잘 생각해보세요, 라테스 씨. 당신을 위해서도 하는 말이니까……”

그녀는 애원하듯이 침통한 눈길로 마지막 말을 강조했다. 마침내 뒤로 물러나 브루노의 면전에서 문을 닫으면서 낮게 덧붙였다.

"우리는 감시받고 있어요. 알아요?"

그날 밤 언제나 그랬듯이 여덟시쯤 저녁식사에 기다리지 말라는 전화도 하지 않고 아주 늦게 귀가하면서(저녁시간은 먼저 영화관에서 보냈고, 그런 다음 레노 성문 밖 어느 바의 당구대 옆에 앉아 보냈다), 브루노는 거리에서 눈을 맞았다.

처음에는 가로등 주위로 가볍게 소용돌이치는 미세먼지 같았다. 하지만 잠시 후 마다마 거리에서 집 대문의 열쇠 구멍에 열쇠를 넣으려고 애쓰는 동안 눈송이는 벌써 빽빽하고 커졌으며 금세 얼굴이 온통 젖었다.

계속 열쇠와 씨름하는 동안 데스테 성의 시계가 울리기 시작했고, 그는 수를 헤아렸다. 하나, 둘, 셋, 넷. 정말 많이 늦었다. 그렇다고 아버지가 체념하고 불을 껐으리라는 기대는 없었다. 그가 침실 문 앞을 더듬거리며 발끝으로 지나가는 소리를 들은 다음에야, 기침을 하거나 중얼거림으로써 그 시간까지 아들 때문에 걱정하며 깨어 있었다는 것을 알린 다음에야, 불을 껐던 것이다. 다른 한편으론 그게 나을 뻔했다. 그날 밤 그는 어둠 속에서 복도를 따라 발끝으로 걸어가는 낡고 어리석은 희극을 하지 않을 수도 있었다. 아버지가 아직 잠들지 않았다면 더욱 좋았을 것이다. 그러면 곧바로 전등 스위치를 켜고 아버지 방으로 과감하게 들어갔으리라. 무엇에 대해 말할 것인지 이미 알고 있었다.

그러나 저쪽 끝에 칸막이 철책을 통해 정원의 검은 나무들이 보이는 입구 현관으로 들어서자 바로 아버지가 서재로 사용하는 일층 방의 문틈으로 새어나오는 희미한 불빛을 알아보았다. 그는 천천히 문을 열었다. 아버지는 거기 테이블 옆의 안락의자에 앉아 있었다. 양모 모포를 덮고 머리를 어깨에 기울인 채 자고 있었다.

그는 소리 없이 서재 안으로 들어갔고 문 옆의 벽에 몸을 기댔다.

그렇게 늦게 돌아온 적은 없었다고 생각했다. 그리고 아마 그런 이유 때문에 아버지는 어느 순간 침대에서 일어나 잠옷과 슬리퍼 차림으로 아래층으로 내려가기로 결심했을 것이다. 어찌 알랴. 그런 기회를 이용해서 팔레스타인이나 미국으로의 이주 문제, 그러니까 말을 꺼낼 때마다 차갑거나 심지어 버릇없는 대답을 들었던 문제에 대해 아들과 허심탄회하게 의논할 생각이 머릿속에 떠올랐을 수도 있다. 아래층 서재에서 기다리면 둘이서 원하는 대로 말하고 싸울 수도 있겠구나. 아버지는 그렇게 생각했을 것이다. 그들의 목소리 때문에 누군가를 깨울 일도 없을 터였다.

브루노는 쓴웃음을 지으며 발끝으로 움직였다. 그리고 무릎 위에 펼쳐진 신문 『카를리노』* 위로 죽은 듯이 놓여 있는 아버지의 왼손을 건드리려는 순간(이마를 받치고 있는 오른손은 반쯤 감긴 눈꺼풀을 테이블의 전등 불빛으로부터 본능적으로 보호하고 있었다), 갑자기 가슴을 찌르는 듯한 고통에 동작을 멈추었다.

* 1885년 창간된 일간지.

그는 팔을 거두어들였고 한 걸음 뒤로 물러났다.

하지만 몸을 돌려 가지 않고 아버지의 야윈 관자놀이, 단단한 뼈보다 연골이 더 많은 연약한 관자놀이와, 하얗고 깃털처럼 가벼워서 클렐리아 트로티의 머리칼과 아주 비슷한 아버지의 머리칼을 꼼짝 않고 바라보았다. 아버지는 앞으로 얼마나 더 사실까? 그리고 클렐리아 트로티는? 두 사람 모두 지금 세상을 뒤집어엎고 있는 비극의 결론을 볼 수 있을까?

이제 모든 것이 끝나고 죽음에 가까워졌지만 두 사람 모두 결국에는 꿈을 꾸고 있었다. 클렐리아 트로티는 폰도반케토 거리의 감옥에서 사회당의 지치고 쇠락한 혈관 속에 젊은 피를 수혈함으로써 이탈리아 사회주의의 부활을 꿈꾸고 있었다. 라테스 변호사는 고통을 즐기며 갇혀 사는 마다마 거리의 게토에서(자신이 무척이나 사랑했던 소중한 상인클럽은 당연히 그를 추방했고, 지금은 언제나 집 안에서 신문을 읽고 라디오 런던*을 들으며 시간을 보냈다), 미국이나 에레츠에서 분명히 아들을 기다리는 '눈부신 경력'을 꿈꾸고 있었다. 하지만 아들 브루노는 어떻게 할 것인가? 남을 것인가? 떠날 것인가? 인종차별의 실질적 효력에 대해 아버지는 착각하고 있었다. 경찰서에서는 여권을 허용하지 않을 것이다. 그리고 이제 막 시작된 전쟁이 얼마나 지속될지 알 수 없었기 때문에, 이미 작동된 덫으로 인해 어떤 도피도 불가능했기 때문에, 이제 남은 유일한 길은 분명히 아무도 예외 없이 모든 사람을 희망 없는 미

* 이차대전 때 나치 점령지로 송출되던 bbc 방송.

래로 데려갈 그런 길이기 때문에, 차라리 불쌍하게 자기를 낮춰서 이 여행의 동반자들이 그러하듯, 외로이 몽상에 잠기거나 절망에 빠져 시간을 흘려보내거나 자위하는 죄수처럼 슬프고도 비참한 망상에 사로잡히는 편이 더 나았다.

브루노는 여전히 발끝으로 걸으며 창문으로 다가갔다.

두 개의 차광 덮개 중 하나를 살짝 열고 뿌연 유리와 덧창문의 창살 사이로 내다보았다. 눈이 계속 내리고 있었다. 몇 시간 후에는 높이 쌓일 것이며, 온 도시 위로, 감옥과 게토 위로 답답한 정적을 드리울 것이다.

4

코데카 부인도 이제 만족해했다. 자기 집이 음모자들의 소굴이 되지 않기를 요청했다. 결국 그녀는 본색을 드러냈고, 분명히 열성적이지만 악질은 아니고 그저 두려움에 사로잡힌 간수로서 자신이 손에 쥔 카드를 모두 드러내보였다.

그녀가 무엇을 말하거나 생각하든 파시스트 비밀경찰은 폰도반케토 거리 36번지에 대해 완전히 잊었을 가능성이 높았다. 오래전부터 더이상 어떤 경찰도 저녁 무렵에 요주의 인물인 클렐리아 트로티가 정해진 대로 자신의 거처에 있는지 확인하러 나타나지 않았다. 하지만 코데카 부인에겐 반발하지 않는 편이 나았다. 그녀 자신이 맡은 엄격하고 청렴한 감시자 역할에 수동적으로 머무르게 하는 것이 더 나았다. 불온한 언니를 절대 시야에서 놓치지 않아야 했다. 언니에게는 유배형 뒤에 추가로 십 년의 보호관찰 명령이 내려졌는데, 매일 해가

지기 전에는 집으로 돌아가야 했고, 매주 경찰서로 가서 요주의 인물 특별 명부에 서명을 해야 했다. 코데카 부인은 초인종이 울릴 때마다 절대 잊지 않고 정식 교사의 검은색 가운 위쪽에 파시스트 배지를 잘 보이게 차고 달려나가곤 했다. 코데카 부인에게도 얼마간 환상과 유희를 즐길 권리는 있었고, 그것은 누구든지 생존에 반드시 필요한 것이다! 그러면 클렐리아 트로티는? 그녀는 정말로 방문객을 원했는가? 그녀는 몰래 집을 빠져나가 위층의 덧창문을 곁눈질로 흘낏 보고 곧바로 코페르타 거리 쪽으로 접어들곤 했다. 그녀에게 즐거움을 주는 것이 있다면 그것뿐이었다. 기다려야 했다. 조만간 그녀 자신이 나타날 것이다.

두 달 정도 지난 어느 날 아침, 비냐탈리아타 거리의 유대인 학교 교실에서 수업을 하던 중 브루노는 어느 순간 문틈으로 나타난 여자 수위의 머리를 보았다.

"들어가도 될까요?"

"무슨 일이죠?"

"어느 부인이 선생님을 만나고 싶어해요."

수위는 벽돌 바닥에 슬리퍼를 끌며 교단 쪽으로 나아왔다. 책상들 사이로 즐거운 소란이 일었다.

"뭐라고 전할까요?" 그녀는 걱정스러운 표정으로 물었다.

나이를 짐작할 수 없고, 자그맣고 통통하며, 반짝이고 윤기나는 두 갈래의 새카만 머리칼이 머리끝에서 흘러내려 염소처럼 졸린 것 같은 얼굴을 감싸고 있는 그녀는 비토리아 거리의 양로원에 수용된 여인들 중 가장 젊었는데, 1938년 10월

유치원 삼층에 국립 중학교에서 쫓겨난 아이들을 수용할 필요가 있었을 때 엔지니어 코엔 씨가 일부러 찾아냈다.

"종이 울릴 때까지 기다리라고 해요." 브루노는 조그마한 여자 수위가 곧바로 입을 다물 정도로 냉랭하게 말했다. "수업 중에는 방해받고 싶지 않다고 몇 번이나 반복해야 해요?"

클렐리아 트로티였다. 그녀가 아닐 수 없었다.

계속해서 학생들에게 설명하고 질문하면서 브루노는 바로 옆 로비에서 기다리고 있는 그녀의 모습을 상상해보았다. 그녀는 교실의 연한 금빛 문들 사이 벽에 걸린, 뛰어난 업적의 기부자들 이름이 가득한 커다란 기념 명판을 읽고, 디아츠 장군의 '승전선언문' 주위의 벽감 안에 놓인 비토리오 에마누엘레 2세, 움베르토 1세, 비토리오 에마누엘레 3세의 (바니시를 칠한) 석고 흉상들을 하나하나 관찰했다.* 그러면서 이따금 활짝 열려 서로 마주보는 두 개의 커다란 창문 중 하나로 가서 밖을 내다보았다……

마침내 종이 울렸다. 교실들에서 복도로 쏟아져나온 학생들이 중앙 계단으로 달려내려갔다. 그리고 다시 조용해진 복도로 나온 브루노는 저쪽에서 잿빛 슈트에 모자를 쓴 자그마한 여인이 디아츠 장군의 선언문 아래 등을 돌리고 있는 모습을 발견하고 잠시 당황했다. 그가 오는 소리를 듣고 그녀는 돌

* 1861년에 통일된 이탈리아 왕국의 왕들로 비토리오 에마누엘레 2세는 1861년부터 1878년까지 재위했고, 그의 아들 움베르토 1세는 1878년부터 1900년까지 재위했으며, 그의 아들 비토리오 에마누엘레 3세는 1946년 이탈리아 공화국이 탄생하면서 왕위에서 스스로 물러났다.

연 뒤로 몸을 돌렸고, 눈물을 머금은 것 같은 인자한 미소를 지었으며, 맨 처음 그가 자기 이름을 말했을 때와 똑같이 슬프고 너그러우며 아이러니한 표정이 넘치는 파란 눈으로 그를 응시했다. 그때서야 그는 그녀를 알아보았다.

"1918년 11월 4일의 선언문을 아주 오랜만에 다시 읽어봤네요!" 클렐리아 트로티는 그와 악수하기 전에 그렇게 말하며 턱으로 기념 명판을 가리켰다. "그런 이유로라도 여기 왔어야 했어요."

두 사람은 안뜰 쪽으로, 봄의 햇살 속에 지저귀는 참새들로 가득한 볼품없는 나무들 쪽으로 난 커다란 창문가로 갔고, 철제 난간에 팔꿈치를 기댔다.

"정말로 멋진 계절이지요?" 트로티는 덧붙이면서 정원의 담장 너머로 그들 앞에 펼쳐진 붉은 지붕들을 바라보았다.

"정말 멋져요."

브루노는 곁눈으로 그녀를 바라보았다. 그녀는 세심하게 단장을 했고 목에도 분을 칠했다.

"정말로 다시 살아난 느낌이에요." 그녀는 반사된 햇살에 눈을 가느다랗게 뜨며 말했다.

그리고 잠시 후 여전히 일종의 기쁨, 내면적 희열이 가득한 표정으로 말했다.

"우리 사회주의자들이 정말로 옳았어요! 비록 사실대로 말하자면 당시에도 적지 않은 사람들이 다르게 생각했지만, 1918년 이탈리아의 승리를 축하하는 종소리에서 우리는 죽은 자를 위한 종소리를 들었지요. '거침없는 자신감으로 내려간 계곡'*이라니! 멋진 어조군요. 그 안에 이미 파시즘이 있었고, 지난 이십 년의 오만한 수사修辭가 들어 있었어요."

갑자기 쓰라린 감정이 고여 있는 브루노의 마음속 깊은 곳에서, 그녀를 괴롭히고 상처를 주고 싶은 욕망이 격렬하게 올라왔다.

그는 돌발적으로 말했다. "왜 자신을 속이려고 해요? 왜 집요하게 자신을 조롱하려고 해요? 당신이 알고 있듯이 페라라의 우리 유대인들은 거의 모두 부르주아였을 뿐이에요(내가 부르주아였다고 말하는 것은, 지금 우리는, 아마 그러는 것이 더 낫겠지만, 어떤 계급에도 속하지 않고, 중세 때처럼 별도의 집단을 이루고 있기 때문이에요). 우리는 거의 모두 도매와 소매 상인, 다양한 전문가, 토지 소유주였고, 당신이 가르쳐주었듯이 거의 모두 파시스트였어요. 분명해요. 지금도 우리 중에 열렬한 애국자가 얼마나 많이 남아 있는지 당신은 상상할 수 없을 거예요!"

"국가주의자들 말이에요?" 클렐리아 트로티는 친절하게 수정해주었다.

"어떻게 부르든지 상관없어요. 예를 들어 저희 아버지는 자원병으로 크라스에 싸우러 갔어요. 1919년에 전선에서 돌아오면서 길에서 노동자들의 행렬과 마주쳤는데, 그들은 장교 복장의 아버지에게 말 그대로 침세례를 퍼부었지요. 물론 지금은 파시스트가 아니세요. 1922년의 당원증 때문에 우리

* 일차대전 공식 승전보인 '승전선언문'의 마지막 구절.

는 차별을 받았지만 말이에요. 그분도 이제는 조국 땅인 팔레스타인만 생각하고 있어요. 그런데 디아츠 장군의 글이 우리들…… 뭐라고 불러야 할까요?…… 같은 종교를 믿는 우리들 대부분에게 여전히 강력한 환상을 불러일으키고 있고, 당신 역시 그렇지 않다고 지금 장담할 수 없어요!"

"당신 말이 온당한 것 같네요." 클렐리아 트로티는 평온하게 말했다. "설명을 잘 해주었어요."

그녀는 전혀 실망한 것 같지는 않았지만, 단지 또다시 슬퍼 보였다.

그녀가 한숨을 쉬더니 말했다.

"일차대전은 대재난이었어요. 우리도 얼마나 많은 오류를 범했는지! 어쨌든 당신은 너무 비관론자처럼 보여요. 좋아요. 대체로 보면 아마 당신 말이 맞겠지요. 하지만 왜 당신 자신을 염두에 두지 않나요? 당신은 달라요. 다른 사람들과 같지 않아요. 천만다행히도, 당신은 모든 규칙에 예외가 있다는 걸 증명하기에 충분한 예라고요. 게다가 당신은 젊어요. 앞날이 창창하잖아요. 파시즘 치하에서 성장한 당신 같은 젊은이가 할 일은 정말 많아요!"

클렐리아 트로티가 자기 아버지와 똑같은 말을 하는 것을 듣고 브루노는 다시 고개를 들었다. 그녀는 다시 몸을 돌리고 밖을 바라보았다. 그녀가 보는 미래는 저 아래, 페라라 맨 끝의 음울하게 검붉은 집들이, 바다 쪽으로 끝없이 펼쳐진 질푸른 들판 앞에서 스러지는 곳에 있었다.

몇 달 뒤, 이탈리아 파시스트 정권도 참전을 결정했다.

"마침내!" 클렐리아 트로티는 바로 6월 10일* 마다마 거리의 서재로 들어오며 숨이 차고 기쁜 표정으로 외쳤다.

"마침내!" 소파에 털썩 앉으면서 반복해서 말했다.

그녀는 녹색 벨벳 등받이에 목덜미를 기대고 눈을 감았다. 모든 금지사항을 어기고 어둠을 틈타 브루노를 만나러 이곳에 온 것은 처음이 아니었다. 하지만 그런 비밀 방문이 처음부터 그녀에게 주었던 흥분은 조금도 줄어들 기미를 보이지 않았다.

호흡이 진정되자 그녀는 곧바로 파시즘이 연합국에서 탈퇴하는 미친 짓으로 단지 자신의 파멸을 선언했을 뿐이라고 했다. 그녀는 확신에 차서 말했다. 그리고 자신의 예상에 어떻게 그렇게 확신하는지 대단히 열정적이고 의욕적으로 설명하기 시작했다.

브루노는 가만히 그녀를 응시했다.

그녀의 선의는 확실해. 그는 속으로 생각했다. 누구도 의심할 수 없을 거야. 그런데 왜 그것을 인정하지 않는 거지? 이제 이탈리아를 빠져나가기는 정말 불가능해졌으니, 그녀가 진심으로 그에게 부과한 임무를 회피할 수 없을 거라는, 말하자면 어제까지도 두려워했듯이 그녀의 손에서 그가 벗어나는 일은 이제 없을 것이라는 확신이 그녀의 눈에 빛나고 있지 않나? 분명히 그랬다. 그리고 그녀의 입이 띠고 있는 부드러우면서도 회의적인 표정에서, 그녀가 그에게는 어머니뻘 되는 사람

* 1940년 무솔리니가 연합군에 선전포고한 날.

인데! 무엇보다도 자기 앞에 있는 젊은이와 젊었을 때의 동료인 마우로 보테키아리, 아득한 1915년에 그녀를 버리고 그녀에게서 벗어나기 위한 정치적 핑계를 이탈리아의 전쟁 개입에서 찾아낸 그자를 추호도 비교하고 싶어하지 않는다는 것이 아주 명백해졌지만 말이다.

초반에는 일층 서재에서의 만남이 상당히 빈번했다. 물론 모든 것은 놀이처럼, 감옥에서 흔히 하듯 결핍과 쓰라림에 젖은 놀이처럼 이루어졌고, 브루노는 약간 즐겁기도 했다. 저녁 식사 후의 만남이 으레 그렇듯 에로틱한 밀회의 분위기도 띠었다. 때때로 그녀가 늦기라도 하면, 그는 책을 읽거나 수업을 준비하면서 기다렸고, 특히 어느 순간 밖에서 그녀가 은밀한 공모자처럼 가볍게 덧창문을 두드리는 소리에 깜짝 놀라기도 했다.

들어오자마자 클렐리아 트로티는 소파로 가 앉았다. 하지만 때로는 잿빛 실장갑을 벗지도 않은 채(이마에 땀방울이 돋는 더위에도 불구하고 작은 모자를 절대 벗지 않았다), 곧바로 다시 일어나 서재의 좁은 측면을 따라 대칭으로 늘어선 네 개의 책장들 중 하나로 갔고, 코를 유리에 댄 채 머물러 있었다. 책장 문 여는 것을 자제하는 데에서 일종의 고집이 분명히 드러났다. 그저 유리 너머로 살펴보았고, 커다란 검은 가죽가방에서 꺼낸 작은 외알 안경의 도움으로 책의 제목을 읽었을 뿐이다.

"몇 권 꺼내 가요!" 브루노는 서류들이 수북한 책상 너머에서 말했다. "얼마든 빌려줄게."

그녀는 머리를 저었다. 그녀가 해야 하는 수업들 탓에 읽을 짬이 없었을 거다.

"게다가 내 교양이 너무 낡아서 새롭게 혁신하려면 내 능력을 넘어서는 노력을 해야 해요." 어느 날 저녁, 그녀가 속마음을 털어놓았다. "예를 들어 나는 언제나 베네데토 크로체의 책을 읽고 싶었어요. 모르겠어요. 덜 난해한 책, 역사에 관한 책 중에서 말이에요. 그런데 매년 미루었어요. 약간은 동생 조반나를 생각해서 그랬지요. 만약 집에서 그런 것을 발견하게 되면 불쌍하게도 그녀가 느낄 두려움을 생각했어요. 그리고 약간은 사회주의자로서 갖는 불신의 잔재도 있고요…… 그렇게 몇 십 년이 흘렀고 지금은 이렇게 되었으니, 더이상 그럴 필요가 없어요. 젊을 때부터 나는 철학이 좋았어요. 그 당시에는 콩트, 스펜서, 아르디고, 그리고 일원론을 편 헤켈이 유행이었지요."

살포시 웃어주었다.

그런 다음 약간 소심한 눈빛과 함께 말했다.

"하지만 당신은 크로체의 책들을 잘 알고 있겠죠?"

언젠가 브루노 자신이, 뒤이어 곧바로 후회했지만, 참지 못하고 그녀에게 단언하기를, 자신은 사회주의자가 아니며, 앞으로도 절대 아닐 것이라고 했던 일을 떠올린 것이다.

하지만 그에게 무언가를 가르칠 수준에 있지 않다는 데 대한 어떤 아쉬움이나 고통 이상으로 그녀를 위로해준 것은, 그가 사회주의자는 아니지만 새롭고 다른 무엇이라는 확신, 또 그것이 옳고 합당하다는 확신이었다. 아직 초기인 이 전쟁 이후 이탈리아와 세계를 기다리고 있는 미래, 수많은 피와 눈물을 대가로 치른 후에 도달하게 될 미래에 그들, 낡은 학교의 사회주의자들은 어찌할 바를 모를 것이다. "우리는 늙은이들, 낡은 고물들이에요." 그녀는 말하곤 했다. 그러면서 마치 미래에는 그들 자리에 브루노와 같은 젊은이들, 사회주의자가 아니면서 사회주의자 같은 사람이 될 젊은이들이 필요할 것이라고 주장하는 듯했다. 단지 그럴 경우에만, 필요한 순간이 되었을 때, 공산주의자들을 저지할 수 있을 것이다. 공산주의자들은 비록 '거인들'이지만, 그럼에도 불구하고 그들도 특히 '방법에 있어' 이제 과거에 속했다.

9월 말경 비밀경찰단이 활발해졌다.

어느 날 저녁 무렵 사복 차림의 정치 분과 요원 한 명이 와서 트로티 부인이 '자기 주거지'에 있는지 물었다. 코데카 부인은 숨죽인 채 언니가 집 안에 있다고 대답했다. 하지만 그녀의 동요에 의심이 들었는지 경찰은 온갖 구실로 모든 것이 정상이라는 것을 자기 눈으로 확인하기 전에는 가려고 하지 않았다. 더는 안심할 수 없었다. 예상치 못한 경찰의 경계심이 요주의 인물들에 대한 통제 강화를 예고하는 것일지 모른다는 두려움에 클렐리아 트로티는 당분간 자신의 야간도주를 포기하기로 했다. 브루노와는 경우에 따라 낮에 만나기로 했고, 당연히 마다마 거리의 서재를 활용하는 것은 피했다.

그리하여 전과 똑같은 빈도는 아니지만 이따금 약속을 정하러 로비가티를 중개자로 활용해 두 사람은 체르토사 광장에서 만나기 시작했다. 로비가티는 트로티를 보호하기 위해 별로 내켜하지 않았다. 그의 관점에서 보면 틀리지 않다. 브루노는 생각했다. 그렇게 위험을 무릅쓰면서 그와 클렐리아 트로티가 무슨 함께 나눌 말이 있고 할 일이 있겠나? 로비가티가 짐작하는 대로, 둘이서 라디오 런던이나 스티븐스 대령*을 얘기하러 만나는 건 아니었다. 그건 아니다. 그렇다면 그 분위기에서 정말 경찰을 들쑤실 필요가 있는가?

구두장이의 지적을 여선생에게 전하면서 솔직하게 그 정당함을 납득시켜보려 노력했다. 소용없었다. 그 주제로 돌아올 때마다 그녀는 지겹다는 듯 어깨를 으쓱했다.

"정말 지겨워요." 그녀는 투덜거렸다.

"불쌍한 체사레." 어느 날 저녁에는 웃었는데, 그렇게 젊어 보인 적이 없었다. "나를 좋아하기 때문에 그러는 거예요. 우리가 언제 알게 되었는지 알아요?"

"일차대전 이전부터인 것 같은데요."

"오, 훨씬 이전이에요! 초등학교 때부터. 우리 둘 다 집이 그레고리오 거리에 있었어요."

"그렇다면 보테키아리 변호사는 훨씬 나중에 알았군요."

"훨씬 나중이지요." 그녀는 담담하게 대답했다.

그리고 약간은 아이러니하게 그를 바라보았다. 어느 때보다 젊은 모습이었다.

9월 눈부신 늦은 오후에, 산크리스토포로 교회 앞 드넓은 풀밭은 아름다운 계절에 언제나 그렇듯 아이들, 유모들, 연인

* 라디오 런던에서 로마 체류 경험으로 이탈리아어 선전방송을 하던 인물.

들로 가득했다. 브루노 라테스와 클렐리아 트로티는 가까이 앉아 이야기를 나누었다. 대개는 성구실 가장자리나, 풀밭에서 기우는 햇살에 보르소 거리 쪽에서 주랑 남쪽 끝으로 천천히 길어지는 그림자 가장자리에 앉아 있곤 했다.

"정말로 아름답지 않아요?" 트로티는 광장을 바라보면서 말했다. "묘지에 있는 것 같지도 않아요."

언젠가는 말했다. "이봐요, 나는 무엇 때문에 죽은 자들이 지금 여기처럼 멀리 떨어져 있어야 하는지 이해할 수 없어요. 때로는 그들을 방문하기 위해 감옥 안에 들어가는 것처럼 허락이 필요해요. 나폴레옹은 분명히 위대한 사람이에요. 전 유럽에, 그리고 치살피나*를 통해 이탈리아도 프랑스대혁명의 민주적이고 사회적인 성과들을 받아들이게 했기 때문이지요. 하지만 묘지에 대한 그의 유명한 칙령에 대해서는 「묘지들」의 작가†와 똑같은 의견이에요. 그렇게 생각하지 않아요? 나로서는 바로 여기 밖에, 이 아름다운 풀밭에, 우리 주위로 끊이지 않는 이 모든 삶의 소음과 함께 묻히면 좋겠어요. 그러다 내가 영원히 파문당할 수도 있겠지만 말이에요."

그녀는 웃기 시작했다.

"알아요, 꿈일 뿐이에요, 그건……" 그리고 이렇게 말을 이

* Cisalpina. 1797년 나폴레옹이 이탈리아 북부 롬바르디아 주에 세워 1802년까지 존속한 '치살피나 공화국'을 가리킨다. 프랑스대혁명 후 만들어진 프랑스 국가제도를 바탕으로 통치되었다.

† 니콜로 우고 포스콜로(1778~1827)는 장시 「묘지들Dei sepolcri」에서 망자를 도시의 성벽 밖에 매장하고 묘비 크기도 똑같이 하라는 나폴레옹 칙령에 조상의 음덕이 가로막힌다는 이유로 반대했다.

었다. "현실에서 실현될 수 없는 공상적인 욕망이지요. 실제로 몇 년 동안의 감옥, 몇 년 동안의 유배, 그리고 지금 자유를 감시당하는 상황 외에, 비록 이교도일지는 몰라도, 우리 도시의 명사들 사이에 묻힐 자격이 있을 만큼 내가 삶에서 뭐 그렇게 중요한 일을 했나요? 생각해봐요, 나는 맞지도 않았어요. 나에게는 파시스트들이 부드럽게 대했어요. 1922년 내가 베르살리에리델포 거리의 움베르토 1세 초등학교에서 나오던 날, 피마자기름을 십 그램 넘게 마시게 했고,* 얼굴을 새카만 천으로 둘러쌌을 뿐이에요. 옆에서 바라보던 많은 아이들이 두려워서 울었는데, 그렇지만 않았다면 나에게는 그다지 역겨운 일도 아니었을 거예요. 그건 장담해요. 단지 여자 한 명 때문에 해골 그림의 베레모에 몽둥이나 단검을 들고 이삼십 명이 몰려올 필요도 없었지요! 대단한 실력행사였어요. 나는 계속 그 잘난 기름을 삼키고 있었고, 검은셔츠단이 전면적인 반대에 부딪치리라는 것을 이미 알고 있었지요."

하지만 그녀의 이야기에서 좋아하는 주제는 정치적으로 억류당하고 유배당한 과거에 대한 것이었다.

"감옥은 진정한 학교예요." 어느 날 저녁에는 전에 피우다 남은 마체도니아 담배 꽁초에 불을 붙이면서(이 지독한 악습이—해명하듯이—바로 감옥에서 얻은 거라면서) 이렇게 말했다. "그렇지만 너무 오래 지속되지 않고, 체력이 약해지거나 소모되지 않는다는 조건하에서 말이에요. 나는 나에게 시련을

* 파시스트들은 파시즘 반대자들에게 피마자기름을 먹였다.

아끼지 않은 운명에 감사해요. 외로움과 집중, 자기 자신 말고는 달리 친구가 없다는 점은 은혜로운 일이지요. 그리고 자기 자신을 아는 것, 자신의 성향에 맞서 싸우는 것, 그리고 때로는 거기에서 승리자가 되는 것은 감방의 네 벽 사이가 아니면 이루어질 수 없지요. 1930년 감옥에서 나올 때, 나는 내 36호실을(우연의 일치지요? 내 동생의 집 번지와 똑같아요) 정말 우울한 마음으로 떠났어요. 마치 나 자신의 일부를 거기에 버려둔 것처럼 말이에요. 그 벽마다, 구석마다, 사소한 물건들마다 고통의 흔적을 간직하고 있어요. 사실 눈물을 흘린 곳, 고통을 겪었던 곳, 희망하고 저항하느라 자기 안에서 많은 능력을 발견하게 된 곳이 바로 가장 애정을 느끼는 곳이에요. 예를 들어, 당신 자신을 봐요. 당신은 같은 종교인 사람들과 함께 떠날 수 있었고, 당신이 겪어야 했던 일을 고려하면 그럴 권리가 있었어요. 하지만 당신은 다른 선택을 했어요. 여기에 남아 싸우고 견디기를 원했어요. 그리고 이제 당신이 태어나고 성장하고 어른이 된 이 땅, 이 오래된 도시는 이중적으로 당신의 것이 되었어요. 당신은 이제 절대 떠나지 않을 거예요."

언제나 그렇게 끝나곤 했다. 대부분 자신과 자신의 삶 이야기로 시작하지만 곧바로 브루노에게로 돌아왔고, 그가 다가올 미래에 어떤 활동을 해야 할지에 대해 이야기했다.

그를 위해 얼마 전부터 페라라 반파시즘 활동의 주요 인사들과 유익한 접촉을 준비하고 있기도 하다. 그렇게 말을 했다. 그리고 바로 그런 이유에서 그의 다음 방문을 미리 사방에 알리는 임무를 로비가티에게 맡겼다는 것이다.

브루노가 먼저 접근해야 할 사람들은 당연히 사회주의자들이었다. 하지만 조심해야 했다. 공증인 리치, 상당히 신랄하고 까다로운 그 과격주의자는 아니었다. 그자는 자기 안의 분노를 떨쳐버리고 옛 친구들을 다시 찾을 때까지 스스로를 좀 더 끓여 우려내도록 기다려야 했다. 먼저 변호사 바루팔디, 폴렌기, 타마니니를 만나야 했다. 세 사람 모두 개량주의자이며, 행동에 나서기를 열망하고 있었다. 따라서 보테키아리 변호사에게 다시 돌아가, 예닐곱 달 전부터 자기 삼촌 사무실에서 시보로 있는 그의 조카 니노와 연락을 취할 필요가 있었다. 그는 분명히 아주 영민하고 유능한 젊은이였다. 심지어 대학생 파시스트당에서도 인정을 받았고, 거기에서 두어 해 동안 상당히 중요한 임무를 맡기도 했으며, 따라서 서둘러 그와 접촉해야 했다. 어느 날 새로운 '전체주의의 요녀'에게 매료되어 있는 그를 발견하고 싶지 않다면 말이다.

하지만 사회주의자들 외에 치과의사 카넬라, 재봉사 스콰르차, 약사 리코보니 같은 공화주의자들을 알 필요도 있었다. 그들도 최근에는 공동 투쟁의 기치 아래 사회주의에 대한 오랜 원한과 부정적 편견을 잊을 준비가 되어 있었으며 행동에 나서고 싶다는 의사 표시를 명백히 했다.

가톨릭계는 공산주의 쪽과 상황이 비슷해서 약간은 독자적인 세계로 남아 있었고, 따라서 그 안에 들어가기가 쉽지 않았다. 그럼에도 최소한 변호사 갈라시타라비니는 개방적인 사람으로 유명했다. 그는 피우스 11세*가 무솔리니를 '섭리의 인간'으로 칭하며 찬양하던 시절 파시스트 신부들의 공격 대상이었던 스투르초 신부뿐 아니라 그로솔리 백작과도 친밀한 사이로,[†] 어떤 식으로든 소홀히 대해서는 안 될 훌륭한 사람이었다. 그리고 상당히 우파적인 자유주의자이지만 대단한 신사인 엔지니어 세아르스와 열렬한 시오니스트인 에르첸 박사에 대해서도 말할 필요가 있는데, 에르첸 박사의 경우 이탈리아의 반파시즘 때문에 특별히 '유대인'이 접근한다면 포섭할 수 있을 것이다.

마지막으로 알피오 모리와 만날 필요가 있을 텐데, 그는 안토니오 그람시의 친구이자 어떤 면에서는 제자로(그들은 감옥에서 알게 되었다) 에르콜리 동지가 소련에서 비밀리에 들어올 때마다 기꺼이 조언을 구하는 사람이었다.[‡] 모리는 가장 중요한 인물이었고, 그런 만큼 누구보다도 심하게 감시를 당했다. 그는 언제나 지극히 신중하게 움직여야 했다. 예를 들어 약속을 정하고 모리는 오지 않았다. 두번째 약속을 정하고도 또다시 모리는 오지 않았다. 그러다 다섯번째나 여섯번째 약속에서야 마침내 나타나기로 결정하곤 했다. 간단히 말해 인내심으로 무장할 필요가 있었다. 만약 브루노에게 그런 인내심이 있었다면 그녀가 모리와의 대화도 주선할 수 있었을지

* 1929년 무솔리니와 라테라노협정을 체결할 때의 교황(재임 1922~1939).

† 루이지 스투르초(1871~1959)는 가톨릭 신부로 1919년 가톨릭 계열의 이탈리아인민당 창당 주역이었고, 조반니 그로솔리 백작(1859~1937)은 기업인으로 평신도 가톨릭운동을 주도했다.

‡ 안토니오 그람시(1891~1937)는 뛰어난 마르크스주의 이론가였으며, 에르콜리는 공산당 지도자인 팔미로 톨리아티(1893~1964)의 가명이다. 이탈리아공산당 창당의 핵심 인물들이다.

누가 알겠는가……

말하고, 또 말했다. 묘석과 묘비의 그림자들이 천천히 풀밭으로 길어졌고, 풀밭에 있던 사람들이 조금씩 흩어졌으며, 연인들 몇 쌍은 성벽 쪽으로 향했다.

어느 날 저녁 브루노는 습관처럼 클렐리아 트로티의 발 앞에 길게 누워 있었다. 여선생이 말하는 것을 별 관심도 없이 듣고 있다가 어느 순간 이십여 미터 떨어진 곳에서 키 크고 호리호리한 금발 젊은이가 자전거 손잡이에 몸을 기대고 있는 것을 보았다.

머리를 장밋빛 신문지 사이에 쑤셔 박은 채 누군가를 기다리고 있는 것 같았다. 실제로 광장 저쪽에서 같은 금발에 아주 아름다운 아가씨가 거의 뛰다시피 다가왔다. 그녀는 풀밭을 계속 가로질러 오며 서너 걸음마다 몸을 돌려 보르소 거리 쪽을 바라보았다. 마치 따라오는 사람이 있는지 두려워하는 것 같았다.

하지만 물론 그렇지 않았다. 연기일 뿐이었다.

친구에게 다다르자 그녀는 훌륭한 여배우답게 먼저 풀밭에 미끄러져 앉았고, 곧바로 한 손을 재빠르고 우아하게 움직여 하얀색 양모 주름치마를 다리 주위에 잘 정돈했다. 그러면서 다른 손으로는 곁에 서 있던 젊은이를 다정하게 옆에 앉혔다.

이제 두 사람은 자전거 옆에서 어깨를 기대고 가까이 앉아 있었다. 두 젊은이의 머리는 맞닿을 정도로 가까웠다. 부드러운 대기에 감싸이고 단순한 몸의 스침에 만족해하면서 둘은 이야기를 하지 않는 것 같았다. "누구일까? 이름이 뭘까?" 브루노는 생각했다. 그동안 클렐리아 트로티의 목소리는 그의 귀에 이해할 수 없는 웅얼거림으로 아득하게 울렸다. 그들의 이름은 기억나지 않았다. 하지만 한 가지는 확실했다. 그들은 아마 인문계 고등학교 학생들이었고, 둘 다 페라라의 좋은 부르주아 가문에 속했다.

십여 분이 흘렀다.

브루노는 갑자기 남자가 움직이는 것을 보았다. 다시 일어나 가만히 자전거를 세운 다음 여자친구의 손목을 잡았다. 그녀는 거의 온몸을 끌어당기게 하면서 이제 목을 온통 뒤로 제친 채 나른한 애교와 함께 웃었다.

둘은 풀밭을 비스듬히 가로지르면서 성벽 쪽으로 멀어지기 시작했다.

"우리도 저 위에까지 가볼까요?" 브루노는 말했다.

그는 왼팔을 뻗어 아직 햇살이 가득한 안젤리 성벽을 가리켰다.

"하지만 늦었어요. 늦을까 걱정이 돼요." 클렐리아 트로티는 중간에 말을 멈추고 대답했다. "제가 암탉들처럼 일찍 집에 들어가야 한다는 걸 잘 아시잖아요!"

"단 한 번인데 무슨 일 있겠어요? 아주 멋진 석양을 볼 거예요."

그는 벌써 서 있었고, 그녀에게 한 손을 내밀어 일어나도록 도와주었다. 이어 둘은 같이 걸어갔다.

젊은 연인은 오십여 미터 앞에서 가고 있었다. 남자는 자전거에 올라탔고 균형을 잡기 위해 이따금 오른손으로 여자친구의 어깨를 짚었다. 브루노는 줄곧 그들을 바라보았다. "누구일까? 이름이 뭘까?" 입속으로 계속 중얼거렸다. 그들은 아름다움을 넘어 경이롭고 닿을 수 없는 존재 같았다. 저기 저들이 바로 인류의 표본이고 원형이다! 그는 절망적인 사랑과 증오로 눈을 반쯤 감으면서 속으로 말했다. 그들의 피는 그보다 좋은 피였고, 그들의 영혼은 그보다 좋은 영혼이었다. 틀리지 않다면 아가씨의 머리칼은 뒤로 붉은 리본으로 묶여 있었다. 남아 있는 약간의 햇살은 온통 그 리본에 집중되어 있는 것 같았다.

오, 그 모든 것에도 불구하고 그들과 함께 있고, 바로 그들이 된다면!

"당신 말을 듣기 잘했군요. 성벽 위에서는 정말 놀라운 석양을 감상할 수 있어요." 클렐리아 트로티가 평온하게 말했다.

브루노는 몸을 돌렸다. 그리고 그녀는 아무것도 보지 못했고, 다시 한번 아무것도 알아차리지 못했다. 이제 그녀는 다시 말하기 시작했다. 혼자 말하듯이. 마치 자신의 꿈을 뒤쫓는 것처럼. 언제나 그렇듯이 자신의 고독에, 격리된 자의 영원한 망상에 빠져 있었다.

그는 전율했다.

아마도 언젠가 그녀는 브루노 라테스가 어떤 사람이었는지 깨달을 것이다. 그는 다시 앞을 바라보며 생각했다. 하지만 그날은, 혹시 올 수 있다고 해도, 분명 아직 멀리 있었다.

1943년
어느 날
밤

1

처음에는 전혀 눈치채지 못할 수도 있다. 하지만 델라보르사 카페의 야외 테이블에 몇 분만 앉아서, 시계탑의 수직 벽면과 그 오른쪽 아란치에라 오렌지나무 정원의 총안 방호벽을 마주하면 사건은 명백히 드러난다. 일이 일어난다. 사시사철, 해가 뜨나 비가 오나, 로마 대로의 그 구간을 지나는 행인이 맞은편 데스테 성 해자의 갈색 방호벽 앞 보도를 기꺼워하는 일은 지극히 드물다. 누가 그런다면 그는 여행안내서 갈피에 검지를 끼우고 허공으로 고개를 쳐든 관광객, 아니면 가죽가방을 옆구리에 끼고 역으로 급히 뛰는 출장 상사원, 아니면 페라라 시장에 온 포 강 유역의 농부일 것이다. 코디고로의 코마키오*행 오후 시외버스를 기다리는 동안 정오가 막 지난 산

* 페라라 동쪽 끝 코디고로 지역의 해안가 소읍.

로마노 구역 선술집에서 먹은 음식과 포도주로 부해진 몸을 어기적어기적 끌고 다니는 농부 말이다. 요컨대, 그 누구일 수 있겠지만, 페라라 사람은 아니다.

이방인이 지나가고, 카페에 앉은 사람들은 빙긋이 입귀를 올려 가만히 바라본다. 하지만 하루 중 어떤 시간이 되면 그들의 시선은 기묘하게 한곳에 붙잡히고 심지어 숨죽이기까지 한다. 지방 도시의 나른함과 게으름이 상상의 대학살에 무슨 책임이 있겠는가? 순진한 이방인의 발길이 무심결에 뇌관을 건드려, 갑작스러운 지뢰 폭발로 보도의 포장석이 정말 깨지기라도 할 것처럼 상상한다 한들 말이다. 아니면 1943년 12월 어느 날 밤, 바로 그곳 델라보르사 카페의 주랑 아래에서 저 보도 위로 시민 열한 명을 쓰러뜨린 파시스트의 신속한 기관총 일제사격이 부주의한 행인에게도 똑같이 그 짧고 끔찍한 춤을, 역사가 몇 년에 걸쳐 기리고 기린 이탈리아 내전의 첫 희생자들에게 시체 위로 쓰러지기 직전 죽음을 맞이하는 순간 틀림없이 추게 했을 그 경련과 발작의 춤을 추게 할 것처럼 상상한다 한들 말이다.

물론 그런 일은 일어나지 않는다. 지뢰가 터지지도 않을 것이고, 기관총 총알이 맞은편 벽을 다시 벌집으로 만들어놓지도 않을 것이다. 그리하여 페라라의 예술적 아름다움을 감상하러 온 외지인 부류들은, 사색의 흐름에 어떠한 방해도 받지 않으면서, 총살당한 자들의 이름이 새겨진 작은 대리석판 앞을 지나갈 수 있는 것이다.

하지만 때로는 사건이 일어난다.

갑자기 목소리가 들린다. 우렁차지 않고 사춘기에 접어든 소년의 목소리처럼 갈라진 생목소리다. 그리고 이 소리는 피노 바릴라리, 그러니까 위층 아파트 창문가에 등장해 아래에 앉아 있는 사람들에게는 보이지 않는 인접한 약국 주인의 여린 가슴에서 나오는 목소리이기에, 그들에게는 정말 하늘에서 내려오는 소리 같다. 목소리는 말한다. “조심해요, 젊은이!” 또는 “주의해요!” 아니면 “어이!” 반복해 말하지만, 고함치는 게 아니다. 오히려 온화한 경고 같고, 들을 것이라 기대하지도, 끝내 듣게 하고 싶지도 않은 어조로 표현된 충고 같다. 따라서 그 순간 진정한 페라라 사람이 피하는 보도를 밟는 관광객이나 다른 누군가는 대개 그런 경고를 전혀 알아듣지 못한 체하며 멈추지 않고 자기 길을 간다.

반면에 앞서 말한 델라보르사 카페 단골들은 그 소리를 완벽히 알아듣는다.

방심한 이방인이 시야에 들어오자마자 곧 대화는 약해진다. 눈을 고정하고 숨을 죽인다. 아무것도 아니라는 듯 총살이 있던 그 보도를 이용할 사람은 자신이 삼가면 좋을 행동을 하게 되리라는 걸 깨달게 될까? 그는 마침내 여행안내서에서 머리를 들 것인가, 들지 않을 것인가? 하지만 무엇보다 이 순간 보이지 않는 피노 바릴라리의 얇고 우스꽝스러우면서도 슬픈 역설적인 목소리가 위에서 내려올 것인가, 내려오지 않을 것인가? 그럴 수도 있고, 그러지 않을 수도 있다. 사건을 기다리는 것은 때론 지랄 맞은 것이다. 그것은 사람들이 특히 불확실한 운동경기의 결과를 기다리게 되는 것과 똑같다.

"어이!"

갑자기 모든 사람의 눈에 위층 아파트 창문가에 나타난 약사의 모습이 그려진다. 그러니까 이번에는 그가 있다. 감시를 하는 것처럼 창턱 앞에 앉아서, 야위고 하얀 털투성이의 팔을 들어, 산악용 쌍안경의 반짝이는 렌즈를 못 본 척 지나가버리는 사람 쪽을 가리킨다. 그리고 주랑이 가려주는 그늘 속으로 숨은 사람들 대부분은 탁 트인 곳에서 웃음거리가 되느니, 그곳에 있게 되어 훨씬 더 다행이라는 안도감을 느낀다.

2

이탈리아와 전 세계의 운명에 아주 결정적이었던 1939년, 페라라에서 그와 그 인생에 어떤 범상치 않은 일이 일어날 것인지 말할 수 있었던 사람은 그리 많지 않았다. 그해 여름, 창문가에서 한 남자가 잠옷 바람으로 커다란 흰 쿠션 두 개를 등받이하고 소파에 앉아서, 로마 대로를 집요하게 관찰하는 모습이 사람들 눈에 포착되기 시작했다.

그는 프란체스코 바릴라리 박사의 외아들이었다. 1936년 프란체스코 박사가 작고하면서 유산으로 물려준 그 약국이 페라라 시내에서 최고라는 것은 그 무렵 징병을 앞둔 십대 후반 청년들까지 모두가 다 아는 널리 알려진 사실이었다. 늘 사려 깊고 긴장했던 약사 양반은 (아침마다 학교 가는 그 청년들이 짧아질 대로 짧아진 꽁초의 마지막 몇 모금을 빼끔빼끔 빨아대며 델라보르사 카페 주랑을 내달리고 있을 때) 매번 그들의 장래성을 평가하려는 듯 하나하나 날카롭고 비딱한 시선으로 꼬나보곤 했고, 그들은 그런 그를 '저울'이라는 별명을 붙여 부르곤 했다. 그에 대해선 초창기 파시즘에 호의적인 권위 있는 '트렌타트레'[*]였고 까마득히 오래전부터 홀아비였다는 사실 외에 그다지 할 말이 없다.

젊은 바릴라리에 대한 정보는, 개인적으로는 서른한 살의 남자를 젊다 할 수 있는지 모르겠지만, 익히 알려진 것 외에 별다른 게 없었다. 일례로 1936년 프리메이슨 단원이던 늙은 아버지가 죽었을 때 그가 곧바로 약국 계산대를 차지하는 것을 보고 모두들 깜짝 놀랐다. 그는 규정대로 흰 가운으로 몸을 감싸고 자신 있게 손님들을 상대했으며, 사람들이 박사라고 부르도록 내버려두었다. 그러니까 대학을 다녔고 졸업도 했던 것이다! 사람들은 깜짝 놀라 수군거렸다. 그런데 어느 대학을? 언제 다녔대? 누가 동창이야?

새로운 경이와 충격은 1937년 가을 즈음에도 있었는데, 몇 년 전 가족을 데리고 페라라에 정착한 바 있는 리구리아 해안 키아바리 출신 카라비니에리[†] 경찰군 장교의 열일곱 살 된 여식, 금발의 안나 레페토와 갑자기 결혼을 했을 때였다.

그녀는 상당히 방탕한 유형으로 쉴 틈 없이 자전거를 타고

* '33'이란 뜻. 비밀결사 프리메이슨 최상위 계급.

† Carabinieri. 국가 무장 경찰군. 이탈리아의 특수한 군사조직으로 1814년 창설돼 통일 이후는 물론 현재까지 중앙 정부의 무력기관으로 기능하고 있다. 민간의 강력범죄, 군대 내 범죄 수사까지 공공치안 업무를 한다. '경찰' '헌병' 모두 오해의 소지가 있어 원어를 썼다.

돌아다니거나 외곽의 클럽들에서 춤을 추며 보냈고, 동년배의 긴 행렬뿐만 아니라, 멀리서 그녀의 몸짓을 감탄하는 동년배가 아닌 몇몇 시선을 언제나 뒤에 끌고 다녔다. 쉽게 말해서, 피노 바릴라리 같은 인간이 코앞에서 그녀를 채어간다면, 남자들은 속이 상해 약간 속았다거나 뒤통수를 맞았다는 기분이 들지 않을 수 없는, 지나치게 두드러지고 화려한 아가씨였다.

따라서 결혼 직후 피노를 두고 다시 숱한 수군거림이 떠돌게 되었다. 하지만 사실대로 말하면 아주 젊은 신부를 둘러싼 이야기가 훨씬 더 많았다.

그녀에 대해서는 한때 기이하고 과감한 예측들이 떠돌았다. 가까운 아드리아해 해변에서 한눈에 반한 어느 외지의 거물과 결혼한 것 같다거나 그녀의 우아함에 매료된 어느 영화 제작자가 일류 배우로 만들어주겠다며 로마로 데려갔다고 했다…… 그런데 지금 그녀가 그런 식으로 편하게 정착하고 싶은 유혹에 어이없이 굴복했다는 것을 어떻게 용서한단 말인가? 사람들은 그녀의 천박함, 소시민적 탐욕, 타고난 화냥기를 비난했다. 심지어 가족에게 배은망덕하다는 힐난까지 퍼부었다. 그렇다. 리구리아 사람들, 그 인색한 사람들마저 그녀에게 얼마나 실망했을지 누가 알겠는가? 불쌍한 사람들! 두 사람이 결혼하기 전에 사람들 눈에 띈 적이라도 있던가? 어디서 만났을까? 흔히 그러하듯 그들이 전화로 시작하는 전형적인 그런 지저분한 관계가 아니라면, 두 사람은 이따금 체르토사 광장이나 다르미 광장, 성벽을 따라 돌아다니는 모습이 들켰을 텐데 말이다. 이번에도 위선자 피노 바릴라리는 믿을 수 없이 교묘하게 행동했던 것이다. 약국 안에 틀어박힌 그는 바깥사람들이 안나의 모습을 바라보며 떠들어대게 내버려두었다. 그녀는 어깨 뒤로 넘긴 금발머리에 온통 붉게 칠한 두꺼운 입술, 구릿빛의 긴 다리를 때로는 허벅지 안쪽까지 드러내고 델라보르사 카페의 테이블들 앞을 오가곤 했다. 그러면 한순간 그는 '쓱싹!' 하고 재빨리 그물을 거둬들였고 우리는 경의를 표하는 게 다였다. 다른 한편으로는 아버지 바릴라리가 죽은 후 약국 위층 아파트를 통째로 맘껏 쓸 수 있는데 안나 레페토같이—도시 전체가 단 한순간도 눈길을 떼지 않는—자유분방한 아가씨와 굳이 산책을 할 필요가 있었을까? 예를 들어, 오후 두시쯤 델라보르사 카페 외부 천막 아래가 텅 빌 때 그녀가 약국으로 들어간다면 과연 누가 알아차릴 수 있었을까? 추잡한 이야기지. 사람들은 얼굴을 찌푸리며 결론지었다. 진짜 지저분하고 저속한 이야기야. 어쨌든 그리 된 마당에 이제 와 이러쿵저러쿵 입방아 찧어 무슨 소용이겠는가.

결혼한 지 이 년도 안 되어 피노 바릴라리는 두 다리가 마비되었다. 그렇게 해서 저 위에서, 극장 발코니석에 앉아 관람하듯이 잠옷 차림으로 상반신을 반쯤 내밀고 로마 대로의 활력 넘치는 연극을 구경하게 되었을 때, 다시 한번 그는 사람들의 이목을 집중시켰다. 그 직후 젊은 아내가 잠시 관심을 모았지만 화젯거리가 되진 않았다. 사람들 이야기는 매번 피노를 향했다. 하지만 달리 보면, 그가 사람들 앞에 자신을 드러내면서 기대한 게 바로 그런 것 아니었을까? 그도 그럴 것이 그는 이제 노상 약국 위층 아파트 창문가에 아침부터 저녁까지 온종일 앉아 있었고, 감히 데스테 성 해자의 보도를 따라 사정거리 안으로 들어오는 사람 누구에게나 오만하고 동시에 뻔뻔한 눈빛으로—사람들은 그렇게 확언했다—뚫어지게 노려볼 태세가 되어 있었다. 그것도 행복한 눈빛으로! 그들은 이렇게 덧붙였다. 마치 그의 핏속에서 몇 년 동안 음흉하게 잠복해 있다가 마침내 불시에 나타나 다리를 빼앗고, 창백한 삶을 무언가 분명한 것, 자기이해가 가능한 것, 존재 충만한 것으로 전환시킨 그것이 매독이었던 것 같았다고. 보아서 알겠지만, 그는 강해지고 심지어 새로 태어난 것 같았다. 결혼 후 해질녘에 두어 번 아내와 팔짱끼고 조베카 대로를 지나는 모습을 보였을 뿐인, 구명대에 매달린 조난자 같던 때와는 어쨌든 사뭇 달라진 것처럼 보였다. '자, 봐요, 젊은 시절 작은 실수가 어떤 결과를 초래하는지, 보셨나요?' 그렇게 말하는 것 같았다. '자, 여기, 보여요?' 그리고 촉촉하게 반짝이던 그의 눈동자에는 이제 그늘조차 없었다. 일말의 어둠도.

하지만 그런 태도가 도시 주민들에게 불러일으킨 본능적인 의구심과 당혹감을 제대로 고려하기 위해서는 대략 이쯤에서 1939년 초여름부터 이탈리아 사회 전역, 특히 페라라에 서서히 확산되고 있던 의혹과 불안, 불신의 일반적인 느낌을 되짚어볼 필요가 있다.

선량한 사람들 눈에 페라라는 지옥 같은 곳으로 돌연 바뀌었다.

이야기의 처음에는 고등학생들이 나온다. 사람들은 거기에

살을 붙여가며 이야기를 이어갔다. 요점부터 말하면, 열여덟 살이 채 안 된 청소년 패거리가 로첼라라는 한 철학선생의 사주를 받고 곧장 스위스로 도망쳤다가, 주민들에게 공포와 무질서를 조장하려는 뚜렷한 목적으로 잠입해, 시내에서 가장 중요한 가게들의 진열장을 밤마다 하나씩 부수겠다는 멋진 계획을 세웠다는 거다. 그 불량배들을 현장에서 체포하기 위해 경찰의 매복이 있었는데, 로마진군 이전의 유명한 파시스트 카를로 아레투시가 꾸린 사조직 자원 순찰대로, 스무 명 남짓의 옛날 초기 파시스트 행동대들이 들어오게 되었다. 물론 그 사건은 애들 장난에 지나지 않았지만, 파시스트 비밀경찰은 체포된 청년들이 열렬히 공산주의 선언을 했는데도, 그 정치적 중요성을 극소화시키려 매우 영웅적인 노력을 했다. 하지만 분명 의미심장한 사건이었다. 상황은 정말 악화 일로를 치달았으니까. 사방에 패배주의자, 파괴주의자, 스파이가 들끓고 있었기 때문이다. 상황이 나쁜 방향으로 가고 있다는 건, 로마 대로 한복판이나 델라보르르사 카페 주랑 아래에서 마주치는 극소수의 생존 유대인들이나(반대로 유대인들은 다시 다 게토에 틀어박혀 어울리지 않는 의례적인 경건함에 만족해했지만!), 아니면 가장 열성적인 일부 반파시스트 시민들의 얼굴만 살펴보아도 알 수 있었다. 그들은 공적인 비극이 발생했을 때만 델라보르르사 카페에 들렀는데, 실제로 이제는 마치 흉조를 알리는 새들처럼 늘 그곳에 죽치고 앉아 있어서 거의 매일 보게 되었다. 습관적인 무관심의 가면 아래 그들이 모든 구멍으로 내뿜는 사악한 만족감은 장님이 아닌 이상 모두가

볼 수 있었다! 보테키아리 의원이 통상적인 식전주를 주문하기 위해 멀리서 웨이터 조반니에게 외치는, 카페 끝에서 끝까지 사람들을 깜짝 놀라게 할 만큼 우렁차고 느리고 또렷한 목소리에서 느껴지는, 일찌감치 복수를 음미하고 설욕을 염원하는 사람의 조롱은 귀머거리가 아닌 이상 모두가 들을 수 있었다! 피노 바릴라리가 난데없이 집요하게 자신을 드러내려 한 그 불합리한 열망 역시, 반파시스트에 파괴주의자로서 조국의 파멸을 재촉하려는 욕망이 아니었다면 대체 무엇을 의미했겠는가? 아무런 부끄러움도 없이 자신의 수치스러운 질병을 과시하는 데서, 어쩌면 공격적이고 도발적인 의도를 섬세하게 읽어냈어야 했던 게 아니었을까? 고등학생들이 투척한 돌멩이에 산산이 부서진 열네 군데의 진열장까지 그의 앞에서는 애들 장난으로 통하지 않았던가?

그런 우려들이 퍼지고 확산되어 하늘까지 닿았다.

하지만 그런 불안의 확산에도 불구하고, 자신을 호위하는 충실한 부하들이 의견을 묻자 '시아구라'로 불리는 카를로 아레투시는 미심쩍다는 듯 입을 삐쭉거렸다.

"과장하지 말자!" 그는 여유롭게 응대했다.

항상 옆에 데리고 다니는 베치오 스투를라, 오스발도 벨리스트라치 등과 더불어 델라보르사 카페의 언제나 같은 테이블, 같은 자리에 진을 치다시피 한 것도 어언 이십 년의 세월이 흘렀다. 행동대 시절의 유명한 페라라 파시스트 삼두마차 중 가장 권위 있는 인물이 그였기 때문에 미묘한 문제에 직면하면 지체 없이 그의 의견을 구했다.

시아구라는 회한에 빠진 얼굴로 웃음을 삼켰다. 다른 이들이 아무리 강조해도 피노 바릴라리의 행동에 위협성이 있을지 모른다는 것을 납득시킬 수가 없었다.

"그 애물단지가 파괴주의자라고?" 끝내 웃음을 터트렸다. "하지만 그는 1922년에 우리와 함께 로마에 갔었어!"

그건 이렇게 된 거지. 전례가 없었던 일이었기 때문에 기록할 가치가 있다. 더러 감정적으로 인상을 쓰곤 하는 시아구라의 삐딱한 입을 통해 그의 부하들은 자잘한 것에 관한, 또한 로마진군에 관한 선명하고 풍부한 이야기를 들을 수 있었다.

그래, 그랬지. 시아구라는 깊은 숨을 내쉬었다. 다른 사람들과 다르게 그는 언제나 로마진군에 대해 이야기하는 것을 별로 좋아하지 않았어!

그런데 도대체 왜 그런 사건을 가지고 잡담을 해야 하는 거야? 이렇게 한 번 더 강조하며, 덧붙였다. 그 일은 대다수 사람들에게 권력의 획득과 그에 따른 개인의 적절한 이익을 의미했을지 몰라도, 반대로 나나 나와 같은 부류의 수많은 사람한테는 오직 한 가지를(여기서 스투를라와 벨리스트라치는 다시 묵묵히 고개를 끄덕였다), 말하자면 혁명의 중단, 영광스러운 행동대 시절의 결정적인 몰락을 대변했을 뿐이야.

그리고 잘 생각해보면, 그것은 기차를 타고 역마다 정차해 행동대를 한 분대씩 규합해 수도로 수송하는 것(당시 볼로냐에서 피렌체까지 직통노선은 아직 꿈도 못 꿀 때였으니까), 그리고 실질적으로 카라비니에리 경찰군과 왕립 수비대가 전 노선을 기꺼이 지키게 한 것이 아니면 무엇이었단 말인가? 아니, 천만에. 1919년 노동평의회* 본부를 방화했던 빨갱이를 잡으러 볼로냐의 작은 도시 몰리넬라로 깊숙이 침투한 넉 대의 18BL 피아트 트럭을 경비해준 카라비니에리 경찰군이나 왕립 수비대는 없었다! 그 사건은 처음으로 이탈리아 전체가 페라라연맹에 관심을 갖도록 했고, 정확히 거기서 페라라연맹과 볼로냐연맹의 갈등이 탄생했다. 페라라연맹의 몰리넬라 원정은 볼로냐연맹에게—풍문 그대로 명백히—'도발적인 개입'으로 비쳐졌다. 당시 파시즘은 무정부적이고 모험적이었다. 나중과는 정반대로, 관官에서는 혁명가를 거들떠보지도 않았다. 1919년, 1920년경 청년 시아구라, 청년 발리스트라치, 청년 스투를라는 단지 몽둥이, 쇠막대기, 전쟁 때 쓰다 남은 수류탄으로 무장하고 오밤중에 산루카 구역 선술집에 모인 공산주의자 운반책을 찾아 레노 성문을 빠져나갔고(바로 그자들, 레노 성문 밖 볼셰비키들이 그를 '시아구라'라고 했고, 그는 이 별명을 무공훈장처럼 늘 자랑스럽게 달고 다녔다), 간접적이라도 경찰 지원은 꿈도 꿀 수 없었다. 파시스트가 경찰 지원을 받으려면 1922년, 1923년까지 기다려야 했다. 따라서 무슨 처벌 원정이든 출발 전에는, 심지어 데스테성 중앙 뜰에도 트럭과 자동차를 집결시키는 게 상례가 됐을 때였다. 그리고 1923년부터 농업 부르주아들이 나타나기 시작했다. 대의에 봉사하게 되어 매우 영광스럽다고 거들먹거리며 그들은 얼마나 충동적으로 파시스트들에게 자기 자동차를

* 1906년 설립됐다가 파시즘 치하에서 해체된 이탈리아노동총연맹 지역조직.

제공했던지!

그건 그렇고, 로마진군과 바릴라리 박사 아들에게 돌아오자면, 그가 전 여정에서 진심으로 유일한 낙이었다. 돌이켜보면, 로마진군을 살려낸 건 바로 그였다.

그는 마지막 순간에 합류했다. 기차가 막 떠날 때 온 터라, 차창에서 손으로 내밀어 짐짝처럼 끌어올리다시피 해야 했다. 옷차림은 또 얼마나 가관이던지! 자기 아버지 것이 틀림없는 회색 외투는 발목까지 내려오고 헐렁한 군용 각반은 오 분마다 흘러내렸는데, 신발을 보니, 납작한 노란 단화였고, 게다가 큼직한 페즈 모자를 눌러써서 귀가 꼭 박쥐처럼 부채꼴로 펼쳐져 있었다. 시아구라가 톰 믹스*고 나머지 '수류탄' 대원들은 보안관 예하의 추격대라도 되는 양, 눈을 휘둥그레 뜨고 바보같이 멀뚱거리니, 누가 배꼽을 잡고 웃지 않을 수 있었겠는가? "너, 누구냐? 혹시 바릴라리 박사 아들?" 그는 숨이 가빠 말을 잇지 못하고 할딱거리며 맞다고만 고갤 끄덕였다. "우리랑 가는 걸, 너희 아빠가 아시냐?" 이번에는 고갤 가로저으며, 모험영화에 등장하는 어린애 같은 눈으로 쳐다봤다.

열일곱이었으니 어린애는 아니었다. 하지만 그게 차라리 더 나았을지 모른다.

그 나이에 그는 아직 동정이었다. 기차는 갈 때처럼 돌아오는 길에도 거의 매 역마다 정차했고, 그때마다 매번 창녀촌을 찾으러 다녔는데, 피노는 번번이 안 간다고 노새처럼 버텼고,

* 미국 서부 총잡이 영화 단골 배우.

그래서 그들은 그를 막판에는 강제로 끌고 가기로 했다. 그는 싫다며 발버둥쳤고 두 손 모아 빌며 울기도 했다. "뭐가 무서운데, 여자들이 널 잡아먹기라도 한대?" 그때 누군가 말했다. "그냥 가 구경만 해. 방에 들어가라 안 할게, 맹세코!"

그는 믿지 않았다. 그때 시아구라가 웃음과 함께 찡긋 눈짓을 하며 끼어들었다. 한쪽으로 그를 데려가더니 귀엣말을 했다. "정말 안 가? 계속, 쪼다같이 굴래!"

결국 가기로 했지만, 그는 일행과 대기실로 들어가자마자 한구석에 콕 틀어박혔다. 그러면 아가씨들은? 두려워 떠는 그에게 열광하며 친절해졌고(그녀들이 늘 파시스트에겐 엄청 약했다는 점을 짚어둬야겠다!), 얼마나 경쟁적으로 그를 달래려 했는지 상상도 못할 정도였다. 관심이 온통 그에게 쏠리는 통에 창녀촌은 금세 버림받은 아이를 어르는 고아원 같아지곤 했다. 그러면 포주 언니는 곧장 쓴소리를 퍼부었다. "뭣들 하는 거야, 아가씨들? 다들 수건공장에 보내드릴까?" 매번 이런 식으로 한바탕 희극이 벌어졌다.

하지만 그 구경거리의 압권은 귀환하는 길, 볼로냐의 창녀촌 스페키에서 일어났다.

포레타나 노선*은 한도 끝도 없어서(갈 때 얼마나 지겹게 맛봤던가!), 피스토이아에서 아펜니노산맥을 넘기 전에 두세 명이 내려 키안티 포도주를 싹쓸이해왔다. 산속은 지독히 춥

* 볼로냐-피렌체 구간 초기 철도노선은 아펜니노산맥을 구불구불 타고 넘어야 했다. 터널을 뚫어 훗날 직선노선이 생겼다. 초기 철도는 일명 '포레타나 노선'으로 불렸으며, 볼로냐와 피렌체의 북서쪽 피스토이아를 연결하고 있었다.

고 자욱한 안개로 십 미터 앞도 보이지 않아, 술 마시고 노래하면서 시간을 때울 수밖에 없었다. 자정께 볼로냐에 닿았을 때는 피노까지 전부 만취해 있었다.

델로카 거리 끝자락에서 피노는 징 장식이 잔뜩 박혀 있는 작은 출입문에 버티고 선 채 이번에도 실랑이를 벌였다. 그러자 시아구라가 술기운에서인지 여행의 지루함에서인지, 아니면 로마진군이라는 엄청난 광대극에 참가했다는 노여움에서인지(로마에서 그들은 고작 이틀, 그것도 거의 막사에서, 두체*는커녕 두체 코빼기도 못 보고, 국왕과 내각 구성을 논의 중이라는 소문만 듣고 왔다), 느닷없이 마우저 권총을 꺼내 피노의 목구멍을 겨누었다. 만일 그때 피노가 징징대며 끝까지 버텼다면, 대기실에서 창녀랑 방에 들어가지 않았다면, 매독에 안 걸렸을지 누가 알겠는가? 정황상 그는 실제로 거기서 매독에 걸렸을지 모른다!

시아구라는 직접 위층까지 그를 데려가, 둘이서 거사를 잘 치렀는지 확인까지 했다. 피노가 그것마저 거부하지 않았던 게 천만다행 아닌가! 그렇지 않았다면 그렇게 취한데다 권총까지 손에 쥐고 있었는데, 정말로 무슨 사단이 벌어졌을 수도 있는 일이었다.

* 무솔리니를 가리킴. '우두머리'라는 뜻.

3

누가 페라라에서 1943년 12월 15일 밤을 잊을 수 있을까? 누가 그날의 그 긴 밤을 잊을까? 모두에게 끝없는 고통을 선사한 그 밤을, 덧창문 틈새로 눈에 불을 켜고 캄캄한 어둠에 잠긴 거리를 유심히 살피면서, 정적을 깨는 기관총 소리에, 무장한 이들을 태운 트럭이 황급히 지나는 요란한 소리에, 번번이 심장이 터질 듯 두근대던 그 밤을.

> 죽음이 온다 해도 우리는 두렵지 않네,
> 죽음아, 만세, 무덤아, 만세……

트럭에 있는 보이지 않는 사람들이 부르는 노래였다. 우렁차게 울려 퍼지는 그것은 호전성이 없지 않았지만 어딘지 참담한 심정이 느껴지는 노래였다.

15일 오후, 시내에는 연맹 서기였던 볼로녜시 대령[*]이 암살됐다는 소식이 벌써 파다했다(그는 바돌리오[†]가 떠난 뒤의 공백 기간인 9월부터 대리 통치자로 파시스트연맹 재건을 위해 소환된 인물이었다). 얼마 뒤 라디오에서 자세한 소식을 전해졌다. 코파로 인근 시골길에서 토폴리노 자동차가 발견됐는데,[‡] 왼쪽 차문이 열린 채로 희생자는 '꼭 잠을 자는 것처럼' 운전대에 머리를 누이고 있었다. '도장을 찍는 것보다 더 확실하게' 목덜미에 가한 '전통 수법의' 총격이었고, 그 소식은 베로나에 전해지자마자 카스텔베키오에 소집된 새로운 사회공화국 입헌의회 회중에게 분노를, '걷잡을 수 없는 분노의 물결'을 일으켰다. 저녁때쯤 베로나 회의 녹음이 직접 방송되기까지 했다. 볼로녜시 대령의 죽음을 청취자들에게 알려준 다음, 그를 추모하는 말을 꺼낸 한 사람의 낮고 슬픔에 잠긴 목소리를, 갑자기 웬 가녀리고 꿰뚫는 목소리가 압도하면서 신경질적인 아이처럼 격렬하고 비통하게 외쳐대기 시작했다. "볼로녜시 동지의 복수를 합시다!" 거기서 라디오 방송이 끊겼고, 사람들은 두려움에 서로 바라보았다. 그때 이미 밖에서는 멀리서 대기하고 있던 트럭들이 가까이 다가왔다가 웅, 하고 지

* 볼로냐 검은셔츠단 장교, 실존 인물 이지노 기셀리니. 114쪽 옮긴이주 참조.

† 피에트로 바돌리오(1871~1956). 이탈리아 장군이자 정치가. 일차대전 참전 군인으로서 파시즘 치하에서 요직을 거쳤으나, 1943년 7월 무솔리니가 실각한 후 국왕으로부터 총리로 임명받고 9월 연합군과 정전협정을 체결하고 10월 독일과 파시스트 세력에 선전포고를 했다.

‡ 코파노는 페라라 동쪽의 작은 읍, 토폴리노는 '작은 생쥐'란 뜻의 피아트산 소형 자동차.

나는 둔중한 굉음, 곧이어 날카롭게 '타타타' 하는 최초의 기관총 소리가 들렸다.

누구도 잠들지 못했고, 누구도 잠을 자려 하지 않았다. 우리 집에 쳐들어오지 않을까 두려워하지 않은 페라라 사람은 없었다. 특히 도시 부르주아의 아파트에서는 그 어느 때보다 격렬한 토론과 입씨름이 오갔다.

무슨 일이 일어나고 있는가? 무슨 일이 일어날 것인가?

그랬다. 사람들은 매일 저녁 그랬듯이 정해진 시간에 저녁 식사를 하려고 헛되이 노력했다. 그러나 식탁 주위에서 아무것도 못한 채 생각만 하다가, 빵 부스러기가 흩어진 냅킨과 지저분한 접시가 널려 있는 치우다 만 식탁에 또 마냥 앉아 있었다. 시내에서는 총성들이 울리고 죽음과 무덤을 외치는 음울한 노래들이 들렸다. 하지만 그렇다고 해서 페라라 파시스트들이 12월부터 붙잡을 수 있는 그 백여 명의 유대인들을 소탕하거나 보잘것없는 십여 명의 반파시스트들을 피안지파네 거리에 가두기만 하고 근본적으로 상당히 유화책을 쓰다가 이제 와 표변해 페라라를 필두로 급진적이고 일반적인 강화 정책을 실시하려 한다고 볼 수는 없었다. 아, 파시스트도 이탈리아인 아니던가! 그래, 사실 입으로만 '자유'를 주워섬기면서 외국 침략자의 구두를 닦는 데나 열을 내던 사람보다 그들이 훨씬 더 이탈리아인다운 사람들이었다. 아니, 두려워할 것 없어. 파시스트가 난폭한 얼굴에 해골 베레모를 쓰고 다니며 약간의 소란을 부린다 해도 일단은 독일인을 경계하려고 그러는 거니까. 독일인은 자기네만 남게 되면 단 한순간도 망설이지 않고 이탈리아를 폴란드나 우크라이나와 똑같이 만들어버릴 테니까. 불쌍한 악마 파시스트들! 그자들의 드라마와 무솔리니 개인의 드라마를 이해하려 노력할 필요가 있지. 무솔리니, 그 불쌍한 사람도 평소 바람대로 아직 카미나테 요새로 숨지 않았다면, 특히 자신이 만들었던 조국을 위할 거야. 그리고 국왕! 9월 8일 국왕은 바돌리오와 함께 끈을 자를 수 있었지. 그런데 반대로 무솔리니는 착한 로마냐 사람답게(사보이아 왕가와 바돌리오는 피에몬테인이고, 피에몬테인은 늘 인색하고 솔직하지 않았잖아!) 폭풍우가 칠 때 일말의 망설임도 없이 함교로 올라가 거센 파도에 맞서 키를 움켜잡았지…… 그리고 솔직히 말하면, 볼로네시 대령, 한 가족의 가장이자, 자기 삶에서 누구에게도 전혀 잘못한 게 없었던 사람이 당한 암살인데, 어떻게 판단해야 하겠어? 분명 유고슬라비아나 프랑스를 고스란히 모방해 우리한테 파르티잔 전쟁의 공포를 확산시키려는 그런 범죄에 진짜 이탈리아인은 동의하려 하지 않을 거야. 그게 공산주의잖아, 지중해와 서양문명의 가치를 모두 파괴해버리는. 그게 파르티잔 전쟁의 진짜 목표지! 최근 스페인이 겪은 일*을 보고도 유고슬라비아나 프랑스가 공산주의를 원한다면, 티토와 드골한테나 가라고 해. 지금 이탈리아인에게는 단 하나의 의무만 주어져 있어. 강하게 뭉쳐서 구할 수 있는 것을 구하는 것 말이야.

신의 뜻대로 마침내 날이 밝았다. 날이 밝자, 그와 더불어

* 스페인 내전(1936~1939)을 암시한다.

노래와 총성도 그쳤다.

그와 동시에 문과 창문 뒤에서 나누던 숱한 이야기도 갑자기 멈추었다. 그렇다고 고통이 없는 건 아니었다. 한낮의 햇살은 눈먼 자들에게도 정확한 현실 감각을 되돌려주면서 오히려 더욱더 현실을 예민하게 보게 만들었다. 그때 그 갑작스러운 정적은 무슨 의미를 지녔던가? 무엇을 감추고 무엇을 꾸미고 있었나? 그것은 사람들을 바깥으로 나가게 이끈 다음 다 쓸어버리려는 주도면밀하게 짜인 함정일 수 있었다. 학살에 대한 몇몇 소식이 조금씩 저절로 드러나기 전에 사람들은 집 안에서 최소한 두 시간을 그렇게 보냈다.

복수에 희생된 사람은 오십 명이, 백 명이, 아니 이백 명이 되었다. 아주 비관적인 예측으론, 처음에는 정말 로마 대로만이 아니라 시내 전체에 주검이 널린 것 같았다.

하지만 열한 명뿐이었다. 세 무더기로 나뉘어, 데스테 성 해자 난간을 따라 정확히 델라보르사 카페 맞은편 구간의 보도에 쓰러져 있었다. 과감하게 처음 다가간 이들이 희생자들의 신원을 확인하기 위해서는(멀리서는 사람 몸뚱이 같지 않고 오히려 지저분한 눈밭에 버려진 초라한 누더기나 꾸러미 같았다), 등을 보이며 엎어진 이들은 바로 뒤집어놓아야 했고, 부둥켜안고 쓰러진 채 팔다리가 경직되어 여전히 단단한 엉켜 있는 이들은 서로 떼어놓아야 했다. 그리고 이제 막 그들을 헤아리고 식별하려 하는 찰나에, 조베카 대로 모퉁이 어디선가 불쑥 조그마한 군용 자동차가 나타나 달려오더니, 과장스럽고 거슬리는 브레이크 음과 함께 시체 주변에 모인 사람들 앞에 멈춰 섰다. "비켜! 비켜!" 차에 타고 있던 검은셔츠단의 행동대들이 뛰어내리며 땅에 발을 딛기도 전에 고함부터 질렀다. 그 소리에 떠밀려 거기 모인 사람들은 천천히 로마 대로 양쪽 길섶으로 물러날 수밖에 없었고, 이제 어느새 높이 솟아오른 태양 아래 기관총을 겨누고 시체들을 지키고 선 네 명의 검은셔츠단 대원을 바라보면서, 자신들이 위험을 무릅쓰고 본 광경을 전화를 걸어 시내 곳곳에 알리기 시작했다.

공포와 연민, 미칠 것 같은 두려움. 총살당한 자들의 이름이 알려지면서 모든 집에 야기된 강렬한 인상에는 그런 것이 있었다. 물론 단지 열한 명이었다. 하지만 페라라에서 너무 잘 알려진 사람들이었고, 이름 외에도 신체, 정신 상태 등 온갖 것을 속속들이 잘 아는 이들이었기에, 그들의 죽음은 경악스럽고 믿을 수 없이 잔혹한 사건으로 보이지 않을 수 없었다. 그런데 그 살해를 만장일치로 증오하면서 가해자들을 좋은 표정으로 보고 그 폭력에 공개적으로 복종하고 가담하려는 의도가 그와 동시에 확산됐다는 것은 이상해 보일 것이다. 하지만 그런 일이 일어났고, 그걸 은폐하는 것은 쓸데없는 일이 돼버렸다. 실제로 그후 북부 이탈리아의 어떤 도시에서도 베로나에서 재탄생한 파시즘만큼 많은 당원을 기대할 수 없었다. 17일 아침부터 카보우르 거리 파쇼의 집 뜰에는 길고 조용한 시민 행렬이 장대비 속에서 연맹 사무실 열리길 기다리는 게 보였다. 자급한 천의 낡은 외투 안에 구부정하고 주눅들고 굴욕적인 모습의 그들은 그 전날 오후 조베카 대로, 팔레스트로 거리, 보르소 거리를 지나 체르토사 광장까지 볼로네시 대령의 관을 한 걸음씩 뒤따르던 조용한 이들과 같은 사람들이었고, 집 안에 남아 덧창문 뒤에서 장례 행렬을 엿보던 소수의 사람들은 전율하며 그 창백한 얼굴에서 자신의 얼굴을 보았다. 굴종 외에 다른 무엇이 가능했겠는가? 독일인과 일본인은 현재로선 물러날 것처럼 보이지만 최후의 순간 전례 없는 비장의 무기를 꺼내 일시에 상황을 뒤엎어 전쟁에서 승리를 거둘지도 몰랐다. 그렇다. 그 길 외에는 길이 없었다.

그런데 누가 학살자였는가? 사건 이튿날부터 온 도시가 질문했다. 의심의 여지가 없었다. 일차 용의자, 실제 학살 책임자는 베로나의 VR 번호판 트럭 넉 대, 파도바의 PD 번호판 트럭 두 대에 타고 있던 자들이었다. 그들은 밤새 노래와 총성으로 페라라를 소란스럽게 한 다음 새벽녘에 종적을 감추었다. 라디오에서 보복을 예고한 자들이 분명 그들이다. 그리고 실제로 그 베네토 지방 파시스트 행동대가 새벽 두시에 피안지파네 거리 감옥 정문에 나타나, 총을 겨누고 불쌍한 감옥 책임자에게 늙은 사회주의자이자 노동조합 조직자인 폴렌기와 타마냐니 변호사, 행동당의 갈림베르티, 파노, 포를리베시 변호사를 건네줄 것을 강요했는데, 그들 모두가 다 9월부터 구금되어 예심을 앞두고 있던 인물들이었다.

그러나 이미 널리 퍼진 소문, 즉 페라라 사람은 누구도 학살에 가담하지 않았고, 페라라 사람은 누구도 그 피로 더러워지지 않았다는 소문을 부정하는 데는 다른 피살자 여섯 명으로 충분하고도 남았다. 전국평의원 아보베, 말라카르네 박사,

회계사 촐리, 카세스 부자 두 명, 끝으로 노동자 펠로니. 그중 최소한 다섯 명은 각자의 집에서 잡혀 왔다. 노동자 펠로니를 빼면, 그러니까 불분명한 전기회사 직원으로 대개 일하러 가는 새벽시간에 시내 중심지 접근금지를 담당한 순찰대 눈에 띄어 처형당한 무리에 속한 펠로니를 빼면, 페라라 사람이 아니라면 누구도 조베카 대로의 자택이 아닌 독신자 아파트 서재에서 전국평의원 아보베를 찾아내긴 분명 어려웠을 것이다(사람들은 집요하게 생각했다). 그는 적은 돈으로 구입한 작은 중세 수도원에다 꾸렸던 서재를 최근 한적하고 외진 브라사볼라 거리로 옮겨 다양한 예술품들로 가득 채웠고, 오후가 되면 그곳의 은은한 그늘에서 완숙한 도락가의 말년을 보내곤 했다. 바로 그곳 출신이 아니라면, 다른 도시에서 최근 일어난 일을 아주 잘 아는 자가 아니라면 누구도, 바돌리오 공백기 사십오일 동안 전국평의원 아보베가 친 거대한 덫의 하나로 열린 비밀 회합을 알 수 없었을 것이다(말라카르네 박사와 회계사 촐리는 매번 참석했지만, 늙은 시아구라는 초대를 으레 거부하고 참석하지 않았다). 그 회합은 파시즘 체제 붕괴 후 '자신들의 무조건적 충성 맹세'를 국왕에게 전달하는, 요컨대 가능한 한 빨리 변절하게 되기만 열망하는 파시스트들의 공동 행동지침을 정하는 모임이었다. 특히 카세스 부자는 9월 대규모 단속을 모면한 소수의 유대인 중 일부였고, 평생 가죽을 팔며 정치에는 무외한인 사람들이었다. 그들은 9월부터 토르치코다 막다른 골목의 낡은 집 곡물창고에 숨어서 독실한 가톨릭신자인 아내이자 어머니가 밑바닥의 구멍으로 넣어주는 끼니로 겨우 목숨을 이어가고 있었다. 따라서 그 은신처를 잘 아는 자가 아니라면 대체 누가 반쯤 무너진 계단 먼지투성이의 미궁 꼭대기로 네 살인자를 보내 그들을 잡아올 수 있겠는가? 대체 누가? 그가 아니라면……

그렇다. 카를로 아레투시, 바로 시아구라였다. 그 사람에게 의혹이 집중된 데에는 그날 오후 볼로녜시 대령의 장례식에 그가 어떻게 나타났는지를 기억해보는 것 하나로도 충분할 것이다(16일 아침부터 그가 연맹에서 다시 명령을 시작했고 그때부터 그 이름이, 본능적으로 목소리를 낮추면서, 1922년 이전처럼 다시 회자되기 시작했다).

그는 8월에 전국평의원 아보베 집에서 여러 차례 열린 비밀모임에 참가하는 것을 절대 받아들이지 않으면서, 예전의 동지들에게 자신은 스무 살에 한 것을 쉰 살 나이에 부정하고 싶지 않기 때문에 참가할 마음이 없다고 전했다. 그런데 볼로녜시 대령의 관이 놓인 대포 포차 바로 뒤에 끝없이 늘어선 장례 행렬 선두에서 걸어가는 동안 그는 조베카 대로와 팔레스트로 거리의 집들 쪽으로 증오와 경멸이 가득한 눈길을 계속 던졌고, 추위에도 주구장창 검은색 셔츠만 위에 걸치고, 희끗희끗한 관자놀이, 모로 빗은 머리에 제10공격함대* 베레모를 비뚜로 쓰고, 꼭 스무 살 청년 때 같은 모습을 하고 있었다. '저주받을 부르주아 겁쟁이, 두더지, 쥐새끼들! 너희들 전부 다 찾아내고 쫓아내버릴 거야!' 분노에 찬 눈과 비틀린 입

* Decima Flottiglia MAS. 파시즘 시기에 창설된 이탈리아 왕립 해군특수부대.

술은 그렇게 위협하는 듯했다. 체르토사 광장에서 관이 교회 안으로 들어가기 전, 그는 군중에게 그런 어조로 연설을 했다. 무기력하고 음울하게 모인 빽빽한 군중은 경청했다. 그는 분을 토했고, 무엇보다 무기력함을 못 참아서, 점점 더 분을 토하는 것 같았다.

그는 외쳤다. "오늘 새벽 로마 대로에서 총살당한 배신자 열한 명은 내 명령이 있을 때까지 치우지 못할 것이오. 우리는 먼저 그 본보기가 효과를 얻길 바라오."

분노의 발작 속에서 그가 자기 손으로 심판을 집행했다는 공적을 오만하게 떠벌이는 데 모자라는 그 무엇이 정말로 있었단 말인가?

잠시 후 로마 대로에서 총살당한 자들의 주검을 지키던 검은셔츠단 대원들을 차렷 시키면서 그가 나타났을 때의 태도는, 반시간 전에 체르토사 광장에서 보인 태도와 사뭇 대조되는 것 같았다. 하지만 나중에 잘 생각해보면, 백 번의 고백을 모두 모아놓은 것보다 유용한 그자의 행동방식을 달리 어떻게 해석하겠는가?

그는 위협적으로 자동차에서 내리면서 보도에 쓰러진 시체들을 흘낏 바라보았다. 그러자 곧바로 검은셔츠단 대원 중 하나가 한 걸음 앞으로 나서더니, 정확한 순간에 도착한 것에 만족스럽다는 태도로 현재 상황에 대해 보고했다.

하루종일 검은셔츠단 대원 자신과 나머지 셋이 접근하려는 시민을 막는 데 성공했다고, 그는 자신과 동료의 이름으로 이렇게 보고했다. 아니, 그 사람들을 해산시키려다 보니(틀림없이 배신자 가족일 텐데, 여자는 고함치고 울부짖고, 남자는 욕을 해대니, 복종시키는 데 여간 애를 먹지 않았지요!), 어쩔 수 없이 몇 차례 허공에 기관총을 갈겨댈 수밖에 없었고, 그렇게 해서 사람들을 저 아래 두오모 광장과 조베카 대로 맞은편 모퉁이로, 아레투시 동지께서 보시다시피, 지금도 아직 몇 사람이 악착같이 남아 있는 저기로 밀쳐낼 수 있었다고 했다. 하지만 검은셔츠단 대원은 저 유리창 너머에서 꼼짝달싹도 하지 않는 피노 바릴라리, 그 사람의 윤곽이 비친 창문을 가리키면서 이렇게 덧붙였다. 저 위의 저 신사는 어떻게 해야 할까요? 맹세코 정말 머리가 빈 사람인지, 어떤 위협이나 협박, 어떤 기관총 사격을 가해도 단 일 밀리미터도 움직이게 하지 못했거든요. 그러면서 혹시 귀머거리인지도 모르겠다고 했다. 어쨌든 어떻게 위로 가는지 알았으니까, 저 앞의 셔터를 부숴서라도 자신들 중 한 명이 반드시 위로 올라가 어떻게든 더 가까이에서 협박하여 물러나게 하겠다고 했다……

검은셔츠단 대원이 '저 위의 저 신사'라고 하자마자 시아구라는 독사에게 물린 것처럼 화들짝 놀라 청년이 가리키는 창문 쪽으로 눈을 돌렸다. 어느새 어둠이 내렸다. 데스테 성 해자에서 올라오는 안개가 점점 짙어졌다. 이백 미터 정도 되는 로마 대로에서 유일하게 그 창문만 불이 켜져 있었다.

그곳을 계속 바라보면서 시아구라는 억누르던 욕을 내뱉었고 분노의 몸짓을 했다. 그러고 나서 다시 몸을 돌렸다. 그리고 바뀐 어조로 겁에 질린 듯이 세 검은셔츠단 대원에게 중얼거리며 명령했다. 앞으로 이십여 분 안에 자신이 보낸 사람들이 시신들을 옮기기 위해 나타나거든, 어떻게 해서라도 그들을 막지 말고 그냥 내버려두라고 했다.

4

사람들은 상상했다.

그 상상 속에서 약국 위층 아파트 안으로 들어갔다. 죽은 프란체스코 박사의 프리메이슨 결사 친구들을 비롯해 페라라의 누구도 한 번도 발을 들여놓은 적이 없는 곳으로 갔다. 나선계단 하나로 약국 뒤쪽과 위층이 이어졌고, 그 위에는 실질적으로 방 네 개만 있었다. 식당, 작은 거실, 부부 침실, 그리고 작은 방이 하나 있었는데, 피노가 어렸을 때 쓰다가 다리가 마비된 뒤부터 다시 들어가 지내는 방이었다…… 사람들은 반복해서 그려보고 그려본 나머지 그 아파트를 환히 알고 있는 것처럼 말이다. 심지어 19세기의 무거운 금빛 액자에 넣은 저울의 사진 초상이 식당 어느 쪽 벽에 걸려 있는지 지적할 수 있었고, 테이블의 초록빛 천과 저녁마다 혼자하는 게임카드 위로 쏟아지는 새하얗고 강렬한 불빛의 가운데 전등 모양을 묘사할 수 있었고, 젊은 바릴라리 부인이 들여온 현대적 취향의 가구들과 물건들이 여기저기에, 하지만 특히 부부 침실에 가장 많이 배치되어, 자아내는 효과에 대해 이야기할 수 있었고, 아니면 부부 침실 바로 옆의 작은 방에 대해 이야기할 수 있었는데, 피노가 저녁식사 후 곧바로 잠을 자러 가는 그 방 한쪽 구석에는 작은 침대가 있었고, 한쪽 벽에는 조그마한 책상, 맞은편 벽에는 옷장이 맞붙어 놓여 있었고, 침대 아래쪽에는 빨간색 파란색 격자무늬의 스코틀랜드 양모 천을 씌운 큼직한 소파가 있었다. 등받이를 조절할 수 있는 그 소파를 아내는 매일 아침 언제나 햇살이 가득한 식당 창문 앞으로 옮겨놓았고, 그 위에 피노는 저녁까지 앉아 있었다. 원한다면 문 가까이 난방기 옆에 놓인 유리문 책장 안에 있는 책들의 작가를 하나하나 지명할 수 있을 정도였다. 살가리, 쥘 베른, 퐁송 뒤 테라유, 뒤마, 메인 레이드, 페니모어 쿠퍼 등.* 이런 책들 사이에 에드가 앨런 포의 『아서 고든 핌의 모험』도 있었는데, 표지에 낫으로 무장한 하얀색의 거대한 유령이 조그마한 고래잡이 보트 위에 똑바로 서 있는 그림의 판본이었다. 하지만 이 책은 다른 책들과 함께 책장 유리문 뒤에 있지 않고, 침대 탁자의 칸막이 위에 뒤집어진 채 우표수집용 대형 앨범, 유리컵 안에 세워진 색연필 한 다발, 싸구려 주머니칼, 반쯤 닳은 지우개 옆에, 비록 그 자리에 있더라도, 그 앞에 있더라도, 책표지에 그려져 있는 유령이, 전혀 두려움을 주지 않도록 보이지

* 모두 당시에 대중적인 인기를 구가하던 작가들.

않게 놓여 있었다.

하지만 그것으로 충분하지 않았다.

"어디 가는 거야?" 피노는 12월 15일 저녁, 혼자하는 카드 게임에서 고개를 들며 물었다.

식탁에서 일어난 아내 안나는 벌써 문 쪽으로 가고 있었다. 한쪽 끝에 나선계단의 뚜껑문이 열려진 복도의 어둠 속에서 그녀의 평온한 목소리가 들려왔다.

"내가 어디 가겠어요. 문 잠그러 아래로 내려가요."

누가 알겠는가? 혹시 그는 오후 일찍 베로나에서 방송한 라디오를 듣지 못했을지. 물론 아홉시에, 데스테 성 시계의 종소리가 느리고 부드러운 축복처럼 도시의 하늘 전체에 울렸을 때, 피노가 벌써 침대 안에 웅크리고 이불을 귀까지 덮어 쓰고 있는 것은 정상적으로 보였을 것이다. 눈을 감고 잠자는 것. 아내가 약국으로 내려가기 위해 식탁에서 일어나는 소리를 들으면서(그 시간에는 항상 아래층에 무언가 할 일이 있었으니, 하루의 계산을 마무리하고 마지막으로 셔터를 내리고 안에서 열쇠로 문을 잠가야 했다), 식당 문턱을 넘어서는 그녀의 아주 크고 아름답고 냉담한 모습을 뒤에서 바라보면서, 피노는 그 외에 다른 무엇을 생각했을까? 잠 속에 빠지는 것. 더구나 그날 저녁에는 아마 평소보다도 훨씬 빨리.

물론 사람들은 그 외까지, 그 외의 모든 것까지 상상했다.

데스테 성 해자의 난간 옆에 세 무리로 나뉘어 쓰러진 열한 명의 사람들을 보았고, 델라보르사 카페 주랑과 맞은편 보도 사이의 공간에서 오가는 검푸른 셔츠의 부대원들, 일제사격

직전에 약간 한쪽에 떨어져 담배에 불을 붙이고 있던 시아구라를 향해 "살인자!"라고 외친 파노 변호사의 절망적인 찡그림, 그 대단한 달빛, 자정부터 갑자기 불어온 바람과 함께 도시의 모든 돌멩이를 유리나 석탄 조각처럼 빛나게 만들었던 그 믿을 수 없이 밝은 달빛, 그리고 마지막으로 피노 바릴라리, 파노 변호사의 비명 소리를 듣고 나서야 마지막 순간 어린애 같은 깊은 잠에서 깨어날 수 있었고, 이제 그 위에서, 그 장면 바로 위 창문 뒤에서 목발에 의지해 떨고 있던 피노는…… 오랜 기간, 1943년 12월부터 1945년 5월까지 이탈리아 반도를 천천히 거슬러올라가기 위해 치렀던 전쟁 기간 내내 그랬을 것이다. 집단의 상상력은, 언제나 매번 그곳 그 끔찍한 밤으로 돌아가야 했고, 오직 피노 바릴라리만이 가장 높은 지점에서 볼 수 있었던 총살당한 열한 명의 얼굴을 눈앞에 하나씩 떠올려야 했을 것이다.

마침내 해방과 평화가 찾아왔고, 수많은 페라라 사람들, 아니, 거의 모든 사람들의 마음속에서 갑자기 잊어버리고 싶다는 생각이 들었으리라.

하지만 잊을 수 있을까? 잊길 바라는 것으로 다 되는가?

1946년 여름 카보우르 거리 옛날 파쇼의 집 회의실에서 삼년 전 학살 용의자들 이십여 명에 대한 소송이 시작됐을 때(대부분 콜타노 포로수용소*와 감옥에서 데려온 베네토 사람들이었다), 그리고 콜레디발델사의 초라한 여관에 가명으

* 이차대전 종전 후 파시스트를 가둔 포로수용소.

로 은둔해 지내다 이탈리아파르티잔민족연합의 젊고 활동적인 지역 서기 니노 보테키아리의 추적을 받고 체포된 시아구라도 피고인 자리에 들어갔을 때, 그것은 마침내 역사 위에 돌멩이 하나를 올려놓기에 가장 바람직한 마지막 기회처럼 보였다. 불행히도 사실이 그랬다. 사람들은 한숨을 내쉬며 이렇게 말했다. 북부 이탈리아의 어떤 도시에서도 페라라만큼 살로공화국 지지자들이 많지 않았고, 어떤 부르주아도 그 다양한 파시스트 민병대의 음산한 깃발에 그렇게 곧장 고개를 숙이지는 않았던 것이다. 하지만 얼마 지나지 않아 결국에는 예외적인 사건들의 압박감 아래 많은 이들이 범한 계산착오, 1945년부터 시청에 자리를 잡은 지역 공산주의자들이 이제 영원한 치욕의 낙인으로 바꾸려고 하는 그 단순하고 인간적인 실수는 나머지 다른 일들과 함께 하나의 흉측한 꿈, 자기 자신과 미래에 대한 신뢰와 희망을 가득 안고 깨어나야 할 끔찍한 악몽이 됐던 것이다! 살해자들에 대한 단 한 번의 처벌로도 충분했으리라. 1943년 12월 15일 밤, 그 결정적이고 숙명적인 밤의 모든 기억은 재빨리 지워졌으리라.

소송은 무더위와 지루함 속에 더디게 진행되면서, 재판 개정 때마다 무리지어 몰려간 사람들에게 점진적인 무익함과 무능함의 느낌을 불러일으켰다.

중심지까지, 로마 대로 한가운데까지 들릴 정도로 거리 밖으로 멀리 퍼지는 확성기 때문에 신경이 곤두서고 불편해진 법정은 피고인들을 한 명씩 차례로 심문했다. 하지만 법정 한쪽 옆의 두 창문 사이에 설치된 피고석 창살* 뒤에서 피고인들은 늘 똑같은 대답을 했다. 그들 중 누구도 1943년 12월의 처벌 원정에 참가하지 않았고, 누구도 페라라에 와본 적이 없다는 모르쇠로 일관했다. 모두들 두려워할 게 전혀 없다고 확신하는 것 같았고, 심지어 누군가는 대담하게 농담을 하기까지 했다. 이를테면 트레비소 출신의 긴 갈색 고수머리에 수염으로 지저분하고 굵은 턱을 가진 사람은 실제로 페라라에 한 번 와본 적이 있다고 인정해놓고 이십 년 전에 자전거를 타고 연인을 만나러 왔었다고 했다. 그 말은 어김없이 재판장의 전형적인 나폴리 스타일의 익살스럽고 너그러운 미소를 이끌어냈다. 재판장은 그 소송에 부여하려 했던 민중적이고 혁명적인 심판의 분위기에서 언제나 빠져나가고 싶어했다(첫날 발표한 것처럼 그가 예전 파쇼의 집 저택에서 변론하는 데 동의한 것은 단지 1944년의 폭격으로 반쯤 파괴된 법원 본관이 아직 재건중이라 사용할 수 없었기 때문이었다).

시아구라 그 사람 역시 1943년 12월 15일의 '사건'에 직접적이거나 간접적인 어떤 가담도 부정했을 뿐만 아니라, 카리비니에리 경찰군이 자신을 피고석에 앉힌 맨 처음 그 순간부터 기회가 있을 때마다, 자신의 '활동'을 재판하기 위해 열린 법정에 대한 생생한 존경심과 함께, 저 아래 청중을 위한 공간에 빽빽이 모인 군중에 대한 자신의 심오한 경멸을 표현했고, 어느 순간에는 그들의 행동에서 '현 상태'의 결과를 명백히 볼 수 있다며 이렇게 덧붙였다. 그러니까 당신네 그 각각의 얼굴

* 형사소송 때 피고석에 두른 격리창살.

에서 드러나는 복수의 갈망으로, 당파적 증오로, 그렇게 염원했고 또 염원할 만한 국가의 화해를 실현하겠다는 겁니까? 단지 '사상에 봉사한 병사'였다는 죄만 있을 뿐인 나 같은 사람에게 무사공평하고 객관적인 판결을 내리기 위해 법정에 유지하려고 했던 자유의 분위기란 게 이런 것이오?

그것은 과장된 사법적인 어조의 소송이 정치적인 소송인 양 자신에게 피해가 되는 것을 저지하고 시간을 끌려고 꾸민 훼방과 전환의 전략이었을 뿐이다.

"나는 사상의 투사였을 뿐, 체제의 암살자나 외국인의 하수인이 아니었소이다." 그는 득의만만한 표정으로 반복해서 말했다, 그렇게.

아니면 울적한 표정으로.

"지금은 사람들이 다들 날 욕하지!"

그리고 다른 말을 덧붙이지 않았다. 그렇지만 매번 자신은 아니라고 현재 자신을 박해하는 자들은 자신을 처벌함으로써 과거에 자기들이 저질렀던 짓을 잊을 수 있을 것이라 착각하지 말라고 암시하는 것 같았다. 자신과 마찬가지로 사람들은 다 어느 정도 파시스트였다고, 법원의 어떤 판결도 그 진실을 절대로 지울 수 없을 거라고 말이다.

그렇다면 결국 어떤 죄로 그를 고발했는가? 어느 날 그는 다시 읊어대기 시작했다. 자신이 잘못 이해한 게 아니라면, 1943년 12월 15일 밤 총살당한 열한 명의 명단을 제공했고, 그 '불행한 자들'의 사형집행을 개인적으로 지휘했다는 혐의로 고발당했지만, 카를로 아레투시 자신이 정말로 그 두 가지, 즉 명단 제공과 총살 지휘를 했다고 '진지한' 법원, '정상적인' 법원을 설득시키려면 단순한 추론이 아니라 명확한 증거가 필요할 것이라고! "학살에 대해 수다 떨지 마시오. 학살은 내가 완전히 모든 책임을 질 준비가 돼 있으니까!" 그 '유명한 밤'이 지나고 며칠 후 그는 그렇게 선언했던 것 같다. 그때와 다른 상황에서 자신의 말이 그랬을 수도 있다고. 하지만 그래서? 증거, 다시 한번 새로운 증거가 필요했다! 당시 자신이 '순간적으로' 말했을 수 있는 그 문장은 '아마' 단지 이탈리아의 무조건적인 충실함과 성실함에 대해 '독일연합국'을 설득하기 위한 것으로 이해해야 하기 때문이라는 것이다. 9월 8일 이후 독일인들은 나라의 진짜 주인이 되었고, 잘 알다시피 독일인은 간단하게 이탈리아의 모든 주거 중심지를 폐허로 만들 수 있었다고 했다. 그러니까 중요한 것은 다른 사람들이 듣고 언급하도록 공개적으로 한 말이 아니었다는 것이다. 행동과 사실이 중요하다고, 자신이 일차대전 때 지금 자신이 굴복했다고 비난하는 그 독일인에 대항해 싸움으로써 얻은 무공훈장이 중요하다고 했다(맙소사, 피아베 강*의 특공대였던 자신이 굴복하다니 말도 안 된다!). 그리고 농업은행의 회의가 언급됐는데, 그렇다면 그와 관련해 보테키아리 의원, 사회주의자 변호사 마우로 보테키아리, '바돌리오 정부'의 몰락 때까지 농업은행 운영위원회 소속이던 그가, 바로 카를로 아레투시 자신의 직접적인 개입으로 피안지파네 거리의 감옥에서

* 일차대전 격전지. 알프스 동부에서 베네토 지방을 가로지르는 강.

크리스마스 때 석방된 것은 왜 기억하지 않는 건가? 다른 사회주의자 여선생 트로티도 같은 시기에 풀려났는데, 이제 자신을 위해 증언하러 올 수 없으니 유감이라고 했다. 하지만 보테키아리 의원은 아직 최고의 건강을 누리고 있는데(천박함과는 거리가 먼 참 훌륭한 사람이고, 그렇기에 자신도 아주 오래전 1920년, 1922년부터 항시 존중을 해왔는데), 대체 왜 그를 곧장 소환 조치해서 그가 아는 것을 언급하도록 하지 않는 건가? 사실 현재의 정치적 풍토가 이탈리아 전역에서 옛날에 비해 너무 형편없어졌소! 그리고 말하고 싶은 진실이 또 있는데, 지금 카를로 아레투시에게서 무엇보다 볼로네시 대령이 암살된 그 이튿날 직무에 '취임한' 페라라 파시스트연맹 서기국의 대리 통치자를 처벌하려 들고 있다고 했다. 지금 이것은 '교묘하게' 정치적인 이유를 빌미로 자신의 목숨을 요구하는 거라고 말했다. 그러나 '진지한' 법원, '평소의' 법원, '편파적인 열정에 이끌리지 않는' 법원이라면, 자신은 오로지, 당시 공포를 제도화하려는 수많은 '무책임한 폭력자들'을 저지할 목적으로 대리 통치자 직무를 맡았을 뿐이라는 것을 금방 이해하게 될 거라고 했다. 실제로 자신이 대리 통치자로 임명되자마자 취한 첫번째 조처가 바로 희생자의 주검을 그 가족들에게 돌려주게 한 것이 아니었던가?

사실대로 말하자면, 이따금 재판장은 잊지 않고 그를 중단시켰으며 질서를 지키라고 온화하게 질책했다. 그러면 그는 말할 때마다 어김없이 움켜잡고 있던 피고석 창살에서 바로 손을 뗐고, 매서운 시선을 방청석에서 거두고 다른 피고인들과 나란히 긴 의자에 다시 앉았다. 하지만 아주 잠깐 지속되는 휴식이었다. 제 마음에 들지 않는 검찰의 첫마디 말에, 자신이 '오류'라고 생각하는 증인 진술에, 청중의 단순한 속삭임에, 특히 1943년 12월 15일 밤 총살에 자신이 가담했다는 최소한의 암시라도 나오는 순간에는 다시 벌떡 일어나, 야생적인 충동으로 창살을 다시 움켜잡고 늙은 군주처럼, 무겁고 거슬리는 그 목소리를 방청석에 쩌렁쩌렁 울리게 했고, 외부 스피커를 통해 도시의 넓은 지역에 확산시켰다.

"증인이 있으면 나와! 누가 내 앞에서 그런 걸 주장할 용기가 있는지 보자고!" 그는 미친 듯이 고함을 질렀다.

그렇지만 한 손으로 젊은 아내의 팔에 매달리고 다른 한 손으로는 울퉁불퉁하고 끝이 고무로 된 커다란 지팡이를 짚은 채(걸음을 옮기려 애쓰는 동안 니커보커즈 바지 안에서 막대기처럼 야윈 다리가, 이상하게 옆으로 휘어진 낫처럼 드러나 보였고), 피노 바릴라리가 직접 군중 사이에서 등장하는 것을 보았을 때에는 곧바로 입을 다물었다.

그 순간부터 마치 홀린 것처럼 꼼짝하지 않고 약사에게서 눈을 떼지 않았다. 약사와 아내에게, 방청석에 절대 빠지지 않았던 니노 보테키아리가 직접 곧바로 서둘러서 증인에게 정해진 구역에 자리를 마련했다(바로 그가 법정에 서신으로 약사의 소환을 조언했던 것이다). 시아구라는 단지 오른손으로 철회색 머리칼을 천천히 쓰다듬고 있었을 뿐이다. 그러면서 생각했다. 분명히 알 수 있듯이, 단 한순간도 멈추지 않고 생각했다.

피노 바릴라리의 차례가 되었다.

여전히 아내에게 기댄 채 그는 앞으로 나섰고, 비록 단숨에 읽었지만 정상적으로 서약을 했다.

그는 재판장의 질문에 또박또박 또렷한 발음으로 단 한마디의 말만 증언했다. "자고 있었어요." 그 말은 공기로 부풀어 오른 부레를 바늘 끝으로 콕 찌른 것처럼 법정에 가득한 숨 막히는 긴장을 허무하게 해결해버렸고(그의 얼굴을 살피느라 불안하게 몸을 숙인 아내는 물론, 누구 하나 숨도 못 쉴 만큼, 아주 깊은 침묵이 감돌고 있었다), 그 짧은 순간에 상당수의 사람들은 시아구라가 찡긋, 피노 바릴라리에게 재빠른 화해의 인사를 건네는 광경을 볼 수 있었다. 물론 그것은 하나의 눈짓, 거의 감지할 수 없는 공모의 눈짓이었다.

5

그 문제에 대한 최종적인 말이 나오기까지는 아직 몇 해 더 기다려야 했다. 그러는 동안 각자 제자리를 되찾게 되었다. 피노 바릴라리는 하루 대부분을 그 창문 앞에 앉아 보냈다. 하지만 이제 손이 닿는 곳에 항상 산악용 쌍안경을 두었고 더 공격적이고 비꼬는 듯한 태도가 맞은편 보도 통행을 감시하는 영원한 감독관이 된 것처럼 집요해졌다. 그리고 다른 이들, 옛날 단골들은 근래의 청년들과 함께(물론 소송이 완전한 무죄 방면으로 끝난 시아구라까지) 모두 아래의 카페 테이블과 의자들을 다시 나누어 차지하게 되었다.

1948년 4월 18일 선거 직후에 안나 바릴라리는 남편 집을 떠났고, 곧 따로 살기 위한 법적 수속을 밟기 시작했다. 사람들은 그녀가 아버지 레페토 장교의 집으로 돌아가 살 것이라 생각했다. 하지만 그들이 틀렸다.

그녀는 조베카 대로 끝에 프로스페티바 문 방면의 작은 아파트에서 혼자 살았다. 튀어나온 커다란 쇠창살로 보호되는 창문 두 개는 길가로 바로 나 있었다. 이제 거의 서른 살인데도 그녀는 풍만한 몸을 더욱 과시하며 다시 자전거를 타고 돌아다니기 시작했다. 아가씨였을 때처럼. 당시에는 학교 동료들을 파리떼보다 빽빽하게 뒤에 끌고 다녔으며, 도시에는 아직도 그때를 기억하는 사람들이 많았다.

로메이 거리의 디자인아카데미에 등록한 그녀는 풍만한 가슴을 부각시키는 목이 파진 스웨터를 입고 긴 금발을 뒤로 넘기고 한층 짙은 얼굴 화장을 하고 다녔다. 파리와 로마의 실존주의자 아가씨가 되고 싶은 것처럼. 실제로 그녀는 그렇게 살았다. 거짓말이 아니다! 아는 사람은 그렇게 장담했다. 그녀는 월요일이면 산로마노의 싸구려 노점판이나 레스토랑에 자주 나타났다. 장場이 서는 날 모여든 사람들 중 하나를 낚아채려고 말이다.

어쨌든 이따금씩 그녀는 사라졌다. 기간은 일주일에서 삼주까지 다양했다. 다시 나타났을 때에는 드물지 않게 어디서 낚았는지 모를 여자친구와 함께 왔고, 때로는 한 달 내내 팔짱을 끼고 돌아다니면서 늘 새로운 관심을 불러일으켰다. 지금 안나와 함께 있는 저 심술궂은 눈길의 갈색 여자는 누구야? 사방에서 또 이렇게 캐묻는 소리가 들렸다. 혹시 볼로냐 여자 아니야? 로마 여자 아니야? 그리고 저기 저 여자, 하늘색 눈에다 섬세하고 창백한 얼굴, 굽도 없고 밑창도 거의 없는 것 같은 낮은 신발을 신은 여자는 혹시 피렌체 여자 아닐까? 아니면 혹시 외국 여자인가?

그것을 확인하기 위해 언제나 바로 그날 저녁 조베카 대로 끝까지 가보는 자원자들이 없지 않았다. 그들은 바릴라리의 전 부인이 살고 있는 아파트에 도착하면 신중하게 가서 유리창을 두드렸다. 겨울에는 문을 열기 위해 그랬지만, 때로는 여름에 단지 보도와 창문 사이에서 몇 마디 수다를 주고받기 위해서였다. 그리하여 그 근처에서는 7월이나 8월에 자정 무렵 두세 명의 남자들이 무리지어 안나와 또 교대로 바뀌는 여자와 이야기를 나누는 모습을 쉽게 발견할 수 있었다.

일반적으로 삼사십대 남자들로 아내와 자식이 딸린 사람도 제법 있었다. 그들은 아가씨였을 때부터 안나를 알고 있었고, 그중에서 일부는 고등학교 동창이었다. 그랬기에, 얼마 후 한 시나 두시경에 다시 델라보르사 카페에 모여, 덥고 피곤한 상태로 윗옷 소매를 걷어올린 채, 의자에 앉아서 잠을 자러 갈 때까지 주로 그녀에 관한 이야기를 나누곤 했다.

여간 까다로운 성격이 아니야, 안나는! 그들은 한숨을 내쉬었다.

아마 얼마 전까지만 해도 그녀는 편안한 부인이었다는 사실 때문인 것 같았다. 아니면 그들 자신이 여성 심리의 일부 복잡한 매듭을 풀 수 없었기 때문인지도 몰랐다. 사실 그녀에게는 어떤 어조로 말해야 할지 전혀 알 수 없었다. 보도에서 그녀에게 말하고 있는데 중간에 면전에서 창문을 닫기도 했다. 비록 불과 몇 분 뒤에 누군가가 어깨를 으쓱하고 그냥 가버리지 않고 다시 유리창을 두드리고 휘파람을 불면 다시 열어주긴 했지만. 하지만 그녀의 집 안으로 들어가더라도 상황은 바뀌지 않았다. 예를 들면 마지막에 그녀에게 일천 리라를 받으라고 고집해야 할지 말지 판단하기가 어려웠다. 그 오랜 감상적인 전주곡은 의무적인 것인가? 거기다 숨 막히고 지칠 줄 모르는 그녀의 불편한 수다는 또 무엇인가? 그녀는 다시 옷을 입다가도 돌아와서 자신에 대해, 피노 바릴라리에 대해, 약국 위층 아파트에서 남편과 함께 보낸 시절들에 대해, 자신이 결혼한 이유에 대해, 그리고 법적 이혼을 하게 된 이유에 대해 이야기했다. 자신과 남편, 남편과 자신에 대해 이야기했고, 다른 것에 대해서는 말하지 않았다. 그녀는 설명했다. 남편에게 마비가 온 뒤로 이 사람 저 사람과 그를 배신하기 시작했는데, 남편은 일종의 어린애, 병든 애, 아니면 일종의 노인이 되었고, 반면 자신은 바로 정상적인 여자였기 때문이라고. 그러다 나중에는 공습경보와 폭격, 온갖 종류의 공포와 함께 전쟁의 혼란이 분명히 상황을 더 악화시켰다고. 남편을 오쟁이로 만들어야 했다면, 가능한 한 모든 신중함과 함께 몰래 그랬다고, 더구나 자주 그런 것도 아니라고.

그렇게 늦게까지 그들은 안나 바릴라리에 대한 그런 이야기들에 빠졌고, 조용하고 텅 빈 로마 대로에 그들의 목소리가 홀에서인 양 울려퍼졌다. 거기에 멀리에서 들려오는 기차의 기적, 데스테 성의 시계가 맞은편 탑의 꼭대기에서 십오 분마다 울리는 종소리 외에 다른 소리는 들리지 않았다.

그런데 1950년 8월 말경 어느 날 밤이었다. 한 여자가 새로운 이야기를 했다.

얼마 전 자신이 이러저러하게 아는 두 친구랑 안나의 집에 같이 있었는데(차분한 목소리로 이야기를 시작했는데), 그날 저녁 그녀가 유난히 신경질적이었고, 그래서 어느 순간 두서없고 같은 말을 되풀이하는 데 짜증이 나서 그녀를 가로막았었던 적이 있다고.

"야, 넌 남편을 참 잘 사랑했네!" 그렇게 비웃으면서 말을 건넸다. "사랑했는데, 너한테 편한 사람들이랑 어울렸니. 정말 나빴어, 그만둬라 얘!"

그러자 그야말로 난리가 났다.

"비겁한 년! 철면피! 돼지!" 그녀는 마구 고함을 쳤다. "내 집에서 나가!"

마치 야수 같았다. 그리고 함께 있던 여자, 모데나 출신 여자도 목이 조인 것처럼 비명을 질렀다. 하지만 잠시 후 미안하다는 사과를 듣고서야 두 여자 모두 진정되었다. 곧이어 안나의 입에서 다음과 같은 이야기가 흘러나왔다.

자신은 언제나 피노를 사랑했고, 특히 몇 년간 그들 간 합의는 완벽했다는 것이다(그녀는 습관적인 슬픈 어조로 다시 말하기 시작했다).

더이상 걷지 못하게 되자 그는 식당 창문 앞에 앉아 『라 세티마나 이니그미스티카』*를 비롯한 여러 신문 지면의 게임을 하나하나 탐욕스럽게 풀며 소일을 했다. 그것 말고는 할 일이 없었다. 그렇게 반복해서 훈련하다보니 그런 유의 심심풀이

* '주간 수수께끼'라는 뜻. 1932년 창간된 전문지.

게임에 특히 숙련된 능력을 보이게 되었다. 그리하여 자신이 얼마나 대단한지 그녀가 이해하도록 때로는 목발을 짚고 나선계단까지 몸을 이끌고 와 아주 조급하고 집요하게 그녀를 불렀고, 그녀가 곧바로 계산대를 떠나 위로 올라가 기다리면 만족감에 빛나는 눈으로 문제의 해답을 보여주곤 했다. 그리고 병 때문에 맞아야 하는 일련의 주사를 바로 그녀가 오랫동안 놓아주었고, 매일 저녁 아홉시 전에 그를 침대에 뉘어주었다. 함께 자지 않는다는 것이 뭐 그리 중요하겠는가? 발병하기 전에도 그는 함께 자는 것에 그리 집착하지 않았다. 오히려 어느 순간 어렸을 때 쓰던 작은 방으로 혼자 돌아가게 된 것을 아주 만족하게 생각할 정도였다. 두 사람은 함께 자면서도 전혀 사랑을 나누지 않을 수 있었다는 것이다.

아무튼 1943년 12월 15일 밤 이후, 둘 사이는 갑자기 싹 바뀌었다.

저녁마다 하던 대로 그를 침대에 누인 뒤, 그녀는 집을 나서며(불시에 닥칠 통행금지에 대비해 약국의 이름으로 통행증까지 안전히 챙겨두고), 길어야 한 시간이면 돌아오겠지라고 확신했단다. 그런데 반시간도 안 됐을 때 길거리에서 엄청난 총성이 울리기 시작했고, 그 탓에 새벽 네시까지 그 집에 옴쭉달싹 못하고 발이 묶였다는 것이다.

총성이 잦아들자 그녀는 서둘러 그 집에서 나왔다. 한달음에 조베카 대로를 거슬러 뛰어왔고, 로마 대로의 모퉁이에 도착하고서야 겨우 가쁜 숨을 돌리기 위해 잠시 멈추었다. 그렇게 숨을 할딱이며 시립 극장의 한 주랑 아치 밑에서 숨을 고르고 있는데, 그때 바로 거기서, 약국 맞은편 보도를 따라 포개진 주검들이 눈에 확 띄었다.

지금도 눈앞에서 보는 것처럼 세세한 것을 전부 다 기억했다. 보름달 아래 텅 빈 로마 대로, 얼어붙어 단단해진 길 위에 반짝이는 눈가루가 천지에 흩날리고 있었고, 대기는 한없이 투명하고 깨끗해서 데스테 성 시계탑까지(정확히 네시 이십분이란 시간까지) 볼 수 있었고, 마지막으로 그녀가 목격한 지점에서는 언뜻 보면 넝마 꾸러미들 같았지만 그것은 분명 죽은 사람이라는 것을 금방 알아볼 수 있었다. 그녀는 자신이 무엇을 하는지 의식하지 못하고 시립 극장 주랑을 빠져나와 주검이 쌓인 탁 트인 곳으로 나아갔다고 한다.

밝은 달빛 아래, 도로 중간쯤 총살당한 자들의 첫번째 무더기에서 오륙 미터 떨어진 데서 문득 피노 생각이 났다. 그래서 몸을 돌렸다. 피노는 그 위에 있었다. 식당 창문 유리 너머에 겨우 알아볼 수 있는 그림자가 꼼짝 않고 주시하고 있었다.

두 사람은 그렇게 정지한 채, 몇 초간 서로를 응시했다. 그는 방의 어둠 속에서, 그녀는 거리에서. 무엇을 해야 할지 그녀 머릿속에는 아무 생각도 떠오르지 않았다.

마침내 그녀는 결심했고 집 안으로 들어갔다.

나선계단을 오르며 어떻게 말해야 좋을지 고심했다. 피노가 믿게 행동하면서 거짓을 말하는 것은 어렵지 않았을 거다. 결국 그는 애가 되고 그녀는 엄마 같아졌겠지.

그렇지만 당시 피노는 어떤 거짓말도 하지 말라고 했었다. 식당으로 들어갔을 때 피노는 없었다. 자기 방 침대에서 벽을 보고 이불을 귀까지 덮어쓰고 누워 있었다. 잠이 든 척 새근거리면서 숨을 내쉬고 있었다. 사실은 그를 흔들어 깨웠어야 했다! 하지만 진짜 잠든 거라면? 좀전에 그녀가 거리에서 본 것이 다 허깨비에 불과한 거라면?

의혹에 싸여 천천히 문을 닫고 방으로 와 침대에 몸을 던졌다. 몇 시간 후면 피노의 입에서, 적어도 그 얼굴에서 진실이 밝혀지리라 생각했다. 아니었다. 피노는 말 한마디, 이해할 만한 시선 하나 건네지 않았었다. 그날 아침에도, 그리고 그 이후에도, 전혀.

무엇 때문이었을까? 왜 그랬을까? 그날 밤, 그가 깨어 있었다면 왜 그걸 인정하지 않으려 했던 걸까? 두려웠을까? 하지만 정확히 누가, 무엇이 두려웠을까? 두 사람의 관계는 표면적으로 전혀 바뀌지 않았다. 다만 그뒤로 그는 망원경에 더 집착했고, 그 맞은편 보도를 감시하며 하루하루를 보냈다. 십자말풀이나 수수께끼그림 맞추기를 얼마나 잘 하는지 보여주려고 예전처럼 위에서 그녀를 부르지도 않았다.

그는 낄낄대고 혼자 중얼거렸다. 미친 걸까? 병이 도졌는지 몰랐다. 그런 처지에서 그녀 또한 천천히 미치지 않고서, 어떻게 결혼을 이어갈 수 있었겠는가?

옮긴이의 말

조르조 바사니의 소설집 『성벽 안에서』는 처음 출판될 당시에는 『페라라의 다섯 이야기』라는 제목을 달고 있었다. 이 작품으로 그는 1956년 이탈리아의 최고 문학상으로 꼽히는 스트레가 상을 받으며 소설가로서 뛰어난 역량을 증명했다. 하지만 훗날 『페라라 소설』 연작에 포함시키면서 1973년 지금의 제목으로 바뀌게 된 것이다.

바사니는 한 인물의 삶과 사건을 냉정한 눈길로 이야기한다. 강렬한 긴장감이나 사건의 기막힌 반전이 주종을 이루지는 않지만, 평범한 시민들의 일상적 삶이 수채화처럼 그려지면서 긴 여운을 남긴다. 그러면서도 역사의 소용돌이에 휘말린 인물의 비극, 복잡하게 뒤엉킨 감정의 드라마가 펼쳐진다. 특히 나치체제의 유대인 박해나 정치적 갈등으로 빚어진 학살은 페라라에 씻어내기 어려운 상처를 남겼고, 바사니는 조용하지만 단호한 어조로 그 어두운 과거를 직시한다.

바사니의 문체에는 군더더기가 없다. 사건의 뒷이야기는 상당히 압축적이고 간결하게 제시된다. 달리 말하면 한 문장에 아주 많은 정보가 담겨 있다. 그래서 조심스럽게 읽어낼 필요가 있다. 이런 촘촘한 문장들은 작품을 끊임없이 수정하고 보완하는 바사니의 결벽증에 가까운 습관이 낳은 결과라고 할 수 있다. 이 소설집도 수차례 개정판이 나왔고 판본 간 비교연구가 필요할 정도이다. 일반적으로 1956년 초판이 가장 낫다는 견해가 우세하다. 하지만 여기에서는 1980년에 출간된 페라라 연작의 최종판『페라라 소설』을 저본으로 삼아 번역했다. 다른 작품들과의 유기적인 관계를 고려하기 위해서였다. 매 작품마다 서로 다른 시기에 출판된 판본을 기준으로 한다면, 통일성이 줄어들 위험도 있을 것이기 때문이다.

여러모로 힘든 때에 바사니의 작품들을 동시에 출간하기로 결정한 문학동네 가족들에게 감사한다. 일부 독자들은 그의 고유한 문체와 특이한 서사 기법이 생소해 보일지도 모르겠다. 하지만 20세기 이탈리아 현대문학의 새로운 감수성을 보여주었던 작가의 작품을 통해, 문학의 편식에서 벗어나 균형 잡힌 시선으로 우리의 삶과 현실을 돌아볼 수 있는 계기가 되었으면 좋겠다.

조르조 바사니 연보

1916년~ 3월 4일 이탈리아 볼로냐에서 태어난다. 아버지 안젤로 엔리코 바사니와 어머니 도라 미네르비는 페라라의 부유한 유대인이다. 동생 파올로(1920년생), 제니(1924년생)와 함께 유년기부터 1943년까지 페라라의 치스테르나델폴로 거리에 있는 집안의 저택에서 산다. 세 살 때인 1919년 이탈리아에서 파시즘 운동이 시작되고 1921년 베니토 무솔리니가 집권한다. 초기에는 페라라의 많은 유대인이 파시스트당을 지지한다.

1926년~ 페라라의 왕립 루도비코아리오스토 중고등학교에 입학하여 중학교 5학년 과정과 고등학교 3학년 과정을 다닌다. 이 시기에 처음 시를 쓰기 시작하고, 피아노도 꾸준히 치면서 한때 음악가를 꿈꾸기도 한다.

1934년 볼로냐 대학 문학부에 입학해서 기차로 통학한다. 대학 시절 운동에도 심취해 스키, 축구, 테니스를 즐겼고, 특히 테니스는 평생 취미가 되어 그의 여러 작품에서 언급된다. 테니스클럽에서 훗날 작가이자 영화감독이 되는 미켈란젤로 안토니오니를 만나 교유한다.

1935년 미술사가 로베르토 론기의 강의에 큰 감명을 받고, 대표적인 반파시즘 지식인 베네데토 크로체의 글에 심취한다. 페라라의 일간지 『코리에레 파다노*Corriere Padano*』 문화면에 첫 단편소설 「삼등석Terza classe」을 발표한다(『코리에레 파다노』는 무솔리니의 오른팔로 파시스트 정권의 핵심이던 이탈로 발보가 1925년 창간했으나 당시엔 넬로 퀼리치가 이끌었고 안토니오니가 영화비평을 맡을 만큼 문화면에 역점을 두던 시절이다).

1936년 『코리에레 파다노』에 「구름과 바다Nuvole e mare」 「거지들I mendicanti」을 발표한다. 특히 「거지들」은 로베르토 론기의 극찬을 받는데, 이는 바사니가 작가의 길을 선택하는 데 큰 동기가 된다. 한동안 전직 초등학교 교사로 사회주의자이자 반파시즘 활동가인 알다 코스타(단편 「클렐리아 트로티의 말년」의 실제 모델)와 교유한다.

1937년 볼로냐에서 크로체의 제자인 미술비평가 카를로 루도비코 라기안티를 알게 되고 반파시즘 비밀조직에 가담한다.

1938년 반유대주의를 공식화하는 인종법이 공포된다. 이탈리아에서 유대인의 삶은 인종법 시행 전과 후로 극명하게 대비되며, 이는 바사니 소설 대부분에서 중요한 제재로 등장한다. 『코리에레 파다노』에 글을 쓸 수 없게 되고 테니스클럽에도 더이상 나가지 않는다. 좀더 적극적으로 반파시즘 활동에 나선다.

1939년 19세기 언어학자이자 작가로, 이탈리아 통일운동에도 참여했던 니콜로 톰마세오에 관한 논문으로 대학을 졸업한다.

1940년 첫 단편집 『평야의 도시*Una città di pianura*』를 '자코모 마르키'라는 가명으로 출간한다. 1938년까지 쓴 작품들을 모은 책으로, 가명은 인종법에 따른 정치적 검열을 피하기 위해 외삼촌의 이름과 외할머니의 성을 붙여서 만든 것이다. 9월에 자주 드나들던 어느 개인 소유의 테니스장에서 스물두 살의 유대인 여성 발레리아 시니갈리아와 만나고 12월에 베네치아에서 결혼을 약속한다.

1941년~ 이 시기 로베르토 롱기의 세미나에 자주 참석하며, 대학 친구들과의 문학적 연대도 공고히 다진다. 정치적 활동도 계속되어 비밀 임무를 띠고 밀라노, 로마, 피렌체 등에서 주요 반파시즘 인사들을 접촉한다.

1943년 5월 반파시즘 활동으로 체포되어 페라라 시립 감옥에 갇힌다. 연합군이 이탈리아로 진격하는 상황에서 사위인 갈레아초 차노 외무장관 등 측근들마저 무솔리니에게 등을 돌리고, 결국 7월 24일 파시스트 대평의회에서 무솔리니가 실각된다. 이후 7월 26일 바사니도 감옥에서 풀려나고, 8월에 볼로냐에서 발레리아와 결혼한다. 신변의 위협을 느낀 두 사람은 페라라로 돌아가지 않고 피렌체로 가서 가짜 신분증을 만들어 체류한다. 무솔리니 실각 후 정권을 잡은 피에트로 바돌리오는 연합국에 가담하여 독일에 선전포고한다. 하지만 9월에 독일군이 남하해 감금 상태인 무솔리니를 구출하고 로마를 점령한다. 언제 밀고당할지 모르는 상황에서도 바사니는 행동당의 동료들과 반파시즘 활동을 계속하는 한편, 헤밍웨이의 『무기여 잘 있거라』를 번역하고 많은 시를 쓴다. 이탈리아 본토에서 독일군과 연합군이 공방전을 벌이는 가운데 독일은 이탈리아 북부에 무솔리니를 수반으로 하는 괴뢰정부 살로공화국을 수립한다. 12월에 바사니 부부는 로마행 마지막 기차에 가까스로 올라타고 이후 사망할 때까지 로마에 거주한다.

1945년 첫 아이인 딸 파올라가 태어난다. 첫 시집 『가난한 연인들의 이야기와 다른 시들*Storie dei poveri amanti e altri versi*』을 출간한다. 나치 독일이 패망함에 따라 무솔리니의 살로공화국 역시 종말을 맞이한다.

1947년 두번째 시집 『빛이 다하기 전에*Te lucis ante*』를 출간한다.

1948년 영국 출신 문인이자 저널리스트 마거리트 카에타니가 창간한 문예지 『보테게 오스쿠레*Botteghe Oscure*』의 편집장이 된다. '어두운 상점'이라는 의미의 잡지 제호는 잡지사가 위치한 로마의 델보테게오스쿠레 거리 이름에서 따온 것이다. 이 잡지를 통해 딜런 토머스, 르네 샤르, 앙리 미쇼, 모리스 블랑쇼, 조르주 바타유, 앙토냉 아르토 같은 외국 작가들과 마리오 솔다티, 카를로 카솔라, 이탈로 칼비노, 아틸리오 베르톨루치 같은 이탈리아 작가들을 널리 알리고, 파올로 파솔리니 같은 신진 작가들을 발굴하고 후원한다.

1949년 아들 엔리코가 태어난다.

1951년~ 시집 『또다른 자유*Un'altra libertà*』(1951)를 출간하고, 단편소설 「마치니 거리의 추모 명판Una lapide in via Mazzini」(1952)과 「저녁 먹기 전의 산책La passeggiata prima di cena」(1951~1953)을 『보테게 오스쿠레』에 발표한다. 소설가이자 영화감독인 솔다티, 안토니오니의 영화 시나리오 작업에 참여하기 시작하며, 이후 소설 원작 영화의 각색 작업을 비롯해 영화인들과 활발하게 협력한다.

1953년 로베르토 론기, 안나 반티가 1950년에 창간한 문예비평지 『파라고네*Paragone*』의 편집진에 참여한다. 작가이자 에이나우디 출판사의 편집자이던 이탈로 칼비노가 「마치니 거리의 추모 명판」을 높이 평가한다. 나중에 칼비노는 바사니에 대해 "이탈리아 부르주아 의식의 혼란상을 파헤치는" 작가로 정의한 바 있다.

1955년 소설 「클렐리아 트로티의 말년Gli ultimi anni di Clelia Trotti」이 니스트리리스키 출판사에서 발간되고 스위스의 문학상 샤를베용 상을 수상한다. 「1943년 어느 날 밤Una notte del '43」을 『보테게 오스쿠레』에 발표한다. 이탈리아의 문화, 예술, 자연 유산을 보호하고 후원하기 위한 협회 '우리 이탈리아Italia Nostra'를 동료들과 함께 창립한다.

1956년 다섯 편의 단편소설을 엮은 『페라라의 다섯 이야기*Cinque storie ferraresi*』가 에이나우디 출판사에서 출간된다. 이 작품으로 이탈리아에서 최고 권위를 지닌 문학상인 스트레가 상을 받는다. 잔자코모 펠트리넬리가 1954년에 세운 펠트리넬리 출판사의 편집위원 겸 편집장이 되어 문학 총서 '오늘의 작가' '현대의 고전'을 기획한다. 『보테게 오스쿠레』와 『파라고네』에서 함께했던 작가들 대부분을 끌어들였고 주세페 토마시 디 람페두사 등의 새로운 작가들을 다수 발굴하며 1963년까지 출간 기획을 주도한다.

1957년 실비오다미코 국립연극아카데미의 연극사 교수가 되어 1967년까지 강의한다. 펠트리넬리 출판사에서 러시아 작가 보리스 파스테르나크의 『닥터 지바고』를 펴내 대성공을 거둔다.

1958년 『금테 안경*Gli occhiali d'oro*』을 『파라고네』에 먼저 발표한 뒤 에이나우디에서 출간한다. 알베르토 모라비아와 칼비노가 이 작품을 극찬한다. 특히 칼비노는 프랑스 세유 출판사 편집자 프랑수아 발에게 보낸 편지에서 바사니를 "요사이 등장한 이탈리아 작가들 가운데 가장 수준 높은 두세 작가 중 하나"로 소개한다. 몬다도리, 에이나우디 같은 대형 출판사들에서 모두 거절당한 람페두사의 『표범』을 펠트리넬리에서 출간한다. 바사니가 서문을 쓴 이 작품은 20세기 이탈리아 문학사의 가장 놀라운 발견이라는 평가를 받는다.

1960년 단편 「1943년 어느 날 밤」이 플로레스타노 반치니 감독에 의해 영화로 만들어진다. 각색에는 엔니오 데 콘치니와 파솔리니가 참여하고 바사니 자신은 간단한 조언만 한다. 『페라라의 다섯 이야기』와 『금테 안경』을 한 권으로 엮어 『페라라 이야기*Le storie ferraresi*』라는 제목으로 출간한다.

1962년 장편소설 『핀치콘티니가의 정원*Il giardino dei Finzi-Contini*』이 에이나우디에서 출간된다. 이 작품으로 비아레조 문학상을 받으며 작가로서 큰 명성을 얻고 상업적으로도 성공을 거둔다. 프랑스 갈리마르 출판사에서 『금테 안경과 다른 페라라 이야기들*Les lunettes d'or et autres histoires de Ferrare*』이 출간되면서 그의 작품들이 세계 여러 나라에 소개되기 시작한다.

1964년 자전적 소설 『문 뒤에서*Dietro la porta*』를 에이나우디에서 출간한다. 이탈리아 국영방송 라이Rai의 부사장으로 취임해 문화 프로그램을 담당한다.

1965년 '우리 이탈리아'의 대표를 맡는다.

1966년 자신의 에세이와 인터뷰 등을 모아서 엮은 『준비된 말과 그밖의 문학에 대한 글쓰기*Le parole preparate e altri scritti di letteratura*』를 에이나우디에서 출간한다.

1968년 『파라고네』에 발표한 마지막 소설 『왜가리*L'airone*』를 몬다도리 출판사에서 출간한다. 이 작품으로 이듬해 캄피엘로 문학상을 받는다.

1970년 『핀치콘티니가의 정원』이 비토리오 데시카 감독에 의해 영화로 만들어진다. 각색 작업은 처음 1963년에 시작되었으나 난항을 겪다가 바사니가 직접 참여해 비토리오 보니첼리와 함께 완성하지만, 그후 작가의 동의 없이 수정된 채로 영화가 제작된다. 바사니는 자막에서 자신의 이름을 빼라고 요구한다. 이듬해에 데시카 감독은 이 영화로 제21회 베를린국제영화제 황금곰상과 제44회 아카데미 시상식 최우수외국어영화상을 수상한다. 같은 해 로베르토 론기가 세상을 떠난 뒤 『파라고네』와의 협력관계도 끝난다.

1972년 단편들을 엮은 『건초 냄새*L'odore del fieno*』를 몬다도리에서 출간한다. 문화와 예술에 대한 공로를 인정받아 프랑스의 레지옹도뇌르 훈장을 받는다.

1973년 『페라라의 다섯 이야기』를 수정하고 보완하여 『성벽 안에서*Dentro le mura*』라는 제목으로 출간한다.

1974년 페라라에 관한 모든 소설을 한 권의 책으로 엮은 『페라라 소설*Il romanzo di Ferrara*』을 출간한다. 이 책을 몇 해 전 세상을 떠난 자신의 오랜 친구이자 몬다도리의 편집자 니콜로 갈로에게 헌정한다. 시집 『비문*Epitaffio*』을 출간한다.

1978년 시집 『위대한 비밀 안에서*In gran segreto*』를 출간한다.

1980년 『페라라 소설』의 최종판이 몬다도리에서 출간된다.

1982년 시 작품 전체를 한데 엮은 『운율 있는 시와 없는 시*In rima e senza*』를 출간한다. 이 책으로 바구타 문학상을 수상한다. 이탈리아 정부에서 주는 황금펜 상을 수상한다.

1984년 1940년부터 1980년까지 신문과 잡지에 발표한 평론과 에세이를 모아 『마음 너머*Di là dal cuore*』를 출간한다. 1966년에 출간한 『준비된 말』에서 내용을 좀더 보태고 다듬은 책이다.

1987년 『금테 안경』이 줄리아노 몬탈도 감독에 의해 영화로 만들어진다. 엔니오 모리코네의 아름다운 음악과 영화 〈시네마 천국〉 〈일 포스티노〉로 유명한 프랑스 국민배우 필리프 누아레의 애상적인 연기가 인상적인 영화다.

1990년 알츠하이머병 증세가 나타난다.

1992년 국립린체이아카데미아에서 수여하는 안토니오펠트리넬리 상을 받는다.

2000년 4월 13일 로마의 산카밀로 병원에서 사망. 페라라의 유대인 묘지에 묻힌다.

추천의 말

•

안젤로 조에

(주한 이탈리아문화원 원장)

•

20세기 이탈리아를 대표하는 소설가 중 하나인 조르조 바사니의 탄생 100주년을 맞이해 그의 주요 작품들이 한국에서 원전 번역으로 출간되는 것을 축하합니다.

페라라의 유대인 집안에서 태어난 바사니는 유년기와 청년기를 페라라에서 보냈고, 그곳을 떠난 뒤에 페라라에 대한 작품을 썼습니다. 그에게 페라라는 이야기의 유일한 원천이라 할 수 있는 상상의 공간이자 기억의 장소입니다. 여러 작품에서 반복되는 무대인 이 도시는 작가 자신과 작품 속 등장인물들의 집단적 기억이 깃든 장소입니다. 이탈리아에서 유대인 차별을 공식화한 인종법이 발효된 1938년부터 1943년까지, (바사니 자신이 정의한 대로) '숙명적인' 이 오 년 동안의 페라라에서 벗어나지 않으려는 일종의 강박관념이 작가에게 있는 듯합니다. 그 기간에 집약적으로 겪어야 했던 고통이 작품을 창작하도록 이끌었던 것이지요.

바사니의 작품은 파시즘과 그에 따른 공포를 이해하지 못한, 유대인을 포함한 부르주아들의 근시안을 비판하는 듯합니다. 따라서 바사니는 파디가티의 동성애(『금테 안경』)를 비롯하여 핀치콘티니 가문이나 『왜가리』의 리멘타니에 이르기까지 소외를 주제로 삼은 정치적 작가처럼 보이기도 합니다.

하지만 거기에 그치지 않습니다. 회화로부터 영향받은 바사니는 서사적 장면 구성에서도 회화적으로 사유를 전개해나가는데, 이런 특징으로 인해 20세기 후반 이탈리아 문학계에서 독특한 위치를 차지하고 있습니다. 엘리오 비토리니, 카를로 카솔라 같은 리얼리스트도 아니고 알베르토 모라비아와도 멀리 떨어져 있습니다. 차라리 형식과 인물 묘사 능력에서 비할 바 없이 탁월한 19세기형 작가라고 말할 수 있을 것입니다. 그리고 마지막으로 자신의 주요 소설들을 하나로 엮은 『페라라 소설』 단 한 권으로 대표되는 작가라고 할 수 있지요. 하지만 페라라가 해석의 열쇠라고 생각하는 함정에 빠지지 않아야 합니다.

바사니는 자기 작업에 대한 이념적이거나 미학적인 일반화를 언제나 거부했습니다. 실제로 그는 비전형적인 작가로, 한 도시의 구체적인 시기를 배경으로 하는 여러 단편을 통해 하나의 총체적이고 위대한 이야기를 구축했지요. 그 도시는 연극의 무대처럼 바뀌지 않고 거의 그대로이며, 등장인물들도 언제나 똑같은 역할을 하지만 내면적으로는 바뀝니다. 외부적으로는 바뀌지 않지요. 역사가 바뀌어도 말입니다.

사건들은 아무리 비극적일지라도 언제나 잠정적인 상태에 있습니다. 그 사건들은 심연 속으로 들어가지만 이야기될 수 없고, 차별받고 체포되어 끌려가는 바사니의 등장인물들은 침묵합니다. 그래야만 다시 역사 속으로 들어갈 수 있고, 그 역사의 상처를 지우고 싶은 장소에서 다시 살 수 있기 때문이지요.

나중에 '성벽 안에서'라는 표제로 『페라라 소설』에 포함된 『페라라의 다섯 이야기』는 이차대전과 유대인 학살이라는 이해할 수 없는 공포 이후의 변하지 않은 현실로 안내하는 듯합니다. 그렇기 때문에 단편 「마치니 거리의 추모 명판」의 제오 요즈는 사라져야 했습니다. 스코카 백작의 뺨을 후려치거나 사라진 유대인들의 사진을 보여주는 그 행동은 말할 수 없는 것을 드러냄으로써 정상으로 되돌아가려는 분위기에 헤살을 놓기 때문입니다.

「클렐리아 트로티의 말년」과 「리다 만토바니」, 그리고 『금테 안경』은 사회적 차별과 분리, 유배에 대해 이야기하고, 「저녁 먹기 전의 산책」과 「1943년 어느 날 밤」은 어떻게 타자의 세상이 자신의 세상을 이해하는 데 도움이 되고, 타자의 불의가 자신의 불의를 드러내는 데 도움이 되는지 보여줍니다.

『핀치콘티니가의 정원』은 바사니의 가장 매력적이고 논쟁적인 소설로, 마치 영화 같은 시간의 흐름과 공간 이동을 보여주는 독특한 문체를 지닌 작품입니다. 이야기는 (에트루리아인들의 공동묘지가 있는) 체르베테리로 가는 아우렐리아 도로에서 시작되어, 페라라의 어느 정원에서 전개됩니다. 이 정원은 밖에서 무슨 일이 일어나고 있는지는 파악할 수 있는 곳이지요. 무덤들에서 정원으로의 이동은 상징적입니다. 에트루리아인들의 죽음의 장소, 삶의 아름다움과 영원불멸의 이미지를 암시하는 물건들을 모아둔 이 장소는 핀치콘티니가 저택의 고독으로 연결되는데, 저택 사람들은 한 명만 제외하고 독일 강제수용소의 심연 속에서 모두 죽게 되지요. 이 작품의 주요 관념은 끔찍합니다. 자발적으로 세상과 단절한 자기유폐의 장소, 즉 차별성의 장소인 정원이 열리는 것은, 인종법이 (유대인) 추방을 정당화하면서 명백히 장엄한 비극을 야기할 때뿐입니다.

『문 뒤에서』는 페라라로 돌아오지만 핀치콘티니 저택의 담장 너머에 남아 있습니다. 그곳은 아득한 시간 속의 페라라이며, 현명하고 섬세하고 모호한 세계입니다. 학교에서 삶의 현장으로 이행하고, 기쁨과 고통의 순환, 그리고 모호성의 존재를 발견하는 이야기지요. 주인공 화자가 풀가에게서 받는 충격은, 가비노가 바사니의 마지막 소설(『왜가리』)에서 왜가리에게 가하는 총격과 똑같습니다. 삶의 종말에 대한 비극적이고 의미심장한 이 소설을 엘사 모란테가 좋아했지요.

바사니가 묘사하는 삶은 지평선 없는 삶이며, '무의식의 바닥 없는 심연'에서 또다른 무의식의 바닥 없는 심연으로 돌아가고, 자신을 해방시키는 자살을 통해 죽음의 절대적인 어둠으로 돌아가는 삶입니다. 그것은 자기 삶의 혼란스러운 파노라마 앞에 직면한 리멘타니에게 자유를 돌려줄 수 있는 유일한 행동이지요.

이번 선집을 통해 바사니 소설의 총결산인 『페라라 소설』이 한국 독자들에게 온전히 다가가 바사니 문학의 총체적인 면모를 느껴볼 수 있기를 기대합니다.

조르조 바사니 『페라라 소설』을 펴내며

•

김운찬
(대구가톨릭대학교 교수)

•

조르조 바사니(1916~2000)는 20세기 후반 이탈리아 문학계를 이끈 주역 중 한 명으로 자기만의 고유한 이야기 세계를 형성한 작가다. 이차대전이 끝난 뒤 전쟁의 폐허 속에서 이탈리아 문학과 예술은 네오리얼리즘을 주요 화두로 삼았다. 19세기의 건강한 리얼리즘을 되살림으로써 현실의 문제를 해결하고 침체된 당대 문화에 새로운 바람을 불러일으키려는 것이었다. 하지만 거기에는 다양한 경향과 흐름이 공존했고, 결과적으로 작가마다 서로 다른 목소리를 내며 지향하는 바가 조금씩 달랐다. 바사니 역시 네오리얼리즘의 주요 흐름에서 크게 벗어나지 않으면서도 애상적이고 서정성이 강한 작품을 통해 나름의 고유한 시선으로 현실을 형상화했다.

바사니가 남긴 소설 작품은 그리 많지 않다. 1940년부터 1970년대 초반까지 단행본으로 출판했거나 여러 문예지에 발표한 소설은 손으로 꼽을 수 있을 정도다. 그리고 그 작품 대부분을 『페라라 소설』이라는 한 권의 책으로 엮어 출간했는데, 여러 차례 수정과 보완 작업을 거친 최종판은 1980년에 출판되었다. 『페라라 소설』에 수록된 작품들을 순서대로 보면 단편집인 『성벽 안에서』(처음 출간 당시의 제목은 『페라라의 다섯 이야기』), 『금테 안경』 『핀치콘티니가의 정원』 『문 뒤에서』 『왜가리』 『건초 냄새』다. 각 작품은 독립적이면서도 다른 작품들과 서로 밀접하게 연결되어 있다(주요 작품들에서 화자로 등장하는 '나'는 작가 자신으로 보이며, 여러 작품에 등장하는 동일 인물도 많다).

바사니의 소설에서 핵심적인 키워드 두 가지는 '페라라'와 '유대인'이다. 페라라의 부유한 유대인 집안에서 태어난 그에게 파시즘 체제의 인종법과 유대인 박해는 개인적 삶과 문학에 지울 수 없는 흔적을 남겼다. 그런 쓰라린 역사적 경험은 당연히 그의 작품 여러 곳에서 중요한 모티프를 제공한다. 특히 성장소설 성격이 강한 작품에서는 고통스러운 시대적 상황이 감수성 예민한 등장인물의 정서와 어우러져 독특한 분위기를 자아낸다. 바사니는 섬세하고 예리한 시선으로 그 내면 세계를 서정성 깊은 문체로 형상화하고 있다.

『페라라 소설』은 그 제목에서 알 수 있듯이 이탈리아 북부의 도시 페라라를 무대로 한다. 페라라는 르네상스 시대에 데스테 가문을 중심으로 화려한 문화의 꽃을 피웠지만, 이제 부르주아들이 사회 지배계층으로 자리잡은 도시다. 그러다 파시즘 체제에서 엇갈린 선택의 갈림길과 운명에 직면해야 했던 이곳 사람들의 다양한 삶이 바사니 작품의 실질적인 주인공이다. 그리고 대부분의 이야기는 당연히 유대인 공동체와 깊숙이 관련되어 있다. 이렇게 실제 역사와 현실을 배경으로 하는 바사니의 소설은 독자를 생동감 넘치는 삶의 현장으로 안내한다.

그런 이유 때문인지 소설 여러 편이 영화로 제작되었다. 1960년 플로레스타노 반치니 감독이 『성벽 안에서』 중 단편 「1943년 어느 날 밤」을 영화로 제작했고, 1970년에는 〈자전거 도둑〉으로 유명한 비토리오 데시카 감독이 『핀치콘티니가의 정원』을, 1987년에는 줄리아노 몬탈도 감독이 『금테 안경』을 영화화했다.

바사니 탄생 100주년을 맞이하여 주한 이탈리아문화원의 협력으로 바사니의 작품들이 우리나라에 처음으로 선보이게 되었다. 때늦은 감이 있지만 이탈리아 현대사의 가장 민감한 시기를 예리한 관찰과 심미적 문체로 형상화한 바사니의 작품 세계를 들여다볼 수 있는 좋은 기회가 될 것이다.

① 카보우르 대로
② 로마 대로
③ 조베카 대로
④ 가리발디 거리
⑤ 델레볼테 거리
⑥ 리파그란데 거리
⑦ 피안지파네 거리
⑧ 산로마노 거리
⑨ 구 게토
⑩ 비냐탈리아타 거리
⑪ 비토리아 거리
⑫ 시엔체 거리
⑬ 사라체노 거리
⑭ 델라기아라 거리
⑮ 살린궤라 거리
⑯ 보르고디소토 거리
⑰ 캄포프란코 거리
⑱ 마다마 거리
⑲ 치스테르나델폴로 거리
⑳ 스칸디아나 거리

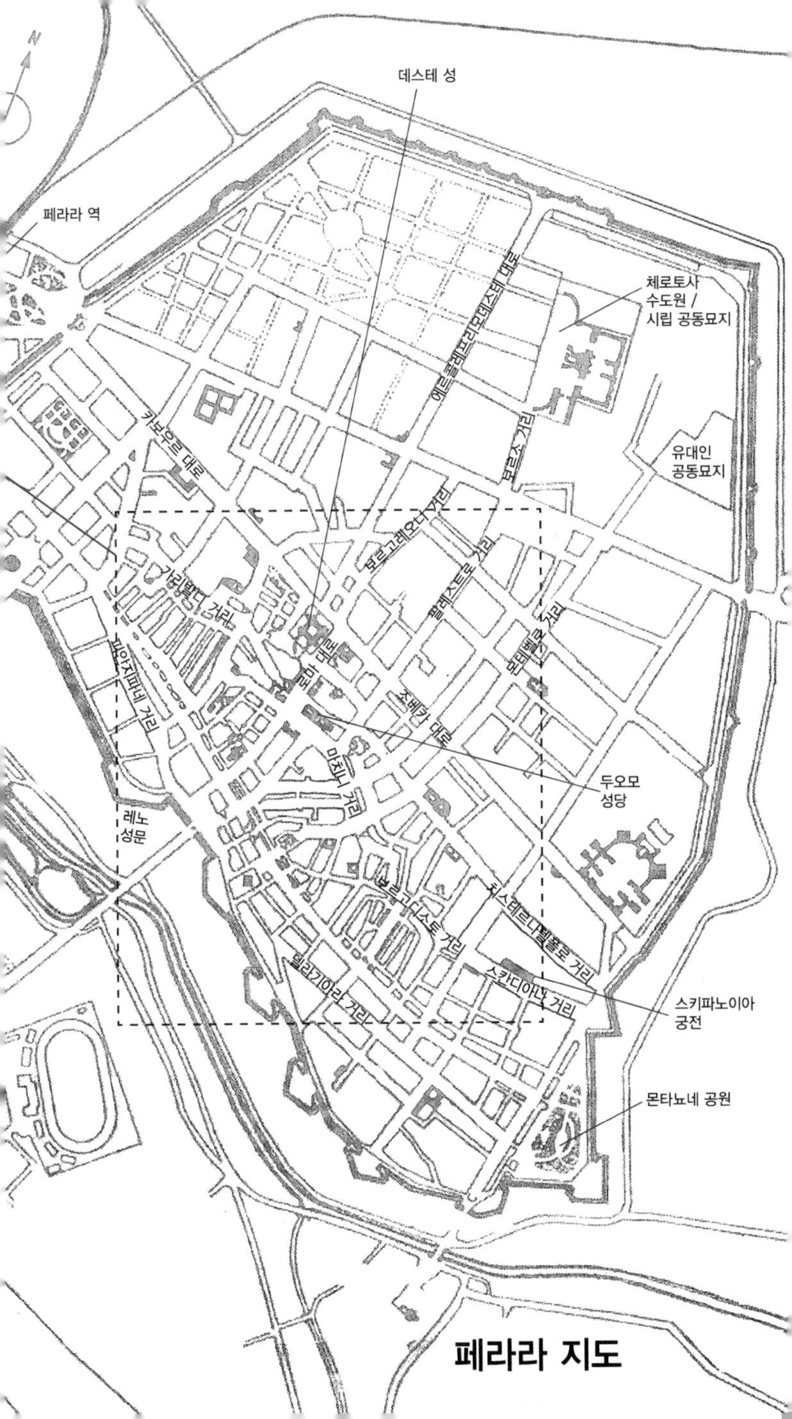
데스테 성
페라라 역
에르콜레프리모데스테 대로
체로토사
수도원 /
시립 공동묘지
카보우르 대로
보르소 거리
유대인
공동묘지
보르고레오니 거리
팔레스트로 거리
가리발디 거리
몬테벨로 거리
로마 대로
피아지파네 거리
조베카 대로
마치니 거리
두오모
성당
레노
성문
보르고디소토 거리
치스테르나델폴로 거리
델라기아라 거리
스칸디아나 거리
스키파노이아
궁전
몬타뇨네 공원

페라라 지도

조르조 바사니 선집 1
성벽 안에서

초판 인쇄 2016년 6월 15일
초판 발행 2016년 6월 25일

지은이 조르조 바사니
옮긴이 김운찬
펴낸이 염현숙

책임편집 고원효
편집 최민유 송지선 김영옥
디자인 김이정 최미영
저작권 한문숙 박혜연 김지영
마케팅 정민호 이연실 정현민 김도윤 양서연
홍보 김희숙 김상만 이천희
제작 강신은 김동욱 임현식
제작처 영신사

펴낸곳 (주)문학동네
출판등록 1993년 10월 22일 제406-2003-000045호
주소 10881 경기도 파주시 회동길 210
전자우편 editor@munhak.com
대표전화 031) 955-8888 | 팩스 031) 955-8855
문의전화 031) 955-1933(마케팅) 031) 955-2685(편집)
문학동네카페 http://cafe.naver.com/mhdn
문학동네트위터 @munhakdongne

ISBN 978-89-546-4110-4 04880
ISBN 978-89-546-4109-8 (세트)

www.munhak.com

조르조 바사니 선집

스트레가, 비아레조, 캄피엘로, 바구타 등 이탈리아의 명망 있는 문학상을 휩쓸었을 뿐만 아니라 프랑스의 레지옹도뇌르 훈장, 스위스의 샤를베용 문학상까지 거머쥔 작가. 제발트, 모라비아, 칼비노 등 문학의 대가들이 극찬한 작가. 안토니오니, 데시카, 파솔리니 등 영화 거장들이 사랑한 이탈리아 현대소설계의 대부. 페라라의, 페라라에 의한, 페라라를 위한 작가!

성벽 안에서—페라라의 다섯 이야기

김운찬 옮김 | 288면

★ 1956년 스트레가 상

이탈리아 북부 도시 페라라를 무대로 한 5편의 단편집. 파시즘 체제하에서 살아가는 페라라의 유대인 공동체와 그 주변 인물들의 부서진 일상과 파편화된 내면 풍경이 사진처럼 지나간다. 「리다 만토바니」「저녁 먹기 전의 산책」「마치니 거리의 추모 명판」「클렐리아 트로티의 말년」(샤를베용 상), 「1943년 어느 날 밤」(플로레스타노 반치니 감독 영화화) 수록.

금테 안경

김희정 옮김 | 168면

★ 1987년 줄리아노 몬탈도 감독 영화화

1958년작. 모라비아, 모란테, 제발트가 '가장 아름다운 소설'로 손꼽은 바사니 문체 미학의 백미. 파시즘에 동조하며 호의호식하던 부르주아사회가 명망 있는 의사 파디가티의 동성애와 반유대주의적 인종법 앞에서 민낯을 드러내며 자기분열을 시작한다. 소외된 자들의 깊은 고독과 침묵이 서정적이고 애상적으로 그려진다.